Anika Beer

KIESELSOMMER

Anika Beer

Kiesel sommer

cbj

Der Verlag weist ausdrücklich darauf hin, dass im Text enthaltene externe Links vom Verlag nur bis zum Zeitpunkt der Buchveröffentlichung eingesehen werden konnten. Auf spätere Veränderungen hat der Verlag keinerlei Einfluss. Eine Haftung des Verlags ist daher ausgeschlossen.

Dieses Buch ist auch als E-Book erhältlich.

FSC
www.fsc.org
MIX
Papier aus verantwortungsvollen Quellen
FSC® C083411

Verlagsgruppe Random House FSC® N001967

1. Auflage 2017

kk · Herstellung: UK
Satz: KompetenzCenter, Mönchengladbach
Druck: CPI books GmbH, Leck
ISBN: 978-3-570-15773-2
Printed in Germany

www.cbj-verlag.de
Mehr zu cbj auf Instagram @hey_reader

Für Katha, Leo und Maddie,
die meine Bücher schon zu so viel inspiriert haben

Prolog
Unsichtbar

Damals. In einem kühlen Sommer.

»He.«

Das Mädchen, fest eingewickelt in eine mausgraue Strickjacke, stand so dicht an der Wand, dass es beinahe mit dem aschegrauen Beton verschmolz. Es gab vor, nicht bemerkt zu haben, dass es angesprochen worden war – was unsinnig schien, da Tilda kaum auf Armeslänge entfernt vor ihm stand. Dennoch hielt es beharrlich den Kopf gesenkt, die dunklen Stirnfransen fielen wie ein Vorhang vor die Augen und verbargen alles, was es darin vielleicht zu lesen gab.

Trotzdem – oder vielleicht gerade deswegen – konnte Tilda nicht anders, als immer wieder hinzuschauen.

»Du bist Ella, richtig?«

War das ein Nicken? Ein Schulterzucken? Die Bewegung war so klein gewesen, dass es sich nicht genau sagen ließ.

»Ich bin Tilda. Willst du nicht zu uns rüberkommen?« Sie deutete quer über den Schulhof auf Leo, Caspar und Nick, die in der üblichen Ecke auf sie warteten. »Die beißen nicht. Ehrlich.«

Ein Kopfschütteln, diesmal deutlich zu erkennen.

»Wir können dir die Schule zeigen. Die guten Ecken, den Kiosk, die Cafete und so.« Sie überlegte kurz. »Und heute Nachmittag könntest du mitkommen auf die Halfpipe. Wenn du Lust hast.«

Nun endlich hob Ella den Kopf. Der Vorhang rutschte ein Stück zur Seite, und dunkelblaue Augen, wie mit Nebel verhangen, blickten in Tildas Gesicht. Eindringlich. Als suchten sie die Antwort auf eine Frage, die Tilda nicht kannte.

»Schon gut.« Ihre Stimme war kaum mehr als ein Flüstern, mit einer unerwarteten Spur von Rauch. Und dann, noch leiser: »Du musst nicht so tun. Ich bin es gewohnt, dass man mich nicht mag. Trotzdem danke.«

Etwas in ihren Worten stach unerwartet tief in Tildas Brust. Es war nicht nur, dass dieser harsche Vorwurf sie in ihrer Ehre kränkte. In diesem Augenblick spürte sie überwältigend deutlich, wie es war, als Person abgelehnt zu werden – ein Gefühl, das ihr selbst so fremd war wie der Dschungel von Costa Rica. Es machte Tilda wütend und zugleich tieftraurig.

»Das stimmt doch gar nicht!« Die Worte brachen heftiger aus ihr hervor, als sie erwartet hatte. »Natürlich mag ich dich!«

Sie sagte das, obwohl sie sich da selbst bis zu diesem Moment gar nicht so sicher gewesen war. Waren es nicht eher ein wenig Mitleid und noch mehr Neugier gewesen, die sie zu dem spitzknochigen, mausgrauen Mädchen hingezogen hatten? Aber noch während sie es aussprach, wusste sie plötzlich, dass es stimmte. So absurd es schien, sie mochte diese ungewöhnliche kleine Person, die nun – augenscheinlich ebenfalls überrascht – ein Lächeln im linken Mundwinkel sehen ließ.

»Du kennst mich doch gar nicht.«

Tilda kniff die Lippen zusammen, weil ihr nicht gleich die richtigen Worte einfielen. So gesehen hatte Ella recht: Sie waren sich an diesem Morgen zum ersten Mal begegnet, als sie bleich und still vor der Klasse stand, die Worte *»Bringt mich weg von hier!«* mit Leuchtfarbe auf die Stirn gemalt. Sie wussten nichts voneinander – und doch hatte Tilda in ihrem ganzen Leben noch nie so sehr das Bedürfnis verspürt, mit bloßen Händen eine Mauer einzureißen. Ihre Worte kamen aus tiefstem Herzen.

»Na und? Ist mir egal, ob du es glaubst oder nicht. Ich werde es dir beweisen. Du wirst schon sehen.«

Kapitel 1
Ein Beutel voller Steine

Drei Jahre später.

Das Läuten der Schulglocke nach der letzten Stunde war schon immer ein Klang gewesen, den Tilda liebte. Aber der letzte Gong vor den Sommerferien, der darüber hinaus den Startschuss setzte für sechs Wochen Ausschlafen, Schwimmen, Grillen, Open-Air-Konzerte und natürlich ihr geliebtes Skateboard, war damit in nichts zu vergleichen. Sommerferien waren einfach die beste Erfindung der Welt. Und in diesem Jahr galt das sogar besonders.

Den ganzen Vormittag über hatten Tilda und Ella getuschelt, gekichert und sich gegenseitig Herzchen, Smileys und kleine Sonnen auf die nackten Unterarme gemalt, nur kurz unterbrochen von der Zeugnisvergabe, die ihnen kaum gleichgültiger hätte sein können. Nun ließen sie sich vom Strom ihrer Mitschüler aus dem grauen Kasten des Schulgebäudes hinaus in den Sonnenschein treiben. Rechts und links plätscherte fröhliches Geplapper, manchmal tauchte ein bekanntes Gesicht neben ihnen aus der Menge auf.

»Schöne Ferien, Tilda!«

»Habt einen tollen Urlaub, ihr zwei!«

»Rufst du mich an, wenn du wieder da bist?«

Mitten auf dem Schulhof ließ Ella ihre Tasche fallen, um sich mit ausgebreiteten Armen und fliegendem Rock um sich selbst zu drehen. »Freiiiiheiiit!« Sie lachte, blieb ein wenig taumelnd stehen und reckte die Arme in die Luft und das Gesicht der Sonne entgegen. »Sommer, ich *liebe* dich!«

Tilda war stehen geblieben und sah ihr grinsend zu. In letzter Zeit überkam sie ab und an ein seltsames Gefühl des Stolzes, wenn sie an das blasse, verschlossene Mädchen dachte, dem sie im Sommer vor drei Jahren zum ersten Mal begegnet war. Die Ella von heute war noch immer klein, noch immer zart, aber auch – und das schrieb Tilda sich ohne Scham selbst auf die Fahnen – unbeschwert, fröhlich und …

Nun ja. Schön war sie wohl von ganz allein geworden.

Tilda ließ ihr Skateboard auf den Asphalt klappern und rollte mit einem leichten Schwung zu ihrer Freundin hinüber.

»Also bleibt es dabei? Wir holen dich um drei ab. Bis dahin bist du fertig, oder?«

»Mais oui, Mademoiselle!« Ella sammelte ihre Tasche auf und strich sich die Haare hinter die Ohren. »Das sind dreieinhalb Stunden, das schaffe ich gerade so.« Sie grinste und hakte sich bei Tilda unter.

Auch Tilda lachte und klemmte sich ihr Board unter den freien Arm. Gemeinsam schlenderten sie über den Schulhof, der sich inzwischen mehr und mehr leerte, in Richtung Bushaltestelle. »Ich hoffe, du siehst das auch noch so, wenn ich vor der Tür stehe.«

Ella warf ihr einen entrüsteten Blick zu. »Ich werde bereit sein. Ich schwöre!« Sie stieß einen schwärmerischen Seufzer aus. »Ach! Unser erster gemeinsamer Urlaub! Das wird so perfekt, Tilly! So p-e-r-f-e-k-t!«

Tilda sah sie mit gespieltem Ekel an. »Du lässt es klingen, als wären wir ein frisch verliebtes Pärchen …«

Ella riss die Augen auf. »Oh ja, wie dumm von mir! Dabei sind wir ja schon drei Jahre zusammen!«

Sie lachten gemeinsam und eine Woge reinen Glücks durchströmte Tilda. Auch wenn sie Ellas Hang zu Übertreibungen oft belächelte und die Augen rollte – ganz unrecht hatte ihre Freundin gerade heute vielleicht doch nicht. Dieser Tag, dieser Beginn der Sommerferien, war nicht anders zu beschreiben als *perfekt*.

»Hey, Ella.«

Als sie die Betonpfeiler des Dachs vor dem Eingang zur Cafeteria passierten, trat ihnen Tom in den Weg.

Tom war in ihrem Jahrgang – einer von den »Normalen«, die irgendwie keiner Gruppe so richtig zugehörten, sich eigentlich mit jedem verstanden und mit dem Rest einfach nichts zu tun hatten. Er sah ganz niedlich aus mit seinen braunen Strubbelhaaren und den Sommersprossen auf der Nase, das fand zumindest Tilda. Zumal er in diesem Moment offensichtlich versuchte, locker zu wirken, noch offensichtlicher aber schlimmes Herzrasen hatte. Tilda kicherte im Stillen.

Ellas Lachen aber verblasste sofort.

Tom räusperte sich. Trotzdem klang seine Stimme auch danach noch ein wenig belegt. »Tja, also, ich … hab dich vorhin über deine Mathenote seufzen hören. Und da dachte ich – also ohne dich anmachen zu wollen oder so –, vielleicht möchtest du, dass ich dir in den Ferien mal helfe? Ich bin zwar auch nicht unbedingt die hellste Kerze auf der Mathetorte, aber ich hab wenigstens keine großen Probleme, und ich kann ganz gut erklären, also …« Er verstummte und zuckte ein wenig hilflos die Schultern. Es war ihm anzusehen, dass sein Vorstoß nicht ganz so geglückt war, wie er gehofft hatte.

Ella lächelte ihr fast unsichtbares Lächeln, das immer ein wenig kühl wirkte, und Tilda sah Toms Herz mit Karacho in seine Jeans rutschen.

»Danke, das ist lieb von dir«, sagte Ella. »Aber ich

lerne mit Tilda.« Ihr Lächeln war nun größer, aber auch sichtlich angestrengter. »Schöne Ferien, Tom.«

Tom atmete langsam und tief durch die Nase ein und ließ die Luft dann mit einem leisen Pfeifen entweichen. Die Abfuhr hatte gesessen. »Ach so, klar«, murmelte er. »Na dann. Dir auch schöne Ferien.« Mit hängenden Schultern trottete er davon.

Tilda und Ella sahen ihm noch einen Moment nach. Als er sicher außer Hörweite war, stieß Tilda ihre Freundin leicht mit dem Ellbogen in die Rippen. »Hey. Das war doch süß, oder? Ehrlich, warum gibst du ihm nicht 'ne Chance?«

Ella sah sie etliche Sekunden lang schweigend an. Tilda konnte den unausgesprochenen Vorwurf beinahe hören: *Du weißt genau, warum!* Aber wie so oft entschied sie sich, die stummen Worte zu ignorieren. Irgendwann musste Ella schließlich damit aufhören, hinter jeder vorsichtigen Annäherung einen Mobbingversuch zu sehen. Dass sie deswegen die Schule gewechselt hatte, war jetzt schon eine Ewigkeit her, und wirklich *jeder* in ihrem neuen Jahrgang mochte sie. Na, vielleicht nicht jeder so sehr wie Tilda. Aber zumindest gab es niemanden, der sie blöd fand oder über sie lachte, das hätte Tilda gewusst. Die Jungs aus der Clique jedenfalls waren durchweg in sie verschossen. Und, wie es aussah, darüber hinaus auch Tom und der Himmel wusste, wer sonst noch.

Zwischen Ellas Brauen hatte sich eine senkrechte Falte gebildet, die das Lächeln, das kurz darauf auf ihrem Gesicht erschien, Lügen strafte. »Ich spüre einfach keine Verbindung zwischen uns.« Sie hob leicht die Schultern und wedelte mit der Hand, als wolle sie das Thema beiseitewischen. »Du weißt doch: Ich warte auf die Wahre Liebe. Mit großem W. Ich werde es spüren, wenn der Richtige vor mir steht.... Und Tom ist es *ganz sicher* nicht.«

Ihr Schnaufen klang nun geradezu trotzig, und Tilda überkam das spontane Bedürfnis, ihre Freundin zu umarmen, weil sie das so niedlich fand. Ella und das Schicksal – das war eine Religion, der Tilda sich nie so richtig hatte verschreiben können. Aber Ella waren ihre Würfel und Münzen und der ganze restliche Zauber schon immer sehr wichtig gewesen – vor allem, wenn es darum ging, Vertrauen zu fassen. Und daher versuchte Tilda für gewöhnlich, mitzuspielen, so gut sie konnte. Ohne das »Schicksal« wäre sie immerhin vielleicht selbst niemals Ellas Freundin geworden.

»Na, dein Held kommt schon noch.« Sie grinste schief. »Auch wenn er dann wahrscheinlich keine Sommersprossen hat. Was, wenn du mich fragst, jammerschade wäre.«

Darüber musste Ella nun doch lachen. »Das halte ich vielleicht gerade so aus.« Sie schüttelte sich, als wolle sie die Schwermut von ihrem Gesicht vertreiben. »Lass uns nicht mehr über ihn reden, ja? Die nächsten zwei Wochen sind nur unsere ganz allein!« Sie warf einen Blick über die Schulter. »Oh, und mein Bus kommt schon! Ich muss los – wir sehen uns dann um drei bei mir!« Sie war losgelaufen, noch ehe sie ausgesprochen hatte.

Tilda lachte. Sie hatte nichts gegen das abrupte Ende des Gesprächs einzuwenden. Eine fröhliche Ella gefiel ihr sowieso viel besser. »Ja, und zwar pünktlich!«, rief sie ihrer Freundin nach und lachte noch mehr, als Ella sich im Laufen umdrehte und ihr die Zunge herausstreckte. Dann ließ sie ihr Board wieder auf den Boden fallen, stieß sich schwungvoll ab, und nach ein paar Metern auf dem Bordstein, den heißen Fahrtwind auf den Wangen, hatte sie den armen Tom tatsächlich schon vergessen. Die lang ersehnten Sommerferien waren endlich da! Jetzt musste sie nur noch die Zeit bis zum Nachmittag rumkriegen. Dann würde der beste Sommer ihres Lebens beginnen.

Natürlich war Ella nicht fertig, als Tilda um zwei Minuten nach drei bei ihr klingelte. Sie merkte das schon daran, dass Ella deutlich länger als sonst für den Weg zur Tür brauchte. Aber obwohl die Unpünktlichkeit ihrer Freundin Tilda an normalen Tagen ziemlich nerven konnte, war ihre Laune heute einfach viel zu gut, um durch so eine Kleinigkeit ernsthaft getrübt zu werden.

»Bin gleich so weit! Ehrlich!«, warf Ella ihr zur Begrüßung entgegen. »Kommst du noch schnell mit in mein Zimmer?« Sie wartete Tildas Antwort gar nicht ab, sondern zog sie gleich am Ellbogen hinter sich her. Sie hatte die dunklen Haare zu einem straffen Pferdeschwanz zurückgebunden, sodass nicht nur ihre hohen Wangenknochen, sondern auch ihre kleinen Segelohren gut zu sehen waren. Auf ihrer hellen Haut hatten sich aufgeregte rote Flecken ausgebreitet. Sie sah aus wie eine Elfe im Blümchen-Stress, fand Tilda und musste unwillkürlich grinsen bei dem Gedanken.

In Ellas Zimmer herrschte ein ziemliches Chaos. Es schien, als hätte sie den ganzen Kleiderschrank ausgeräumt, um die richtigen Klamotten für ihren Trip in den Spreewald zu finden. Der kleine Koffer am Fußende ihres Bettes quoll über von einem bunten Sammelsurium an Tops und Hosen, Röcken, Pullis und Badeanzügen. Sonnenbrillen, Sonnencreme, Kosmetiktäschchen und ein kleiner Regenschirm waren lose obenauf geworfen.

Tilda musterte die Zusammenstellung kritisch. »Na, das sieht doch schon ganz komplett aus.«

Ella nickte. »Ist es auch. Aber ich brauche mal ein paar starke Hände, sonst kriege ich den Verschluss niemals zu.«

Tilda krempelte die Ärmel hoch. »Na, wenn's weiter nichts ist.« Sie kniete sich auf den Koffer und drückte den Deckel herunter, so fest sie konnte. Sie war ihr Leben lang stolz darauf gewesen, dass sie stärker war als die meisten Jungs in ihrem Alter. Inzwischen traf das zwar nicht mehr auf ganz so viele zu wie im Kindergarten, aber sie wusste sich durchaus zu behaupten.

Trotzdem war es auch zu zweit ein hartes Stück Arbeit, die Schnallen ins Schloss zu drücken. Endlich ließen sie sich schnaufend nebeneinander auf den Koffer sinken.

»Brauchst du das wirklich alles?«, keuchte Tilda.

Ella kicherte zwischen zwei schweren Atemzügen. »Keine Ahnung. Soll ich noch mal aufmachen und gucken, ob was rauskann?«

»Bloß nicht!«, stöhnte Tilda. Dann rappelte sie sich auf. »Können wir dann endlich los? Wenn ich vorher keinen Urlaub gebraucht habe, dann spätestens jetzt.«

Von einer Sekunde auf die andere wurde Ellas Gesicht ernst. »Ja, klar, gleich. Nur ... einen Augenblick noch.«

Tilda hob überrascht die Brauen. Doch als Ella aus einer Schublade an ihrem Schreibtisch einen abgegriffenen Lederbeutel hervorholte, wurde ihr sofort klar, was ihre Freundin vorhatte.

Ellas Stimme, als sie den Beutel in die Höhe hob,

klang feierlich. »Wir können doch nicht losfahren, ohne das Orakel zu befragen.«

Tilda runzelte die Stirn und blieb etwas unschlüssig an ihrem Platz stehen. Das Kieselsteinorakel. Daran hatte sie ewig nicht gedacht. Es war auch so eine Sommerferien-Sache gewesen – vor zwei Jahren, um genau zu sein, in ihren ersten Ferien als beste Freundinnen. Ganze Tage – und manchmal auch die Nächte – hatten sie mit der Suche nach besonderen Kieseln verbracht und jedem von ihnen eine Bedeutung zugeschrieben. Damals hatte auch Tilda großen Spaß daran gehabt, sich in allen möglichen Alltagsfragen vom Orakel beraten zu lassen, und im Zauber der lauen Sommernächte sogar fast daran geglaubt. Jetzt allerdings … Waren sie nicht allmählich wirklich zu alt für so was?

»Ich weiß nicht, Ella. Papa wartet draußen …«

»Oh.« Ella biss sich auf die Unterlippe und sah zu Boden. »Aber es dauert doch nur ein paar Sekunden. Bitte, Tilly.« Sie knetete den Beutel zwischen den Händen. Tilda hörte die Steinchen darin knirschen. »Wir haben das ewig nicht gemacht. Ich weiß, du bist nicht mehr so für solche Spiele, aber ich dachte, es wäre ein schöner Auftakt für den Urlaub … Es ist doch was Besonderes für uns gewesen, damals. Oder?«

Tilda seufzte leise. Wahrscheinlich machte sie sich wirklich zu viele Gedanken um diese Dinge. Wenn es

Ella doch wichtig war, was sprach schon dagegen? Wahrscheinlich hatte es sowieso nur ein Spaß sein sollen. Also lächelte sie entschlossen. »Na schön, du hast ja recht. Gib her.«

Die Falte zwischen Ellas Brauen war plötzlich wieder da. »Du weißt, du musst nicht so tun, als ob.«

Tilda verdrehte die Augen. »Mensch, Ella, wieso sollte ich?« Sie machte einen Schritt auf ihre Freundin zu und nahm ihr den Beutel mit Nachdruck aus der Hand. »Nun gib schon her. Es ist eine gute Idee, wirklich. Tut mir leid. Ich gebe mir einfach zu viel Mühe, cool zu sein, in letzter Zeit.«

Darüber musste Ella lachen. »Ja stimmt, das tust du. Wie gut, dass ich dein wahres Gesicht kenne.« Sie schielte und zog eine Grimasse, die ziemlich dämlich aussah.

»Oh, na warte!« Erleichtert, dass Ella schon wieder blöde Witze machte, griff Tilda wahllos nach umherliegenden Kleidungsstücken und warf sie nach ihrer Freundin. Die ließ sich kichernd aufs Bett fallen.

»Hilfe, nein! Gnade!«

Aber Tilda dachte nicht daran, sondern begrub die immer wilder kichernde Ella unter einem Berg von Klamotten, bis sie sich kaum noch rühren konnte.

»So. Und jetzt kann ich vielleicht in Ruhe orakeln. Also … Kiesel, sagt mir: Was bringt mir der Urlaub?« Mit wichtiger Miene griff Tilda in den Beutel.

Doch als sie ihre Hand zurückzog und hineinsah, stockte sie. Ihr Herz begann, wie wild von innen gegen ihre Brust zu hämmern.

Auf ihrer Handfläche lag ein blauer Flusskiesel.

Schwere Enttäuschung, sagte die Ella von vor zwei Jahren mit gewichtiger Stimme und ließ den Stein in den Beutel fallen.

Tildas Hals fühlte sich plötzlich an wie zugeschnürt und ihre Handflächen wurden feucht. Das war dumm und albern, dachte sie, sich von einem Steinchen so einschüchtern zu lassen. Die hatten nichts zu sagen, nicht in Wirklichkeit, und schon gar nicht über ihren ersten Urlaub mit ihrer besten Freundin. Trotzdem …

In diesem Moment begann sich der bunte Stoffhaufen vor ihr zu regen, als Ella sich mühsam unter dem Klamottenberg hervor ins Freie kämpfte. Ohne lange darüber nachzudenken, ließ Tilda den Stein hastig in ihrer Hosentasche verschwinden.

Mit zerzaustem Pferdeschwanz und krebsroten Wangen tauchte Ella zwischen Winterpullis und Unterhemden auf. »Und?«, japste sie. »Was sagt das Orakel?«

Tilda schüttelte schnell den Kopf. »Ich hab doch noch nicht gezogen«, log sie. »Wir sollten das zusammen machen. So wie früher.«

Sie hockte sich neben Ella und den Kleiderhaufen aufs Bett. Ihr Herz pochte noch immer so heftig, dass sie befürchtete, Ella könnte die Erschütterungen durch die Matratze hindurch spüren.

»Stimmt, da hast du recht.« Ellas Lächeln strahlte, als sie den Beutel so weit wie möglich öffnete. »Also dann: Konzentration bitte!«

Tilda schloss folgsam die Augen. Und als sie zusammen mit Ella die Hand ein zweites Mal in den Beutel steckte, wünschte sie sich inständig, sie würden diesmal beide irgendetwas Harmloses ziehen.

»Bist du so weit?«, fragte Ella. »Drei, zwei, eins – aufmachen!«

Gemeinsam sahen sie auf ihre Hände – und von Tildas Herz rumpelte ein ganzes Gebirge.

In ihrer Handfläche lag ein Speckstein. Das bedeutete *Entspannung*. Und Ella hatte einen abgegriffenen Brocken Muschelkalk gezogen: *Abenteuer*. Perfekt für ein Urlaubsorakel. Alles gut.

Auch Ellas Augen leuchteten, als sie Tilda ansah. »Uuuh! Entspannung *und* Abenteuer? Na, das kann ja nur gigantisch werden!«

Tilda nickte mit Nachdruck. »Und wie es das wird!«, sagte sie mit voller Überzeugung und spürte erleichtert, dass sie das sogar selbst glaubte. Denn schließlich wusste so ein Beutel Steine eigentlich gar nichts.

In diesem Moment ertönte von draußen lautes Hupen. Tilda sprang auf und lief ans Fenster. »So ein Mist! Wir haben zu lange getrödelt, Papa ist schon ausgestiegen. Wenn wir uns jetzt nicht beeilen, lässt er den ganzen Weg über die Best-of-Ballermann-Hits aus den Neunzigern laufen, das hat er mir schon angedroht. Los, komm!«

Sie schnappte sich Ellas Koffer und rannte durch den Flur voraus.

»Hey, lass mich nicht hier! Ich mag dich auch mit Ballermann-Musik!« Ihre Freundin folgte ihr lachend, und auf dem Weg die Treppe hinunter brach sich die riesige Vorfreude noch einmal stärker denn je ihre Bahn und spülte die letzten Reste des komischen Gefühls in Tildas Bauch mit sich fort. Endlich, endlich ging es los! Das Haus am Fluss rief und nun würden sie kommen.

Kapitel 2
Das Haus am Fluss

Ella hatte nicht gewusst, dass es in Deutschland noch Gegenden gab, wo man stundenlang mit dem Auto fahren und dennoch kaum ein Dorf zu Gesicht bekommen konnte. Doch je weiter sie Richtung Osten auf den Spreewald zu fuhren, desto weniger Menschen schien es zu geben. Endlose Straßen, weite Felder, vereinzelte Baumgruppen – und schier unendlich viel Platz für Licht.

Sie hatte es vergessen, wurde Ella klar. In den Jahren, die sie nun schon in der Großstadt lebte, weit fort von dem Dorf, in dem sie aufgewachsen war, hatte sie nicht nur die Menschen verdrängt, die sie gebrochen und klein gemacht hatten, sondern auch, wie bezaubernd die Natur sein konnte – und dass Licht so viele Formen hatte. Ob es im satten Sommergrün leuchtete, auf dem Wasser der Spree funkelte, zwischen den

Zweigen der Bäume tanzte oder feucht durchs Erlengeäst sickerte: es war wunderschön. Ella konnte sich gar nicht sattsehen. Da machte es auch nichts, dass Tilda vorn neben ihrem Vater auf dem Beifahrersitz saß und Ella über dem Motorenbrummen und dem Rauschen der Klimaanlage kaum die Musik hören konnte, von Gesprächen ganz zu schweigen. In diesen letzten Minuten der Fahrt versank sie einfach im Lichtspiel vor den Autofenstern und hätte ewig so weiterfahren können.

Schließlich aber erreichten sie Lehde, den kleinen Ort, in dem Tildas Tante Geli lebte. Lehde war ein Dorf wie aus einem Märchenbuch. Geduckte Häuschen aus dunklem Holz und mit strohgedeckten Dächern sahen ruhig auf die plätschernden Kanäle, die das ganze Dorf durchzogen. Verblüfft sah Ella, wie viele Menschen auf den Fließen unterwegs waren, mit breiten Holzkähnen, Kajaks und anderem Gefährt, paddelnd, stoßend und treibend, während sie die Höfe vom Wasser aus bestaunten. Nach all der Stille, dem Raum und dem Licht der Fahrt hatte sie beinahe vergessen, dass es auf der Welt so etwas wie Touristen gab. In diesem Augenblick empfand sie die vielen Leute geradezu als Belästigung, und im Stillen hoffte sie inständig, Tante Gelis Ferienhaus möge etwas außerhalb liegen.

Vorn auf der Beifahrerseite hüpfte Tilda nun gewohnt schwungvoll aus dem Wagen, reckte und streckte sich und stöhnte laut über Schmerzen in ihrem Hintern. Ella lächelte still. Sie hatte ihre Freundin immer ein wenig darum beneidet, dass sie scheinbar vor nichts Angst hatte und dass ihr rein gar nichts unangenehm war. Auf der anderen Seite hatte sie selbst eigentlich überhaupt nicht das Bedürfnis, sich mit einfach allen Menschen gut zu verstehen, die sie traf. Es reichte ihr völlig, in Tildas Windschatten zu stehen und den Frohsinn gewissermaßen aus der Ferne in sich aufzunehmen. Meistens jedenfalls.

Tante Geli allerdings, die in diesem Moment aus der Tür des kleinen Hofes trat, vor dem sie angehalten hatten, machte es ihr sehr leicht, auch selbst nach vorn zu treten und zu lächeln. Es war sofort offensichtlich, dass Tilda mit ihr verwandt war und aus welchem Teil der Familie Ellas Freundin ihr einnehmendes Wesen übernommen hatte.

Tante Geli war eine kleine, drahtige Person mit verwuscheltem Pixiehaarschnitt und Unterarmen wie ein Holzfäller. Die Lachfalten in ihren Augenwinkeln waren so tief, dass sie sogar zu sehen waren, wenn sie ernst dreinschaute. Vermutlich kam das nicht allzu oft vor. Sie umarmte erst Tildas Vater, dann Tilda und zum Schluss auch Ella, ehe die auch nur darüber nachdenken konnte, ob ihr das zu schnell zu viel Nähe war.

»Da seid ihr ja endlich! Ich habe schon sehnsüchtig auf euch gewartet! Kommt rein, ihr müsst sterben vor Hunger. Ich habe selbst gefangenen Fisch, in Sahne eingelegt mit Kartoffeln – und natürlich Spreewaldgurken. Dazu hausgemachte Limo, und zum Nachtisch gibt es frischen Butterkuchen mit Vanilleeis. Na, wie klingt das?«

Ella wechselte einen Blick mit Tilda. Das klang wirklich verlockend. Trotzdem konnte sie die Enttäuschung nicht ganz hinunterschlucken. Zugegeben, sie hatte gehofft, gleich ins Ferienhaus einziehen zu können. Tilda schien es ganz ähnlich zu gehen, aber sie nickte Ella beschwichtigend zu.

Geduld!, hieß der Blick. *Es dauert bestimmt nicht lange!*

Und natürlich verstand Ella, dass Tante Geli ihren Bruder und ihre Nichte, die doch so weit entfernt lebten, nicht sofort wieder hergeben wollte. Also nahm sie sich fest vor, die Gesellschaft fremder Menschen noch ein Weilchen zu ertragen und das Mittagessen zu genießen.

Tatsächlich sank die Sonne noch kaum ins Blattwerk des Erlenwaldes am anderen Ufer, als sie sich schließlich von Tildas Vater verabschiedeten und mit Sack und Pack in Tante Gelis Fließenkahn kletterten.

»Das Häuschen ist auch über Land zu erreichen«,

erklärte Tante Geli, während sie kräftig mit einer langen Holzstange in den Grund stieß und den breiten Kahn geschickt durch den Kanal manövrierte. Noch immer waren viele Touristen und Einheimische mit ihren Booten unterwegs, aber je weiter sie kamen, desto mehr hatten sie das glitzernde Wasser für sich. »Da lauft ihr etwa zwanzig Minuten vom Ortskern aus. In der Hütte gibt es eine Karte, aber ihr braucht eigentlich nur dem Wanderweg zu folgen. Ihr habt aber auch einen eigenen kleinen Kahn am Haus. Über die Fließe seid ihr in zehn Minuten im Dorf, wenn ihr erst mal raushabt, wie es funktioniert.« Tante Geli lachte. »Dann werdet ihr nur noch die Wasserwege benutzen, glaubt mir.«

Ein angenehmer Schauer rieselte bei diesen Worten über Ellas Rücken. Die Vorstellung, ganz allein und unabhängig mit dem Kahn durch diese verwunschene Wasserwelt zu fahren, war so wildromantisch, dass sie Ella fast wie ein Traum schien. Sie nahm sich fest vor, noch heute zu versuchen, Tilda zu einer kleinen Bootsfahrt zu überreden.

Doch in diesem Moment glitt der Kahn um eine Biegung und von einem Moment zum nächsten war alles vergessen. Wie aus dem Märchen tauchte die Ferienhütte vor ihnen auf: ein winziges Häuschen aus dunklem Holz, dessen Dach bis zum Boden reichte. Eine sonnenüberflutete Veranda sah auf das Wasser hinaus und den Giebel schmückten zwei gekreuzte Schlangen mit Kronen auf den hölzernen Köpfen. Ein schmaler Steg führte vom Ufer ein gutes Stück ins Wasser hinein, und dort schaukelte, wie von Tante Geli versprochen, gut vertäut ein kleiner Kahn. Ringsum war das winzige Haus nur von Wald und Wasser umschlossen, ganz als gäbe es keine anderen Menschen auf der ganzen Welt.

Wie im Traum, dachte Ella. *Wie in einem wunderschönen Traum.*

Im gleichen Augenblick, als hätte sie ihre Gedanken gehört, wandte sich Tilda zu ihr um, und das Leuchten in den Augen ihrer Freundin ließ es Ella warm ums Herz werden, als schiene die Abendsonne direkt in sie hinein.

Sanft glitt der Kahn zum Steg und schmiegte sich mit der Breitseite an das feuchte Holz. Tante Geli kletterte zuerst an Land und band das schaukelnde Boot sicher fest. Dann half sie den Mädchen, mitsamt ihren Koffern und Taschen trocken auf den Steg zu klettern.

»Also, ihr zwei. Da wären wir.« Sie ließ ihr strahlendes Lächeln sehen. »Fühlt euch wie zu Hause.« Sie hängte Tilda den Haustürschlüssel an einem Band um den Hals. »Dann wünsche ich euch eine fantastische Zeit – und wenn ihr mal im Dorf seid, freue ich mich, wenn ihr mich besuchen kommt! Meine Nummer ist im Haustelefon eingespeichert, falls mal etwas ist. Aber ich bin sicher, ihr werdet wunderbar zurechtkommen.« Sie umarmte die beiden noch einmal, dann kletterte sie zurück in ihren Kahn und stieß sich ab. »Bis bald, meine Mädchen! Macht es euch schön! Und denkt immer daran, beide Türen abzuschließen!«

Sie winkte ein letztes Mal. Dann waren Tante Geli und ihr Kahn hinter der Biegung verschwunden.

Eine Weile noch standen Tilda und Ella nebeneinander auf dem Steg und ließen die Szenerie auf sich wirken. Dann hielt Ella es nicht mehr länger aus. Aus einem plötzlichen Impuls heraus fiel sie ihrer Freundin um den Hals und drückte ihr einen dicken Kuss auf die Wange. »Wir haben es geschafft, Tilly!«, flüsterte sie atemlos. »Ist es nicht wundervoll?«

Auch Tildas Stimme klang ein wenig rau vor Freude und Aufregung.

»O ja«, sagte sie. »Das ist es.«

Gemeinsam schritten die beiden Freundinnen den schmalen Pfad hinauf, der vom Ufer zum Haus führte. Und als Tilda kurz darauf die niedrige Haustür aufschloss, fühlte sich Ella, als würde sie zum ersten Mal durch den Schrank nach Narnia kommen.

Das Innere des Hauses war so klein, so urig und gemütlich wie ein Zwergenhäuschen – nur mit eindeutig mehr Komfort. Tilda und Ella ließen ihre Taschen und Koffer im Flur stehen und sahen sich neugierig um.

»Tante Geli hat gesagt, die Invertarlisten liegen in der Küche«, sagte Tilda. »Wir sollen kontrollieren, ob alles da ist. Wollen wir damit gleich anfangen?«

Ella nickte. Tatsächlich konnte sie es kaum erwarten, jeden Winkel ihres Märchenhauses zu untersuchen. »Ich gehe nach oben, einverstanden?«

»Alles klar.« Tilda grinste. »Wir treffen uns dann gleich wieder hier, okay?«

Ella nickte, schnappte sich die Inventarlisten für Schlafzimmer und Bad und machte sich auf den Weg.

Das obere Stockwerk war über eine enge Wendeltreppe zu erreichen, die durch ein Loch in der Wohnzimmerdecke hinaufführte, und eigentlich hatte Ella den direkten Weg nach oben nehmen wollen. Doch als sie im Wohnzimmer vor der großen Schiebetür aus Glas stand, die auf die Veranda und das glitzernde Spreeufer hinaussah, musste sie doch noch einmal stehen bleiben und den Anblick in sich aufsaugen. In ihrem ganzen Leben war sie noch nie an einem so schönen Ort gewesen, und für einen winzigen Augenblick schien es ihr plötzlich, als wäre in diesen nächsten zwei Wochen alles möglich.

Sobald sie mit der Inventur fertig waren, mussten sie unbedingt noch etwas Zeit auf der Veranda verbringen, dachte Ella. Was für ein großartiges Gefühl würde es sein, dort zu sitzen und sich der Illusion hinzugeben, dass all dies allein ihnen gehörte!

Doch als sie in diesem Moment geistesabwesend eine Hand auf den Griff legte, glitt die Tür mit einem Mal zur Seite, als böte sie überhaupt keinen Widerstand. Ella zuckte unwillkürlich zurück. War die Tür etwa nicht von innen verriegelt gewesen? Hatte Tante Geli das bei ihrem letzten Kontrollbesuch etwa übersehen? Hatte sie Tilda und Ella vielleicht deshalb so oft eingeschärft, auch an die Verandatür zu denken? Weil sie selbst dazu neigte, es zu vergessen? Oder …

Ella runzelte die Stirn und beugte sich nah zu dem Griff herunter. Sie war natürlich kein Profi, aber soweit sie es beurteilen konnte, gab es keine Spuren, die von einem gewaltsamen Eindringen sprachen. Trotzdem tauchten auf der Stelle Bilder in ihrem Kopf auf. War etwa ein Fremder hier gewesen? Einer, der sich bei ihrer Ankunft schleunigst aus dem Staub gemacht hatte? Ein aufgeregtes Kribbeln überzog Ellas Nacken, als sie die Tür leise wieder zuschob. Sie wusste selbst nicht, warum sie nicht gleich nach Tilda rief und ihr von der Entdeckung berichtete. Stattdessen sah sie sich mit plötzlich klopfendem Herzen noch einmal genauer im Wohnzimmer um. Mit einem Mal schien ihr der kleine Raum noch vom Atem einer anderen Person erfüllt zu sein. Oder spielten ihre Sinne ihr einen Streich? Hatte jemand kürzlich dort im Schaukelstuhl in der Ecke gesessen – oder war das Kissen einfach schon lange nicht mehr aufgeschüttelt worden? Ellas Finger auf dem Handlauf der Wendeltreppe bebten, als sie sich wie magisch angezogen auf den Weg ins obere Stockwerk machte. Sie hatte keine Angst, nicht die Spur, obwohl das sicher vernünftig gewesen wäre. Stattdessen kribbelte ihr ganzer Körper in einer Art freudiger Erwartung auf – was? Sie konnte es nicht sagen. Aber plötzlich schienen ihr überall Hinweise auf einen heimlichen Besucher zu sein. Natürlich konnte die Pfütze in der Dusche auch von einem undichten Wasserhahn stammen. Aber hing nicht noch ein leichter Geruch nach Männershampoo in der Luft? Und warum war die Toilettenpapierrolle schon angebrochen?

Ellas Herzklopfen schwoll auf die Frequenz eines Presslufthammers an, als sie sich der Schlafzimmertür näherte. Würde sie gleich dem geheimnisvollen Fremden gegenüberstehen? Ella hielt den Atem an – und stieß die Tür auf.

Ein leichter Luftzug trieb ihr entgegen.

Das Zimmer war leer.

Langsam ließ Ella den Atem entweichen. Erst jetzt wurde ihr bewusst, dass sie die Inventarlisten in ihrer Hand völlig zerknüllt hatte. Sie legte das knittrige Papier auf den Nachttisch. Dann öffnete sie rasch eine Schranktür nach der anderen. Nichts. Hier war niemand.

Fast ein wenig enttäuscht sah Ella sich um und begriff, wie sicher sie sich eigentlich schon gewesen war, hier oben jemanden anzutreffen. War hier denn wirklich niemand? Das breite Doppelbett war frisch gemacht – doch wirkte es nicht etwas flüchtig, wie in Eile? Und viel wichtiger noch: Warum stand das Fenster, das auf das Dach des Wintergartens hinausging, einen Spaltbreit offen?

Das Herzklopfen meldete sich augenblicklich zurück. Nicht eine Sekunde länger zweifelte Ella daran, dass ihr Instinkt richtig gewesen war. Jemand war kurz zuvor noch in diesem Zimmer gewesen.

Hastig riss sie das Fenster ganz auf und beugte sich so weit hinaus, wie sie es nur irgend wagte. Ja, von hier aus konnte man mit etwas Mut zweifellos auf den Wintergarten springen und von dort aus in den Garten klettern. Doch es war weit und breit niemand zu sehen. Nur die Erlen rauschten leise im leichten Wind, der vom Wasser kam.

Enttäuscht ließ Ella sich auf die Bettkante sinken. Sie hatte ihn verpasst. Wie schade. Mit ausgebreiteten Armen ließ sie sich rücklings auf die Matratze fallen, um sich von der Aufregung zu erholen.

Da ertasteten ihre Finger unter der Decke etwas Hartes. Etwas, das garantiert nicht in ein Bett gehörte.

Wie von einer Wespe gestochen richtete sich Ella wieder auf und riss die Bettdecke zur Seite. Und dort, zwischen den Falten des Lakens, als hätte es sich dort versteckt und nur auf sie gewartet, lag ein kleines schwarzes Buch. Ein Notizbuch offenbar, dessen abgegriffener Ledereinband Geschichten darüber erzählte, wie oft es in der Hand gehalten worden war. Ehrfürchtig, als könne eine zu hastige Bewegung es verschwinden lassen, nahm Ella das Büchlein in die Hand und schlug es vorsichtig auf.

Doch es waren keine Worte, die sie fand. Sondern Skizzen. Wunderschöne Skizzen. Seite um Seite war bedeckt mit feinen Linien und liebevollen Details. Menschen. Natur. Gefühle. Und zuletzt: das verwunschene Häuschen und der Steg mit dem Kahn. Aller Zauber, den Ella seit ihrer Ankunft hier verspürt hatte, war in diesen einfachen Skizzen eingefangen. Selbst das traumhafte Licht schien direkt aus den Seiten heraus zu leuchten, obwohl es doch nur graue Linien auf cremefarbenem Papier waren. Ella war hingerissen. Sie fühlte sich in ihrem Innersten berührt. Wie konnte jemand nur so zeichnen? Was für ein wundervoller Mensch musste das sein? Immer wieder blätterte sie noch einmal an den Anfang zurück, betrachtete Bild um Bild, saugte jedes Detail in sich auf, und ihr Herz schmerzte beinahe von dem Wunsch, den Künstler kennenzulernen.

In diesem Moment erklangen unter ihr Schritte im Flur. »Ella! Ella, wo steckst du?«

Ella fuhr heftig zusammen und schob das Büchlein

hastig unter eines der Kopfkissen. Nein, diese Entdeckung wollte sie nicht teilen, nicht mal mit ihrer allerbesten Freundin. Wenigstens nicht gleich.

Rasch lief sie zur Treppe und sah nach unten. Am Fuß der Stufen stand Tilda und strahlte zu ihr hinauf.

»Wo bleibst du denn? Komm, das musst du dir ansehen! Tante Geli hat uns den Kühlschrank randvoll gepackt mit leckerem Zeug!«

Ella nickte und hoffte, dass Tilda ihr die Aufregung nicht ansah – oder das bewegte Beben in ihrer Stimme hörte. »Ja, fabelhaft! Ich bin mit den Listen auch gerade durch. Das Schlafzimmer ist total schnuckelig, das kannst du mir glauben!«

Tilda grinste breit. »Aufs Wort. Los, komm runter, ich mach uns 'ne Limo auf.«

Ella atmete tief durch. Gerade in diesem Moment hätte sie nichts lieber getan, als zurück ins Schlafzimmer zu gehen und wenigstens noch einmal die Bilder in dem Skizzenbuch anzusehen. Aber das ging nicht, wenn sie Tilda nicht doch noch misstrauisch machen wollte. Und ganz davon abgesehen hatte ihre Freundin natürlich recht: Sie sollten unbedingt noch mal raus auf die Veranda, ehe die Sonne unterging. Hatte sie denn nicht vorhin noch davon geträumt, wie schön das wäre?

Also strich sie sich ein paar zerzauste Fransen hinters Ohr und lief rasch die Wendeltreppe hinunter.

Kapitel 3

Wer ein Glühwürmchen fängt

Tilda war ein echtes City-Girl, schon immer gewesen. Sie liebte die Ruhelosigkeit der Großstadt, das pulsierende Leben Tausender Menschen in jedem Atemzug. Und nie hätte sie gedacht, dass sie sich so weit fort von alldem so frei fühlen könnte. Doch an jenem Abend auf der Veranda des Hauses am Fluss konnte sie sich kein Wort vorstellen, das ihre Empfindungen besser beschrieben hätte.

Der Blick von ihrem Platz aus über den Spreefließ war atemberaubend. Das glitzernde Wasser, der glutrote Ball der Sonne hinter den Bäumen und die Dämmerung, die sich wie ein dunkelvioletter Schleier über alles legte. Darüber die Stille, die gar nicht wirklich still war, sondern erfüllt von Rauschen, Plätschern, Zirpen und Zwitschern. So ruhig und zugleich so lebendig.

Und Ella. Ein Lächeln stahl sich auf Tildas Gesicht, wann immer sie ihre Freundin ansah. Noch nie war das elfenzarte Mädchen ihr so gelöst, so entspannt erschienen. Tilda erinnerte sich, dass Ella einmal gesagt hatte, sie vermisse zwar nicht das Kaff, aus dem sie fortgezogen war. Aber die Natur in greifbarer Nähe, die sie von klein auf um sich gehabt hatte, die fehle ihr. Und hier, mitten in diesem Märchenwald, begann Tilda zu ahnen, warum.

Sie hatten sich auf den Liegestühlen ausgestreckt und die Beine hochgelegt, nuckelten ihre Cola aus Strohhalmen und schwelgten in fantastischen Planereien, was sie die kommenden vierzehn Tage alles anstellen würden.

»Also, du hattest recht«, sagte Tilda irgendwann und reckte sich genüsslich. »Das hier könnte wirklich quasi perfekt werden.«

Ella lachte. »Quasi? Mensch, Tilly. Du bist immer so bescheiden. Lass doch die Einschränkungen mal weg. Man muss sich auch das ganz große Ding wünschen dürfen, oder?«

Tilda nahm noch einen Schluck von ihrer Cola und dachte darüber nach. Der Abendwind vom Wasser her strich über ihre Wangen. Ein paar letzte rotgoldene Sonnenstrahlen kitzelten warm ihre Beine.

»Klar«, sagte sie schließlich. »Aber wenn man sich in kleinen Schritten dorthin wünscht, ist die Enttäuschung nicht ganz so groß, falls es nicht klappt. Ich meine, stell dir mal vor, es regnet morgen.«

Ella zuckte unbeeindruckt die Schultern. »Na und? Dann tanzen wir im Regen.«

Tilda musste lachen. »Okay. Und bei Gewitter?«

»Kuscheln wir uns am Kamin in Decken, lesen uns schnulzige Liebesgeschichten vor und heulen am Ende.«

»Igitt!«

Jetzt lachte auch Ella. »Na gut. Ich heule und du lachst mich dafür aus.« Sie stand auf und streckte Tilda ihre Hand entgegen. Ihr Lächeln war warm. »Komm. Ich zeig dir, wie man richtig wünscht.«

Überrascht sah Tilda auf Ellas Hand und spürte, wie ihr das Blut in die Wangen stieg. Wie lange war es wohl her, dass sie einander zuletzt bei der Hand gehalten hatten? Zwei Jahre? Eher zweieinhalb, vermutlich. Tilda kannte einige Mädchen, die das mit ihren besten Freundinnen häufig taten. Sie selbst hatte es immer albern und aufgesetzt gefunden. Und trotzdem war sie es gewesen, die in jenen fernen ersten Tagen ihrer Freundschaft zuerst nach Ellas Hand gegriffen hatte.

Komm schon, hatte die Tilda von damals gesagt. *Du kannst doch nicht ewig ein Teil dieser Wand bleiben.*

Damit hatte sie ihre Finger um Ellas geschlossen und sie beherzt ins Sonnenlicht gezogen. Hatte sie einfach nicht mehr losgelassen, obwohl es ihr im tiefsten Herzen furchtbar peinlich war. Und Ella, im Gegenzug, hatte sich an ihr festgeklammert, als wöge der freie Raum abseits ihrer schützenden Mauer viel zu schwer, als dass sie ohne Hilfe aufrecht hätte stehen können.

In den folgenden Monaten hatte Ella immer wieder Tildas Hand gebraucht. Für kleine Schritte und für große, während sie langsam ein zögerliches Vertrauen in die Menschen um sie herum fasste. Aber das war lange her. Und erst jetzt, wo Ella lächelnd und mit ausgestreckter Hand vor ihr stand, wurde Tilda bewusst, dass es schon seit geraumer Zeit vielmehr ihre Freundin gewesen war, die sie – auch ohne sie körperlich zu berühren – mit sich gezogen hatte, nicht umgekehrt. Unwillkürlich fragte sie sich, ob Ella das auch spürte. Und was sie selbst davon halten sollte.

»Was hast du denn vor?«, murmelte sie und wusste, dass es knurriger klang, als sie es eigentlich meinte.

Ella hob die Brauen. »Einen Sommernachtsspaziergang im Wald natürlich. Wo sonst soll man die ganz großen Wünsche finden? Na, komm.« Der Schalk in ihren Augen funkelte im Abendlicht und sie streckte ihre Hand noch etwas weiter aus. »Es guckt doch keiner.«

Nein, dachte Tilda und kam sich von Sekunde zu Sekunde alberner vor, weil sie sich so anstellte, das war natürlich richtig. Hier war überhaupt niemand außer ihnen.

Und als sie aufstand und zum ersten Mal seit Jahren nach Ellas Hand griff, spürte sie ein warmes Gefühl der Vertrautheit in sich aufsteigen. Vielleicht war es gar nicht so schlecht, nicht immer selbst vorausgehen zu müssen.

Der Dämmerungshimmel hatte sich dunkelgolden verfärbt, mit Sprenkeln von Feuerrot und Klecksen in Mitternachtsblau. Die Zweige im Abendwind warfen tanzende Muster wie magische Tätowierungen auf die Gesichter und Arme der Freundinnen, als sie Hand in Hand auf den schmalen Pfaden der Rehe durchs Unterholz wanderten, und ließen sie selbst wie Zauberwesen aussehen. Nur wenige Schritte vom Garten des Ferienhauses entfernt fühlte Tilda sich bereits der Realität entrückt, als hätten sie eine Geisterwelt betreten. Obwohl Tilda an so einen Unsinn natürlich nicht glaubte. Trotzdem ließ sie die Taschenlampe, die sie aus purer Vernunft eingesteckt hatte, entgegen genau dieser Vernunft ausgeschaltet an ihrem Gürtel baumeln. Dabei konnte sie den Weg zu ihren Füßen nur gerade eben noch erahnen und die Dunkelheit fiel immer schneller herab. Schon leuchteten die ersten Sterne weit jenseits der Baumkronen über ihnen.

»Ich habe gelesen«, raunte Ella in diesem Moment

dicht an Tildas Ohr, »dass im Spreewald Irrlichter wohnen. Wenn du dich verirrt hast und eines fängst, leiten sie dich nach Hause und erfüllen dir sogar einen Wunsch – das heißt, falls du eine gute Seele hast. Wenn du aber böse Gedanken hegst, führen sie dich erst recht in die Irre, und du wirst nie wieder gesehen …«

Tilda wandte sich zu ihr um, einen spöttischen Kommentar auf den Lippen. Aber als sie in Ellas ernstes Gesicht sah, erstarben die Worte, bevor sie ihren Mund verlassen konnten. Im Zwielicht des Waldes schienen solche Gedanken plötzlich so greifbar. So unsagbar *möglich*, dass es Tilda einen Schauer das Rückgrat entlangschickte.

Ellas Augen waren groß und dunkel. Sie lachte leise. »Guck doch nicht so. Wenn sie irgendwem nichts anhaben können, dann dir. Du solltest dir lieber schon mal einen Wunsch überlegen.«

Tilda wusste dazu nichts zu sagen. Wie so oft konnte sie nicht erraten, wie ernst Ella ihre Worte meinte. Wie sehr ihre Freundin daran glaubte, an all diese Magie und die Sagen. Wenn sie ehrlich war, wusste Tilda es in diesem Augenblick selbst nicht. Und ihr Herz tat unwillkürlich einen Satz, als Ella plötzlich die Hand ausstreckte.

»Schau mal! Da sind sie!« Und tatsächlich leuchteten im Unterholz am Saum des Pfades einige grünlich glimmende Lichtpunkte auf, die einander lautlos umtanzten.

Tilda ließ langsam Luft durch die Nase entweichen. »Ella … das sind Glühwürmchen.«

Ella drückte fest ihre Hand. »Ja …«, flüsterte sie begeistert. »Ist das nicht wunderbar? Sieh doch. Sie sind überall!«

Und als Tilda sich umwandte, sah sie, dass Ella recht hatte. Rings um sie her glühten in der Dunkelheit die kleinen Leuchtwesen auf wie eine winzige Imitation des Sternenhimmels, der immer deutlicher durch die Baumkronen blinzelte.

Ellas Hand verschwand aus ihrer. »Ich fange eins!«

»He …!« Zu spät versuchte Tilda, sie aufzuhalten. Ella war bereits mehrere Schritte ins Unterholz vorgedrungen und schon jetzt kaum noch mehr als ein Schemen im dunklen Gewirr der Zweige.

»Ella, warte!«, zischte Tilda und griff nun doch nach der Taschenlampe, obwohl es ihr immer noch widerstrebte, den Zauber des nächtlichen Waldes mit künstlichem Licht zu zerstören. »Komm zurück, okay?«

Sie hörte ihre Freundin lachen. »Keine Angst, Tilly! Komm her, es ist wunderschön!«

Aber Tilda dachte nicht dran. Nervös blieb sie stehen, wo sie war, ballte ihre nun leere Hand zu einer Faust und spähte mit zusammengekniffenen Augen in die Dunkelheit, die ihre Freundin verschluckt hatte. Es raschelte. Zweige knackten. Schritte erklangen – und dann stieß Ella einen Jauchzer aus.

»Ich hab eins!« Erneut ertönten Schritte ganz in der Nähe, dann tauchte Ella aus den Schatten vor Tilda auf, als wäre sie nie fort gewesen. Tilda konnte ihr Gesicht kaum noch erkennen, so finster war der Wald inzwischen. Doch das musste sie auch nicht, um zu wissen, wie Ellas Augen strahlten.

»Hier.« Ihre Stimme war nur noch ein atemloses Wispern. Sie hob ihre zu einem Käfig geformten Hände vor Tildas Gesicht und öffnete sie gerade so weit, dass das winzige Tier darin nicht gleich entkommen konnte. »Jetzt habe ich einen Wunsch frei.«

In der Höhle zwischen Ellas Fingern glomm ein einzelnes, schwaches Pünktchen. Tilda runzelte die Stirn. Aus der Nähe war das Glühwürmchen überhaupt nicht hübsch, ein schrumpeliger brauner Käfer mit glühendem Hinterteil. Und der sollte einen Wunsch erfüllen? Bei dem Gedanken hätte Tilda fast gelacht. Dann wiederum tat ihr das Tier ziemlich leid, das dort hockte und vor Schreck über die plötzliche Gefangenschaft wie erstarrt war.

»Komm schon«, sagte sie. »Lass ihn wieder frei.«

Ella nickte ernst. »Natürlich. Ich will ihm nichts tun, das weißt du ja wohl.« Sie schloss die Augen und atmete tief durch. »Ich wünsche mir …«, flüsterte sie und hielt die Fingerhöhle mit dem Leuchtkäfer nun vor ihre eigene Stirn. »Ich wünsche mir … dass bald die Wahre Liebe vor mir steht.« Ihre Stimme zitterte ein wenig, und Tilda konnte hören, dass die Worte aus tiefstem Herzen kamen.

»Bitte«, wisperte Ella noch leiser und öffnete die Hände. »Liebes Irrlicht, hilf mir!«

Eine Sekunde verstrich, dann eine weitere und schließlich eine dritte, in der das Glühwürmchen – noch immer starr vor Angst – nur auf Ellas erhobener Handfläche hockte. Dann aber breitete der Käfer die Flügel aus und taumelte hastig davon. Innerhalb kürzester Zeit hatte er sich zwischen den anderen Leuchtpunkten verloren.

Wie in einem Traum gefangen blieb Ella noch eine ganze Weile stehen und sah ihm nach. Ein Lächeln lag auf ihren Lippen, wie Tilda es noch nie gesehen hatte. Ein Lächeln so voller Sehnsucht und Hoffnung, dass es Tilda fast körperlich schmerzte. Und zugleich spürte sie ein leichtes Gefühl der Bitterkeit in sich aufsteigen – irrational, aber nicht zu verleugnen. So einsam fühlte Ella sich also, weil sie keinen Freund hatte? So sehr vermisste sie die Nähe zu einem noch völlig Unbekannten? War ihre Freundschaft, die Nähe zwischen ihnen, dieser Urlaub und überhaupt alles, was sie teilten, dann in Ellas Augen gar nicht so viel wert, wie Tilda es immer empfunden hatte?

So ein Unsinn.

Tilda presste die Lippen zusammen und griff nach der Taschenlampe. Ein scharfer Strahl weißen Lichtes durchschnitt wie ein Messer den Schleier, den die Dämmerung über sie gelegt hatte. Ella stieß einen verblüfften Laut aus. »He, was machst du denn?«

»Hmm, sorry. Wird langsam ziemlich finster«, murmelte Tilda ausweichend. »Lass uns zurückgehen.«

»Oh.« Im Schein der Taschenlampe war Ellas Gesicht weiß wie Kreide. »Okay … Ich dachte nur, du wolltest es vielleicht auch noch versuchen.«

Sie klang so enttäuscht, dass Tilda ihre schroffe Reaktion direkt wieder leidtat. Warum war sie denn nur so empfindlich? Hatte sie nicht am Vormittag noch versucht, Ella mit Tom zu verkuppeln? Warum also traf es sie so, wenn Ella von der großen Liebe träumte?

Vermutlich, weil sie es hier in *ihrem* Urlaub tat, wo Tilda der Gedanke an andere Menschen völlig fern war. Weil sie gedacht hatte, dass es Ella ebenso ging. Tilda seufzte und bemühte sich um ein Lächeln, als sie den Kopf schüttelte. »Nein, danke. Es ist so schön hier. Ich weiß gar nicht, was ich mir noch wünschen soll. Außer vielleicht, dass es morgen nicht regnet.«

Selbst in der Dunkelheit sah sie, wie Ella die Röte in die Wangen stieg. Ob vor Verlegenheit oder weil sie sich ertappt fühlte, konnte Tilda nicht sagen. Aber sie fing sich schnell. »Ach so, ja dann … lass uns schwimmen gehen, okay?«

Tilda schnaufte. »Schwimmen? Im Dunkeln? Auf wie viele verrückte Ideen willst du denn heute noch kommen?« Aber das Lächeln fiel ihr schon viel leichter. Und wenn sie ehrlich war, dann klang Ellas Vorschlag richtig gut. Schwimmen im Mondschein, das war eine großartige Vorstellung. Was brachte es denn, beleidigt zu sein? Ella wünschte sich seit jeher die große Liebe. Es war ja nicht so, dass Tilda das nicht schon vorher gewusst hätte. Sie selbst war es, die sich albern aufführte. Aus einem Impuls heraus nahm Tilda ihre Freundin in den Arm und drückte sie fest. »Entschuldige«, murmelte sie.

Für einen Augenblick schien Ella überrascht. Dann aber legte sie ihre Arme um Tilda und die Wange auf ihre Schulter. »Schon gut. Ich hab dich lieb, Tilly.«

Und diese einfachen Worte genügten, um Tilda das Herz aufgehen zu lassen.

Eine kleine Weile standen sie so inmitten der Glühwürmchen. Dann griff Tilda entschlossen erneut nach Ellas Hand. »Komm. Das Wasser ist bestimmt toll!«

Und als sie sich diesmal den schmalen Pfad entlang auf den Rückweg zum Haus am Fluss machten, war es wieder Tilda, die voranging.

Kapitel 4
Mats

Es regnete nicht am nächsten Tag. Im Gegenteil: Wenn das überhaupt möglich war, strahlte der Himmel über der Spree in einem noch tieferen Kristallblau als zuvor. Tilda stand auf der Veranda des Märchenhauses und sah über das Wasser hinüber zum Erlenwald, wo, wie Tante Geli gesagt hatte, die Kernzone des Spreewald-Biosphärenreservats lag. Dort hinein durfte man nur mit spezieller Genehmigung, zu Forschungszwecken beispielsweise, um die Tiere, die dort lebten, nicht mehr als nötig zu stören. Aber auch aus der Ferne war das satte, lebendige Grün des Waldes beruhigend und traumhaft schön.

Ein wenig wunderte sich Tilda schon über sich selbst. Normalerweise bekam sie in den Ferien nichts vor zehn Uhr aus dem Bett. Ihre Mutter hätte das jedem bestätigt, denn sie hatte wirklich alles versucht –

von Brötchenduft bis hin zu einem eiskalten kleinen Finger in Tildas Ohr. Meistens wurde es sogar eher elf oder halb zwölf. Aber an diesem Morgen war es nicht mal halb neun gewesen, als sie aufwachte und sich völlig klar und frisch fühlte. Ella schlief noch tief und friedlich auf der anderen Seite des breiten Doppelbettes. Doch entgegen aller Gewohnheit hatte Tilda nicht mal den Hauch einer Versuchung gespürt, sich selbst noch einmal umzudrehen. Ob es an der tiefen Ruhe lag, die das Haus umgab, oder an der gleichmäßigen Melodie von Ellas Atem, dass sie so unglaublich fest geschlafen hatte? In jedem Fall fühlte sie sich fit und erholt wie selten zuvor, und so hatte sie sich aus dem Schlafzimmer die Wendeltreppe hinuntergeschlichen und sog nun in vollen Zügen die Stille und Einsamkeit in sich auf, bis sie fast davon überfloss. Denn auch an diesem Tag war der Spreefließ vor dem Ferienhaus fast menschenleer, nur ganz selten glitt ein Kahn vorbei. Ein Graureiher stakste im seichten Uferschlamm neben dem Steg, wo Tilda und Ella gestern im Mondschein über die Planken gerannt und ins Wasser gesprungen waren. Ellas Lachen, das Platschen und Spritzen klang Tilda noch im Ohr.

Bei Mondschein baden, dachte sie und lächelte unwillkürlich, war sicher viel besser, als im Regen zu tanzen. Tatsächlich hatte sie Wasser noch nie so erlebt wie am Abend zuvor. Die Bewegung der Strömung auf ihrer bloßen Haut, die Kühle, das Mondlicht – all das hatte ihr eine ganz neue Art der Lebendigkeit vermittelt, die sie schwer, erschöpft und völlig im Reinen mit der Welt zurückließ.

Vielleicht hatte sie auch deshalb so gut geschlafen.

Als jemand ihr von hinten in den Nacken pustete, machte Tilda einen Satz nach vorn und schrie auf.

Ellas helles Lachen, das ihr vom Vorabend noch so lebhaft in Erinnerung war, erklang hinter ihr. »Guten Morgen!« Sie stand in der Tür zur Veranda, golden angemalt vom Morgenlicht. Die offenen Haare waren ein zerzaustes Vogelnest um ihren Kopf, das XXL-Shirt mit dem verwaschenen Totenkopf-Aufdruck ein Relikt aus der Zeit, als sie sich am liebsten im Schatten versteckt hatte.

»Willst du, dass ich tot umfalle?«, schnaufte Tilda. Sie hatte keinen einzigen Schritt gehört, so versunken war sie in ihre Gedanken gewesen. Anders konnte sie es sich zumindest nicht erklären, dass Ella sich die knarrende Treppe hinunter bis direkt hinter sie hatte schleichen können.

Ella kicherte triumphierend. »Was ist los mit dir, Tilly? Du bist doch sonst nicht so schreckhaft.«

Das stimmte. Tatsächlich hatte Ella in den Jahren ihrer Freundschaft schon an die hundert Mal versucht, Tilda zu überraschen. Bisher immer erfolglos. Kein Wunder, dass dies – ihrem Gesicht nach zu urteilen –

der perfekte Start in den ersten Ferientag war. Tilda brummte. Sollte es ihr gegönnt sein. Sie konnte so was mit Würde tragen.

»Bei der Kahnfahrt wird es dir noch leidtun, mein inneres Gleichgewicht gestört zu haben. Und das vor dem Frühstück.«

Na ja. Zumindest mit einer Art von Würde. Bei dem Gedanken musste Tilda fast schon über sich selbst lachen.

»Och ...« Ella tätschelte ihr kichernd den Kopf. »Nun sei nicht beleidigt. Du kriegst ein Brötchen extra – das heißt, falls wir es bis zum Bäcker schaffen.«

Tilda grinste. »Na klar. Wär doch gelacht.« Und wirklich fühlte sie sich in diesem Moment noch vollkommen zuversichtlich, dass sie ihr größenwahnsinniges Vorhaben vom Vorabend mit links in die Tat würde umsetzen können: Brötchen holen zu Wasser, gleich am ersten Morgen. Egal was Tante Geli gesagt hatte, so schwer konnte das doch nicht sein.

Ella lachte. »Ich bin gespannt. Also, ich husche noch schnell durchs Bad, packe uns eine Banane ein, und dann kann's meinetwegen losgehen.«

Und schon war sie leichtfüßig wieder ins Haus und die Wendeltreppe hinaufgehüpft, wo Tilda kurz darauf die Dusche rauschen hörte.

* * *

Das Lachen der Mädchen wehte über das Wasser. Mats konnte es beinahe sehen, wie goldene Schleier über den winzigen Wellen, leuchtender noch als das Morgenlicht. Sie hatten Schwierigkeiten, den Kahn zu steuern – oder ihn überhaupt nur in Bewegung zu setzen. Wie ein betrunkener Schwan dümpelte das Boot hin und her, die Stange wühlte das trübe Wasser auf, dass es spritzte. Aber die Mädchen schienen einen Mordsspaß zu haben. Die eine, die Jungenhafte mit den Strubbelhaaren, den Skatershorts und dem Trägershirt, stakste mit entschlossener Miene im Grund herum und bemühte sich nach Kräften, den Kahn ihrem Willen zu unterwerfen, während die andere, ein zartes, kleines Wesen im goldgelben Sommerkleid, sich auf die Bank im Bug drapiert hatte und haltlos kicherte, altkluge Ratschläge gab und ihre Freundin ab und an mit Wasser bespritzte.

Mats hätte das ungleiche Paar zu gern gezeichnet, während er sich im Schatten des Unterholzes am Waldrand verbarg und die beiden beobachtete. Doch allein der Gedanke daran rief die Erinnerung daran zurück, warum das gerade nicht möglich war – warum er überhaupt hier stand und warum er die vergangene Nacht wieder im Wald verbracht hatte statt in einem bequemen Bett.

Ob sie bald fort sein würden?

Und würde er dann eine Möglichkeit finden, noch

einmal ins Haus zu kommen und sein Skizzenbuch zu suchen? Mats hatte sich schon darauf eingestellt, die Verandatür diesmal aufbrechen zu müssen. Noch einmal würde er kaum das Glück haben, sie unverschlossen vorzufinden.

Er riss seinen Blick vom Haus los, als das Platschen und Lachen allmählich leiser wurde, und musste unwillkürlich grinsen. Die Mädchen hatten es tatsächlich geschafft, den Kahn halbwegs auf Kurs zu bringen, und glitten in abenteuerlichen Schlangenlinien davon.

Doch kurz bevor das Boot um die Biegung verschwand, wurde Mats mit einem Mal bewusst, dass das Mädchen in dem gelben Kleid zu ihm herübersah. Mit einem Blick, so tief und weit wie der Sommerhimmel bei Nacht. Er ging Mats durch Mark und Bein.

Mats rang nach Luft. Der Kahn verschwand aus seinem Sichtfeld und nahm die Mädchen mit sich. Aber der Blick, so schien es, blieb weiter auf ihm haften.

War das möglich? Hatte sie ihn wirklich bemerkt, trotz der Entfernung und trotz der Lichtverhältnisse, die gegen sie arbeiteten? Oder hatte sie nur zufällig gerade in diesem Moment in seine Richtung gesehen?

Mats schüttelte sich. Er hatte keine Zeit, zu lange darüber nachzudenken. Es fiel ihm bemerkenswert schwer, seinen Körper zur Mitarbeit zu überreden.

Aber wenn er jetzt nicht versuchte, ins Haus zu gelangen – wer wusste schon, wann sich die nächste Gelegenheit bieten würde? Also huschte er auf raschen Sohlen hinüber zur Veranda.

Wahrscheinlich hätte er überrascht sein sollen, als er den schmalen Spalt sah, wo die Tür nicht ganz ins Schloss geschoben worden war. Vielleicht auch erleichtert, ein zweites Mal so unverschämtes Glück zu haben. Aber nach dem Blick des Mädchens nur Sekunden zuvor gelang ihm nichts von beidem. Im Gegenteil, er war sich jetzt ganz sicher: Sie hatte ihn tatsächlich bemerkt.

Und sie hatte die Tür für ihn offen gelassen.

* * *

Es war tatsächlich nicht so schwer wie befürchtet, aber auch nicht ganz so leicht wie erhofft, den Kahn in der Mitte des Kanals auf Kurs zu halten. Was bei Tante Geli tags zuvor so elegant und lässig ausgesehen hatte, verlangte Tilda doch einiges an Kraft und Konzentration ab, ehe sie es schaffte, nicht mehr im Zickzack von einem Ufercrash zum nächsten zu schaukeln. Als sie den Dreh endlich raushatte, brannten ihre Muskeln vor Anstrengung – vor allem, weil sie störrisch jedes Hilfsangebot von Ella ausschlug. Für die Banane allerdings, die ihre Freundin tatsächlich wie angekündigt eingesteckt hatte, war ihr leerer Magen unendlich dankbar, als sie mit Ach und Krach etwa die Hälfte der Strecke hinter sich gebracht hatten und eine kurze Pause einlegten. Dafür ertrug sie – diesmal wirklich mit Würde – die belustigten Blicke und das sanfte Lächeln, mit dem Ella sie vom anderen Ende des Kahns aus beobachtete, wenn sie nicht gerade genießerisch das Gesicht in die Morgensonne hielt, ihre Finger durchs glitzernde Wasser gleiten ließ oder ins tiefgrüne Blattwerk blinzelte.

Nach einer fast halbstündigen Fahrt stand für Tilda dennoch fest, dass sie Ellas Vorschlag folgen und ihre Brötchen direkt im Dorf essen mussten. Noch so eine Tour auf fast nüchternen Magen traute sie sich an diesem Morgen dann doch nicht zu, so ehrlich musste sie zu sich selbst sein, auch wenn sie dann auf ein idyllisches Frühstück auf der Veranda verzichten musste. Aber am Ende war die Bank auf dem Gurkenmarkt ein fast ebenso perfekter Ort, wie sie dort saßen, das lebendige Treiben der Touristen und Dorfbewohner beobachteten und genüsslich die noch warmen Brötchen knusperten. Und zumindest würde auf dem Rückweg die Strömung auf ihrer Seite sein.

Als gegen Mittag ihr Märchenhaus endlich wieder hinter der Flussbiegung auftauchte, war Tilda mehr als nur erschöpft: Sie war fix und alle. Am Ende ihrer

Kräfte. Völlig platt. Aber zugleich war sie auch sehr stolz darauf, wie sie beide Fahrten gemeistert hatte, und das erfüllte sie mit einem unbeschreiblichen Hochgefühl – auch wenn sie spätestens am nächsten Tag ihre Arme wohl nicht mehr würde heben können. Jetzt war Tilda das noch herzlich egal. Es gab einfach kein besseres Gefühl, als der Welt zu zeigen, was sie draufhatte. Deswegen liebte sie das Skaten auch so sehr. Und der Kampf mit dem störrischen Kahn schien hier, wo das Skateboard fast überall nutzlos war, einen ziemlich brauchbaren Ersatz zu bieten.

Doch all das war in dem Moment vergessen, als sie den Jungen entdeckte, der auf der Veranda stand und ihnen entgegensah.

»Ella ...«

Ella, die gerade die Augen geschlossen und das Gesicht in die Sonne gehalten hatte, sah sie verblüfft an. »Was ...?« Sie drehte sich um – und da verstummte auch sie. Wer um alles in der Welt war das? Und was tat er an *ihrem* Haus?

Unaufhaltsam glitt der Kahn auf den Steg zu. Je näher sie kamen, desto besser konnte Tilda den Jungen sehen. Er war wahrscheinlich ein bisschen älter als sie und Ella, aber nicht viel. Siebzehn vielleicht oder auch schon achtzehn. Seine Haare waren dunkelblond, golden aufgehellt von der Sommersonne. Er trug verwaschene Jeans mit Löchern über dem Knie und ein verblichenes moosgrünes Shirt. Die ganze Zeit über ließ er sie nicht aus den Augen, und als der Kahn mit leichtem Rumpeln gegen den Steg trieb, konnte Tilda auch erkennen, dass seine Augen braun waren und seine Brauen über der Nase fast zusammenwuchsen. Und dass er ein Piercing in der rechten Augenbraue trug. Er sah nett aus – aber nicht nett genug, als dass er einfach so auf ihrer Veranda hätte stehen dürfen, ohne Tildas Misstrauen zu erregen. Vergessen war die Erschöpfung, vergessen der Wunsch, einfach die Beine hochzulegen und eine Limo zu schlürfen. Tilda sah zu Ella, deren Gesicht wie eingefroren wirkte. Aus großen Augen starrte sie den Jungen auf der Veranda an und lehnte sich dabei so weit vor, dass Tilda schon fürchtete, sie könne jeden Moment einfach ins Wasser plumpsen. Ellas rechte Hand klammerte sich an den Rand des Kahns, die linke hatte sie gegen die Brust gepresst. Ihr Mund war leicht geöffnet und ihre Wangen knallrot.

Ella hatte Angst vor fremden Menschen.

Tilda biss die Zähne zusammen und sprang auf den Steg, sodass der Kahn wild zu schaukeln begann, was Ella ein ersticktes Quieken entlockte und sie veranlasste, auch die zweite Hand zum Festhalten zu benutzen. Mit schroffen Bewegungen vertäute Tilda das Boot.

»Tilda!«, wisperte Ella hinter ihr. »Warte …«

Tilda straffte die Schultern. »Schon gut.« Sie warf

Ella einen Blick zu, der, wie sie hoffte, beruhigend wirkte. »Bleib ruhig sitzen. Ich sehe nach, was er will.«

»Nein!« Ella schüttelte heftig den Kopf und machte Anstalten, ebenfalls an Land zu klettern. »Ich komme mit.«

Der Junge hatte sich inzwischen nicht einen Zentimeter von der Stelle gerührt. Er stand immer noch oben auf der Veranda wie festgewachsen und musterte die Freundinnen unverändert aufmerksam. Einzig auf seine Lippen hatte sich ein kleines Lächeln geschlichen.

Tilda griff nach Ellas Hand. Komisch, dachte sie verschwommen, heute fiel ihr das so viel leichter als gestern Abend. Aber jetzt ging es ja auch um etwas ganz anderes. Jetzt musste sie Ella beschützen. Wie früher.

Ein paar Schritte unterhalb der Veranda, nah genug, dass sie im Notfall schnell zurück ins Boot hätten flüchten können, blieben die Mädchen stehen.

»Hey!«, rief Tilda und kniff die Augen gegen das Licht zusammen. Ihr Herz pochte laut und aufgeregt in ihrer Brust, aber komischerweise hatte sie keine Angst. Im Gegenteil. Sie fühlte sich stark und mutig und allemal bereit, es mit diesem Typen, diesem *Eindringling* aufzunehmen. Sie reckte angriffslustig das Kinn. »Kannst du uns mal verraten, was du an unserem Haus willst?«

Und jetzt, zum allerersten Mal, machte der Junge seinerseits einen Schritt auf sie zu. Sein Lächeln war nun größer. Herzlicher. Und verdammt, dachte Tilda, er sah *wirklich* nett aus!

»Hey auch«, sagte er und blieb sofort wieder stehen, die Hände in den Hosentaschen vergraben. »Sorry, wenn ich störe. Ich bin Mats. Ich wollte nicht verdächtig rüberkommen oder so. Um ehrlich zu sein …« Sein Schulterzucken wirkte ein bisschen hilflos. »Keine Ahnung, warum ich immer noch hier bin. Ich hätte längst weg sein sollen. Ich schätze, ich habe auf euch gewartet, weil …«, nun wurde sein Lächeln wirklich sehr breit, »na ja, ich wollte Danke sagen, glaube ich.«

Bei diesen Worten sah er an Tilda vorbei – zu Ella, die halb hinter ihr stand und sich an Tildas Hand klammerte, wie sie es früher getan hatte. Stumm schüttelte sie den Kopf und öffnete den Mund, als wolle sie etwas sagen.

Doch Mats kam ihr zuvor. »Du hast mir die Tür offen gelassen, stimmt's?«

Tilda glaubte, nicht richtig zu hören. Sollte das ein schlechter Witz sein? Fragend drehte sie sich zu Ella um.

Ihrer Freundin war alles Blut aus dem Gesicht gewichen. Ihr Blick sprang von Mats zu Tilda und wieder zurück. »Ich …«, stammelte sie, die Stimme kaum mehr als ein Wispern. »Nein, ich … äh …«

Wut kochte in Tilda hoch. Was fiel diesem selbstverliebten Kerl eigentlich ein? Ihnen dreist ins Gesicht zu lügen, um den Hals aus der Schlinge zu ziehen – und Ella dabei so in Bedrängnis zu bringen!

»So ein dämlicher Quatsch!«, fauchte sie, machte einen drohenden Schritt auf Mats zu und wedelte mit dem Handy vor seiner Nase herum. »Kannst du mir mal sagen, warum sie das tun sollte? Wir kennen dich nicht und wir wollen garantiert keinen perversen Spinner in unserem Haus! Und jetzt verpiss dich lieber, aber plötzlich – oder ich rufe die Polizei!«

Mats' Lächeln verschwand schlagartig und er hob beschwichtigend die Hände. »Hey … hey, schon gut! Tut mir leid, okay? Das war wohl ein Missverständnis …« Etwas ratlos sah er noch einmal zu Ella. Dann griff er unter sein Shirt und zog ein schwarzes Büchlein aus seiner Hosentasche.

»Ich hab es jedenfalls gefunden. Danke. Und nochmals« – nun besaß er tatsächlich den Anstand, rot zu werden vor Verlegenheit – »entschuldigt die Umstände und … Ich hoffe, ihr nehmt es mir nicht übel, dass ich euer Haus für ein paar Tage belegt habe. Die Tür hier war nicht richtig abgeschlossen, und da dachte ich, das muss Schicksal sein. War wohl ein Irrtum.« Er hob die Hand mit dem Büchlein zu einem etwas linkischen Gruß. »Also dann. Ich mach mich aus dem Staub. Habt noch eine schöne Zeit!«

Mit diesen Worten drehte er sich um und schlenderte davon, die Hände nun wieder in den Taschen vergraben und die Schritte betont lässig, als er auf den Waldrand zuging, und auf den Pfad, der zurück nach Lehde führte.

Tilda starrte ihm nach, der Mund stand ihr vor Sprachlosigkeit weit offen. Sie begriff nur die Hälfte von dem wirren Zeug, das der Typ da quatschte – was bitte sollte das für ein Buch sein, und was hatten sie oder Ella damit zu tun? –, aber eines verstand sie ganz genau. Er hatte schon *ein paar Tage* in diesem Haus gewohnt, ehe sie herkamen. Und das knallte er ihnen so locker vor die Füße, ehe er sich einfach aus dem Staub machte? Dieser …

Tilda war drauf und dran, ihm nachzurennen und etwas vermutlich sehr Dummes zu tun.

Doch in diesem Moment kam Leben in Ella. »Nein, warte!«

Mats fror mitten in der Bewegung ein. Dann drehte er sich langsam wieder um. Sein Gesicht verriet unverhohlene Überraschung. Und auch Tilda sah verdutzt auf ihre Freundin, die vor Aufregung am ganzen Körper bebte und doch so entschlossen und mutig schien, wie Tilda sie in den Jahren ihrer Freundschaft noch nie gesehen hatte. Was um alles in der Welt war denn nun in *sie* gefahren? Wurden sie jetzt alle miteinander verrückt?

Ellas Stimme brach bei jedem Wort, so sehr schüttelte sie ihre eigene Courage. Doch sie trat vor, an Tilda vorbei, einfach so, und sprach mit diesem Jungen, den sie doch noch nie zuvor gesehen haben konnte.

»Warum bleibst du nicht noch ein bisschen …? Wir haben Cola. Und Gummibärchen und Nüsse. Ich … würde gern mehr über dich erfahren.«

Tilda traute ihren Ohren nicht. Was zum Geier lief denn hier eigentlich für ein Film? Sie öffnete den Mund, um lautstark zu protestieren – da fuhr die Erkenntnis wie ein Blitz durch sie hindurch.

… und da dachte ich, das muss Schicksal sein, hatte Mats gesagt.

Schicksal. Das Zauberwort. Der gestrige Abend, die Glühwürmchen. Ellas Wunsch. Und so hatte Mats, ohne es zu ahnen, bei Ella genau den richtigen Nerv getroffen – und damit eine Bombe auf Tildas Urlaub geworfen. Wie vom Donner gerührt blieb Tilda stehen; unfähig, zu verarbeiten, was hier gerade passierte.

Währenddessen kehrte langsam, zögerlich fast, das Lächeln auf Mats' Gesicht zurück. »Ach wirklich? Ja, wenn das so ist …«

Und Tilda explodierte.

Nun, zumindest innerlich. Äußerlich war sie nach wie vor ganz lässig. Sie war die Starke hier, das war *ihr* Haus, *ihr* Urlaub und *ihre* Freundin. Diesen Stand würde sie so leicht nicht aufgeben.

»Ja«, sagte sie und hielt ihre Stimme ein bisschen zu ruhig, um wirklich entspannt zu klingen. »Tolle Idee, Ella! Bleib doch noch. Dann kannst du uns auch gleich deinen vollen Namen und deine Adresse aufschreiben, damit ich das meiner Tante weitergeben kann. Sie freut sich sicher zu hören, dass du in ihr Haus eingestiegen bist. Sie kann dann auch entscheiden, ob sie den Vorfall der Polizei meldet oder ob sie Mitleid mit einem kleinen Landstreicher wie dir hat.«

Ella fuhr herum und starrte Tilda entsetzt an. *Das meinst du doch nicht ernst?!*, sagte ihr Blick. Aber Tilda meinte es ernst. Bitterernst. Jetzt erst recht.

Und Mats verstand.

»Oh.« Sein Lächeln war nun sehr diplomatisch; er machte einen Schritt rückwärts und wirkte dabei ein wenig wie ein Wolf, der die Ohren anlegt, um seine Unterwerfung zu zeigen. Er hatte offensichtlich kapiert, wer hier die Hosen anhatte. Immerhin.

»Ich will mich auf keinen Fall aufdrängen.« Er sah Tilda ernst an. »Aber wie wär's – du lässt mich noch mal ganz legal in dein Haus und gibst mir eine Stunde Zeit, dich zu überzeugen, mich nicht meiner rechtmäßigen Strafe zuzuführen. Einverstanden?« Ein kleines Lächeln schlich sich nun wieder in seine Mundwinkel. Und täuschte Tilda sich, oder blitzte hinter dem versöhnlichen Blick tatsächlich ein Funke Schalk?

»Ich belästige euch auch wirklich nicht lange«, fügte er hinzu, als könne er ihr an der Nasenspitze ansehen, wie sie um die passende Erwiderung rang. »Spätestens übermorgen muss ich sowieso weiter. Ich will noch in den Unterspreewald, mindestens bis Schlepzig, wenn es klappt sogar bis Köthen. Der Köthener See soll im Sommer wirklich toll sein. Aber ich würde gern versuchen, dich so weit umzustimmen, dass ich eure Gastfreundschaft wenigstens noch eine kleine Weile in Anspruch nehmen darf. Ich denke, ich krieg das hin. Und hier: meine Nummer und Adresse, wie gewünscht. Damit du siehst, dass ich ein ehrlicher Kerl bin.« Er fischte einen Stift aus seiner Hosentasche, kritzelte rasch etwas in sein Notizbuch und riss die Seite heraus, um sie Tilda entgegenzuhalten. »Also, was meinst du? Lässt du mich noch mal rein?«

Tilda runzelte die Stirn. Eines musste sie Mats ja lassen: Gewitzt war er. Zumindest hatte er ein gutes Gespür dafür, ihr den Wind aus den Segeln zu nehmen. Ohne dass sie es wollte, fühlte sie sich tatsächlich ein wenig besänftigt. Und um ehrlich zu sein: Sie konnte ja kaum anders, als diese Herausforderung zu akzeptieren. Schon clever! Hatte sie direkt bei ihrem Stolz gepackt. Aber ganz so leicht ließ sie sich nicht überrumpeln.

»Von wegen. Du bleibst draußen«, knurrte sie.

Doch dann sah sie zu Ella – und jegliche Entschlossenheit schmolz wie Butter in der Sonne. Die Augen ihrer Freundin waren groß und flehend. Fehlte nur noch, dass sie gleich in Tränen ausbrach. So weit war ihre schüchterne Freundin noch nie über sich hinausgewachsen. Durfte sie das wirklich einfach so zunichtemachen? Ein Kloß bildete sich in Tildas Hals. Nein. Dazu hatte sie kein Recht.

»… aber du kannst dich für 'ne Weile zu uns setzen«, beendete sie ihren Satz, obwohl ihre Stimme sich dabei ein bisschen kratzig anfühlte. Verdammt! Das lief ihr gerade alles gehörig aus dem Ruder! Aber jetzt gab es auch kein Zurück mehr. Mit einer schroffen Bewegung riss sie Mats den Zettel mit seiner Nummer aus der Hand und stopfte ihn in ihre Hosentasche. »Ich hol uns 'ne Cola. Oder hat der feine Herr vielleicht einen anderen Wunsch?«

Sie sah, wie Mats ein Lachen unterdrückte, und spürte zugleich, wie Ellas Hand sich fest und dankbar um ihre schloss. Wären sie allein, das wusste Tilda, wäre ihre Freundin ihr nun um den Hals gefallen.

Mats hingegen schien jetzt wieder ziemlich guter Dinge zu sein. Seine Stimme klang noch von dem Lachen, das er nicht herausließ. »Lass mich überlegen – nein, in eurem Kühlschrank ist nichts, was ich lieber möchte.« Er zwinkerte ihr zu, und Tilda war natürlich sofort klar, dass er sie mit Absicht noch einmal darauf stieß, dass er sich in *ihrem Haus* bestens auskannte. So was Freches! Sie schnaubte und machte sich von Ella los.

»Schlechter Anfang«, murmelte sie, als sie ins Haus stapfte. »Ganz schlecht, Junge.« Und sie nahm sich vor, auf gar keinen Fall zuzulassen, dass der Schlagabtausch mit Mats ihr Spaß machte. Egal, was ihr Bauch dazu sagen würde.

Kapitel 5
Der Künstler und die Mädchen

Es war Magie. Reine, pure Magie.

Ella saß Mats – dem Jungen, dem das Skizzenbuch gehörte! – in einem der Verandastühle gegenüber, die Knie eng an den Körper gezogen und die Zehen im Sonnenlicht, und konnte nicht aufhören, ihn anzustarren.

Er war hier, wirklich und wahrhaftig hier, als sei er dem stummen Ruf gefolgt, den sie in der Nacht zuvor dem Glühwürmchen zugeflüstert hatte, und hätte ihre Einladung angenommen. Denn das hatte er doch? Sonst wäre er ja wohl kaum geblieben, nachdem er sein Skizzenbuch wiederhatte? Oder er hätte Danke gesagt, wie er es vorgehabt zu haben behauptete, und wäre dann verschwunden?

Nichts dergleichen hatte er getan. Stattdessen saß er dort, das Skizzenbuch im Schoß, musterte sie mit seinen freundlichen schokoladenbraunen Augen und machte keine Anstalten, sich in Luft aufzulösen. Hätte Ella ihr Bein ausgestreckt, ihr großer Zeh hätte sein Knie berührt. Aber das hätte sie sich im Leben nicht getraut.

Nervös warf Ella einen Blick über die Schulter zur Verandatür. Tilda brauchte ziemlich lange, bloß um ihnen eine Cola zu holen, und Ella wusste nicht, ob sie sich darüber freuen oder ihre Freundin schnellstmöglich herbeiwünschen sollte. Ganz im Gegensatz zu ihr selbst schien Tilda Mats überhaupt nicht zu mögen. Schlimmer noch, sie schien ihn regelrecht als feindlichen Eindringling zu betrachten. Sie wusste ja auch nicht … Ella seufzte innerlich. Sie fühlte sich ziemlich schlecht, dass sie ihre Freundin so hintergangen hatte, und anders konnte man das wohl nicht nennen. Sie wollte sich gar nicht erst ausmalen, was passieren würde, wenn Tilda die Wahrheit über die Bilder und die unverschlossene Tür herausfand.

»Ich hoffe, ich habe dich nicht in Schwierigkeiten gebracht.« Da war ein Lächeln in jedem Wort von Mats' Stimme. Eine Stimme, die ganz ruhig war und recht tief für einen Jungen in seinem Alter. Verschwunden war der verwegene Spott, mit dem er kurz zuvor noch Tilda bedacht hatte. Trotzdem fuhr Ella gehörig zusammen, als er sie so plötzlich ansprach.

»Ich …« Sie schüttelte rasch den Kopf, als ihr die

Stimme versagte. »Nein, gar nicht. Tilda … sie beruhigt sich schon wieder. Sie ist eigentlich ganz lieb. Sie … passt nur auf mich auf.«

Mats lächelte und Ella sah nun doch wieder ein spöttisches Funkeln in seinen Augen. Aber zum vermutlich ersten Mal in ihrem Leben hatte sie das Gefühl, dass dieser Spott freundlich war. Dass Mats nicht die Absicht hatte, sie anzugreifen, sondern sich ehrlich amüsierte, weil sie glaubte, Tilda verteidigen zu müssen wie einen scheinbar bissigen, aber eigentlich völlig missverstandenen Hund. Dabei hoffte Ella selbst am allermeisten, dass sie recht hatte mit dem, was sie gerade behauptet hatte. Denn dass Tilda sich schnell wieder beruhigen würde, danach hatte es eben nicht unbedingt ausgesehen, wenn sie ehrlich war.

»Bitte«, murmelte sie, noch ehe sie recht wusste, dass sie ihre Gedanken laut aussprach. »Sie soll nicht wissen, dass ich die Tür wirklich mit Absicht offen gelassen habe.«

»Oh.« Mats sah überrascht aus – und da wurde Ella klar, dass sie im Grunde gerade erst *zugegeben* hatte, dass er mit seiner Vermutung richtiglag. Entsetzt schnappte sie nach Luft.

Doch Mats lächelte nur. Er schien sich sogar ein klein wenig über ihr Geständnis zu freuen. »Na klar, tut mir leid. Wir schneiden das Thema einfach nicht mehr an, okay? Wie es aussieht, glaubt sie mir sowieso kein Wort. Ist ja eigentlich auch klar. Also belassen wir es dabei.« Er runzelte leicht die Stirn und musterte sie besorgt. »Wenn du damit zurechtkommst, ihr nicht die Wahrheit zu sagen, meine ich.«

Ellas Lächeln gefror. Sie konnte einfach nichts dagegen tun, dass sie sich unter Mats' Blick fühlte wie das sprichwörtliche Reh im Scheinwerferlicht. Ein paarmal versuchte sie, sich zu einer Antwort durchzuringen – und scheiterte kläglich.

In diesem Moment schabte hinter ihr endlich die Verandatür durch ihre Schiene und prallte mit dumpfem Laut gegen den Gummistopper an der Wand. Im Durchgang zum Wohnzimmer stand Tilda, die der Tür wohl etwas zu energisch mit ihrem Fuß Schwung gegeben hatte. Sie trug ein Tablett mit drei kleinen Flaschen Cola und sah so angriffslustig aus, als wolle sie es gleich nach Mats werfen. Doch stattdessen knallte sie es auf den Tisch, ließ sich schwungvoll in einen dritten Stuhl fallen und legte die Füße hoch.

»Also?« Sie sah Mats herausfordernd an. »Dann erzähl doch mal. Was treibt dich dazu, im Wald herumzustreunen, in anderer Leute Häuser einzubrechen und dich dabei auch noch unwiderstehlich zu finden?«

Ella wurde knallrot. Am liebsten hätte sie Tilda mit dem spitzen Ellbogen angestoßen. Ihre Freundin legte es anscheinend ernsthaft darauf an, Mats so schnell wie möglich von hier zu vertreiben. Aber das durfte sie nicht! Ihr Beschützerinstinkt in allen Ehren – sah sie denn nicht, dass Ella vor Mats gar nicht beschützt werden wollte?

Vermutlich nicht, dachte Ella resigniert. So wie sie sich zusammenkauerte und versuchte, in der Ritze ihres Stuhlpolsters zu verschwinden, was sollte Tilda da anderes denken, als dass sie sich – wie üblich – vor dem Fremden fürchtete? Dass sie ihren forschen Vorstoß von vorhin längst bereute? Sie brachte es ja nicht mal über sich, die Wahrheit zu sagen. Vermutlich hatte sie es nicht besser verdient, als dass Mats sich bald aus dem Staub machte, weil er sich nicht willkommen fühlte.

Doch zu ihrer Überraschung lachte Mats. Er lachte laut und herzlich und schien von Tildas bissigem Ton nicht die Spur beeindruckt. »Das hast du wirklich treffend zusammengefasst. *Chapeau, Mademoiselle!* Also, wenn du so fragst …« Er griff nach seiner Cola, prostete Ella und Tilda zu und trank einen Schluck, ehe er weitersprach. »… um genau zu sein, bin ich auf der Flucht vor meinen Eltern. Sie lassen sich scheiden. Das tun sie ständig. Künstler halt – oder besser: gescheiterte Träumer, die gern Künstler geworden wären, es aber nur zu einem verbitterten Kunstlehrerehepaar gebracht haben. Kein Wunder, dass sie sich gegenseitig ständig das Leben schwer machen müssen, oder? Und mir dazu. Aber da mach ich nicht mit. Ich verzieh mich lieber, bis der Sturm vorbei ist. Irgendwann kriegen sie immer die Kurve.« Er zuckte die Schultern und grinste.

Ella musterte ihn verblüfft. Das Grinsen war eine Lüge, dachte sie und wusste selbst nicht gleich, warum sie sich da so sicher war. So leicht er es auch dahingesagt hatte – schwang da nicht eine erschöpfte Schwermut in seinen Worten mit? Seine Augen jedenfalls lachten nun nicht mehr. Wie nur konnten so fröhliche Augen so traurig schauen? Ella spürte unwillkürlich einen Kloß im Hals und ihr Blick huschte zu dem Skizzenbuch in Mats' Schoß. Die langen, schlanken Finger, braun gebrannt von der Sommersonne, ließen die vergilbten Seiten wieder und wieder über seinen Daumen gleiten, als wären sie ein Daumenkino, das von Trost erzählte.

»Oh«, machte sie und wunderte sich selbst, dass die Worte plötzlich so bereitwillig aus ihrem Mund schlüpften. »Das tut mir leid.«

Mats sah sie an, schüttelte den Kopf und damit auch die unsichtbaren Schatten von seinem Gesicht, als wären sie nie da gewesen. »Das ist lieb von dir. Aber das muss es nicht. Wirklich nicht.« Seine Stimme war nun wieder sonnenwarm und frei von Sorge, wie zuvor. Oder hatte sich Ella diesen kurzen Moment der Traurigkeit nur eingebildet?

»Ich meine das vollkommen ernst«, fuhr Mats fort.

»Sie werden sich auch diesmal wieder einkriegen, das tun sie immer. Dauert nur ein paar Wochen. Und bis dahin will ich wirklich nicht in ihrer Nähe sein. Die sollen ihren Stress schön unter sich austragen.« Er zwinkerte ihr zu. »Und so interessiert es sie wenigstens nicht besonders, wenn ich schon vor den Sommerferien mit dem Urlaub anfange. Ich hab mir meinen Rucksack geschnappt, ab aufs Fahrrad und los. Berlin ist im Sommer echt kaum zu ertragen, wenn ihr mich fragt. Da muss man einfach mal raus aus dem Smog.«

Ella nickte. Erstaunt bemerkte sie, dass es ihr von Minute zu Minute leichterfiel, Mats ins Gesicht zu sehen, während er sprach. Selbst seinem Blick musste sie nicht mehr reflexartig ausweichen. Etwas in seiner Geschichte hatte sie berührt, etwas, das sie im Innersten traurig stimmte, mochte er sich auch noch so sehr bemühen, unbekümmert zu wirken.

Tilda allerdings schien dafür gerade nicht besonders empfänglich. Sie hatte ihr spöttischstes Gesicht aufgesetzt und zeigte sich nicht im Geringsten mitleidig. Ella fand es furchtbar, wenn sie so war. Selbst sie konnte bei ihrer besten Freundin dann nicht so genau sagen, was betont coole Fassade war und was ihre wahre Meinung. Und wenn Ella eines im Leben nicht ertrug, dann war es, sich in Tildas Gegenwart unsicher zu fühlen. Das war, als würde jemand den Boden unter ihren Füßen in Treibsand verwandeln. Und sie verabscheute sich selbst dafür, weil sie es nicht fertigbrachte, den Mund aufzumachen und ihr den Kopf zurechtzurücken. Das war eigentlich jeden Tag so, aber heute ganz besonders.

Tilda neigte sich inzwischen leicht nach vorn und funkelte Mats aus verengten Augen an. »Das ist ja rührend. Lass mich raten, wie es weitergeht: Weil du armer Kerl ein verwöhntes Lehrersöhnchen bist und es nicht erträgst, ein paar Nächte im Zelt zu schlafen, hast du dich entschieden, einfach mal in dieses Haus einzusteigen?«

Nun endlich konnte Ella sich nicht länger zurückhalten. »Tilda!«, zischte sie entsetzt – ohne damit eine Reaktion bei ihrer Freundin zu erzielen.

Mats aber zuckte nur mit bemerkenswerter Gelassenheit die Schultern. »So ungefähr. Bloß, dass ich kein Zelt habe. Ich habe mich bisher mit Isomatte, Schlafsack und Sternenhimmel arrangiert und komme damit eigentlich prima zurecht. Trotzdem: Ich bin nicht der Typ, der eine offene Tür ignoriert, wenn das Schicksal sie für mich aufstößt. Und auch niemand, der eine heiße Dusche verschmäht, nebenbei erwähnt. Und das ist euer Glück, würde ich meinen.« Er grinste breit.

Ella hatte sich bei seinen Worten unwillkürlich aufgerichtet.

Schicksal.

Er hatte es noch einmal gesagt.

Und plötzlich wusste sie, dass sie genau darauf die ganze Zeit gewartet hatte.

Mit einem Mal fühlte Ella, wie sich in ihr eine tiefe Ruhe ausbreitete. Sie war nicht blöd, und auch nicht so abergläubisch, wie Tilda dachte. Natürlich wusste sie, dass Glühwürmchen nichts mit Irrlichtern zu tun hatten und keine Wünsche erfüllen konnten. Die Aktion im Wald gestern Abend war vor allem ein Scherz gewesen, um Tilda in ihrer verkrampften Art ein wenig zu necken. Aber an das Schicksal – daran, dass zwei Menschen auf der Welt verwandte Seelen besaßen, die füreinander bestimmt waren –, daran glaubte Ella felsenfest. Und Mats hatte nun schon zum zweiten Mal innerhalb kürzester Zeit erwähnt, dass er die offene Tür, die ihn in dieses Haus gelockt hatte, für Schicksal hielt. Einmal konnte gedankenlos dahingesagt sein. Zweimal war kein Zufall mehr. Er spürte es auch.

Mats war der Eine. Ihre Begegnung war vorherbestimmt. Sie wusste es einfach. Da war nicht die Spur von Zweifel mehr in ihr. Bloß – was um alles in der Welt sollte sie nun *tun*? Wie sollte es weitergehen?

Ella unterdrückte den Drang, tief durchzuatmen. Es würde sich alles fügen, sprach sie sich selbst Mut zu. Das Schicksal würde ihr den Weg zeigen. Sie musste nur weiter fest daran glauben.

Mats indes sah Tilda mit diesem intensiven Blick an, von dem Ella selbst aus der Ferne ganz weiche Knie bekam. »Mal ernsthaft, Tilda. Ich hatte nichts Böses im Sinn, und ich hoffe wirklich, dass du mir das glaubst. Ich kam durch Zufall hier vorbei und wollte mich bloß eine Weile in die Sonne setzen.« Er klopfte auf die Armlehne seines Stuhls. »Da ist mir aufgefallen, dass die Schiebetür nicht verriegelt war. Und so habe ich einfach auf meinen Bauch gehört und bin rein. Ich konnte nicht anders – kannst du das irgendwie verstehen? Gib dem Haus die Schuld, wenn du so willst. Es ist verzaubert, das hast du doch sicher schon selbst gemerkt.« Er hob auf die ihm eigene, leicht verlegene Art die Schultern und grinste. »Ich wollte einfach noch ein bisschen länger hier sitzen und das Wasser zeichnen dürfen. Sonst nichts.«

Und zu ihrer großen Verblüffung sah Ella, wie Tilda bei diesen Worten plötzlich ungewohnt still wurde. Doch. Natürlich hatte sie es bemerkt. Niemand konnte herkommen, ohne die Magie dieses Ortes zu spüren. Ella lächelte in sich hinein. Nicht einmal ihre sture Freundin.

Mats blätterte inzwischen sein Skizzenbuch auf und reichte es Tilda hinüber, aufgeschlagen auf der Seite, auf der er den Blick von der Veranda eingefangen hatte. »Hier, siehst du? Der Beweis.«

Tildas Augen wurden groß. Etliche Sekunden lang

starrte sie nur stumm auf das Bild. Dann hob sie langsam den Kopf. »Das hast du gemalt? Ehrlich?«

»Gezeichnet«, korrigierte sie Mats mit einem schelmischen Zwinkern. »Ungeachtet dessen: Ja, das habe ich. Hat eine Ewigkeit gedauert. Das da sind bestimmt zehn Stunden Licht auf einem einzigen Bild. Mit Pausen, klar. Also Morgenstimmung, Nachmittagshitze und Abendsonne in einem, sozusagen. Nicht gerade realistisch, aber irgendwie passt es doch.«

Tilda schüttelte nur den Kopf. »Das ist der Wahnsinn.« Ihre Augen strahlten in einem ungewohnten Licht und ihr Blick flog zu Ella. Die zuckte zusammen, als wäre sie bei etwas ertappt worden. »Mensch, Ella, das musst du dir ansehen!«

Ella schluckte und nickte folgsam. Ihre Finger zitterten, als sie das Buch entgegennahm, und sie spürte, dass Mats sie genau beobachtete. Was jetzt? Würde Tilda merken, dass sie das Bild schon kannte?

Aber sie hätte sich keine Sorgen zu machen brauchen. Die Zeichnung überwältigte sie wie beim ersten Mal. Oder nein, jetzt, wo sie den Zeichner leibhaftig vor sich sitzen hatte, ging das Gefühl sogar noch tiefer. So tief, dass Ella Tränen in die Augen stiegen. Sie blinzelte.

»Wunderschön«, flüsterte sie. Fast zaghaft hob sie den Blick – und sah direkt in Mats' warme braune Augen.

»Findest du wirklich?« In seiner Stimme klang ehrliche Freude. Kein *fishing for compliments,* obwohl er längst um seine eigene Genialität wusste. Nur die Erleichterung eines Künstlers, der ein Werk, das ihm am Herzen lag, vom Publikum gewürdigt sah.

Ella nickte mit Nachdruck. »Es ist perfekt.«

Nun lachte Mats. Es klang verlegen. »Oh, vielen Dank. Aber nein … perfekt ist es wirklich nicht. Ich habe viele Fehler gemacht. Meine Mutter könnte dir das bestätigen. Sie ist eine sehr strenge Lehrerin. Das passiert, wenn man zu perfektionistisch ist und auch noch chronisch unzufrieden. Da machen die Ansprüche an sich selbst auch vor dem eigenen Sohn nicht halt.« Sein Grinsen geriet ein wenig schief, und als Ella den Mund öffnete, um zu protestieren, hob er abwehrend die Hand. »Ach, tut mir leid, ich hör schon auf. Komplimente soll man nicht kleinreden, hat meine Oma immer gesagt. Also noch mal von vorn: Danke. Einfach danke. Ich freu mich wirklich, dass es euch gefällt. Ist ja immerhin euer Haus – sozusagen.« Er sah von Ella zu Tilda und wieder zurück. Sein Blick wurde nachdenklich. »Aber wisst ihr was? Euch zwei würde ich auch gern mal zeichnen.«

Ella zuckte heftig zusammen. War das sein Ernst? Für einen Moment fühlte sie sich, als hätte er sie gebeten, sich nackt auszuziehen und jeden Fingerbreit von ihm mustern zu lassen. Seine Bilder waren so … als müsste er den Menschen und Dingen bis tief auf den Grund sehen, sie bis ins Innerste durchschauen und ausleuchten, um sie so zeichnen zu können, wie er es tat.

Doch anstatt sich reflexartig in ihr Schneckenhaus zu verkriechen, wie sie es üblicherweise getan hätte, ertappte Ella sich verblüfft dabei, dass sie innerlich sogar schon vorsichtig die Fühler ein Stück weiter herausgestreckt hatte. Ja, dass sich sogar *wünschte,* er möge sie nur ein einziges Mal, nur eine Sekunde lang so ansehen – sie erkennen, sie einfangen und auf Papier bannen. Und ihr wurde klar, dass Mats ihr im Gegenzug bereits Stunden zuvor einen Blick in seine eigene Seele gestattet hatte. Durch seine Bilder hatte sie sie gesehen: einen Ort, der warm war und hell und wunderschön und an dem sie nichts zu befürchten hatte.

Ella sah zu Tilda hinüber und war nicht überrascht, als der Blick ihrer Freundin bereits auf sie wartete – nicht weniger überrumpelt als ihr eigener.

»Zeichnen? Uns?« Tilda fand ihre Sprache als Erste wieder. »Wieso das denn?«

Das war nicht ganz die Art, wie Ella es ausgedrückt hätte, aber genau das fragte sie sich auch, während ihr Herz noch Purzelbäume schlug vor Freude.

Mats lächelte. »Wieso? Na, ihr seid wirklich toll – so verschieden und trotzdem so eng verbunden. Das lässt euch leuchten.« Er zwinkerte ihnen zu. »Wusstet ihr das etwa nicht?«

»Oh«, machte Tilda. Sonst sagte sie nichts mehr. Es war selten, dass Ella ihre Freundin so sprachlos erlebte. Aber sie verstand es sehr gut. Und sie war froh, dass Mats offenbar genau die richtigen Worte fand, um Tildas Misstrauen nach und nach zu zerstreuen. Denn dass dem so war, war nicht zu übersehen, auch wenn Tilda nun den Blick abwandte und mürrisch etwas von »Du suchst doch bloß eine Ausrede, um uns noch länger belästigen zu können!« in sich hineingrummelte.

Und weil sie ihre Freundin so genau kannte und wusste, wann ihr Herz weich wurde, wagte Ella in diesem Augenblick einen Vorstoß, den sie sich selbst noch vor wenigen Stunden um nichts in der Welt zugetraut hätte: Sie sah Mats direkt in die Augen und lächelte.

»Das wäre toll! Du kannst ja heute Nacht auf dem Sofa im Wohnzimmer schlafen, falls es länger dauert.«

Sie hatte die Worte kaum ausgesprochen, da spürte sie schon, wie ihr Gesicht zu glühen anfing und die eigene Courage sich wie ein Eimer mit Eiswasser über sie ergoss. »Ich meine … natürlich nur, wenn du willst, und … also, das ist doch okay?«, stammelte sie und sah hilflos zu Tilda, die sie anstarrte wie eine grüne Kuh vom Mars. Wie blöd war sie eigentlich? Das hatte sie ja gründlich versaut. Warum konnte sie nicht einfach mal cool bleiben?

Aber Mats lächelte nur und schien sich wirklich zu freuen. »Oh, das wäre großartig! Aber vielleicht fragen wir besser die Dame des Hauses, hm?« Er warf einen verschmitzten Blick zu Tilda. »Vielleicht darf ich ja meinen Schlafsack auf die Veranda legen.«

Ella sah, wie es hinter Tildas Stirn arbeitete, während sie langsam durch Mats' Skizzenbuch blätterte. Auf ihrem Gesicht stritt deutlich sichtbar die Abneigung gegen Mats' Anwesenheit mit der Verlockung, sich selbst auf einer dieser zauberhaften Zeichnungen zu sehen. Natürlich war sie neugierig, wie Mats sie sah. Wie er sie darstellen würde. Wer wäre das nicht?

Als Tilda endlich den Blick hob, wäre Ella am liebsten in lauten Jubel ausgebrochen.

»Okay«, knurrte Tilda, und Ella hörte, wie sie den Groll in ihrer Stimme nur mit Mühe aufrechterhielt. »Aber nur, bis das Bild fertig ist. Danach fliegst du raus. Darauf kannst du Gift nehmen.«

Kapitel 6
Unverschämt glücklich

Sie überstanden die heraufziehende Mittagshitze im Schatten der Veranda mit noch mehr eisgekühlter Cola, Sesamcrackern und Eiscreme, die Tante Geli für sie im Gefrierfach deponiert hatte. In der drückenden Luft verstummten schon bald ihre Gespräche, und Mats verschwand – ganz wie versprochen – hinter seinem Skizzenbuch, um sich in die Zeichnung zu vertiefen. Eine ganze Weile reckte Ella den Hals und versuchte, wenigstens einen kleinen Blick auf das zu erhaschen, was da unter den flinken, geschmeidigen Schwüngen seiner Hand entstand. Aber vergeblich. Mats schien ziemlich geübt darin zu sein, seine Arbeit vor den Augen anderer zu verbergen. Also richtete Ella ihre Aufmerksamkeit ergeben wieder auf die bezaubernde Aussicht und verlor sich nur kurz darauf im Blick auf das glitzernde Wasser und die sattgrün leuchtenden Baumkronen jenseits des Spreefließes. Das Rascheln des Windes, der hin und wieder sacht durch die Blätter strich und das Wasser kräuselte, und das leise Kratzen der Bleistiftmine auf dem Papier stimmten sie schläfrig. So traumhaft. So friedlich. Ella konnte sich kaum erinnern, wann sie sich zuletzt so geborgen gefühlt hatte. So mutig und so frei. Und sie fühlte den fast überwältigenden Drang, diese Gedanken mit jemandem zu teilen.

Sie wandte den Kopf zu Tilda, die sich neben ihr in ihrem Stuhl ausgestreckt und die Augen geschlossen hatte. Ella lächelte. »Weißt du eigentlich, wie glücklich ich gerade bin?«

Doch Tilda antwortete nicht. Sie rührte sich nicht einmal. Und erst jetzt fiel Ella auf, wie ruhig und gleichmäßig der Atem ihrer Freundin ging.

»Oh.« Ella kicherte leise. Kurz fühlte sie sich versucht, Tilda wach zu kitzeln. Aber nach einem zweiten Blick in ihr Gesicht entschied sie sich dagegen. Wie anders Tilda im Schlaf aussah. Viel weicher und mädchenhafter als sonst. Der Gedanke brachte Ella ins Grübeln. Ob es sehr anstrengend war, diese starke, coole Fassade ständig aufrechtzuerhalten, die sie an Tilda so bewunderte – wenn sie nicht gerade daran verzweifelte?

Doch noch ehe sie den Gedanken weiter verfolgen konnte, schreckte ein leises Räuspern sie auf. Mats hatte den Blick von seinem Skizzenbuch gehoben und sah fragend zu ihr herüber.

Ella lächelte ihn an und wunderte sich erneut darüber, wie leicht ihr das inzwischen fiel. »Sie ist eingeschlafen. Die zwei Fahrten auf dem Kahn waren wohl doch ziemlich anstrengend. Und dann die viele frische Luft … das sind wir Stadtkinder einfach nicht gewöhnt.«

Wie sie gehofft hatte, lachte Mats. »Natürlich. Wer könnte das besser verstehen als ein Berliner? Und dann noch die ganze Aufregung über meinen Besuch …«

Ella lachte leise mit. Es gefiel ihr, dass Mats gar kein schlechtes Gewissen mehr zu haben schien und sich offenbar bereits ganz zu Hause bei ihnen fühlte. Es half ihr dabei, sich selbst weniger mies vorzukommen, weil sie Tilda immer noch anschwindelte.

Mats legte sein Skizzenbuch beiseite und stand auf, streckte sich wie ein müder Kater und blinzelte in die Sonne. »Weißt du, ich hab mir was überlegt«, sagte er dann. »Ich glaube, ich gehe eben rüber ins Dorf, kaufe ein und koche uns dann was Schönes. Als Entschädigung für die Umstände, sozusagen.«

»Ehrlich?« Ella strahlte. »Das ist eine tolle Idee. Da wird Tilda sich freuen. Wir sind nämlich beide echte Nieten in der Küche.« Sie wusste nicht, woher sie den Mut nahm, so ehrlich zu sein, obwohl sie sich damit selbst in ein schlechtes Licht rückte. Und sie spürte durchaus, dass sie sofort wieder krebsrot im Gesicht wurde. Aber das Lächeln, das Mats ihr zur Belohnung schenkte, machte alles wieder wett.

»Hmm … Hast du vielleicht Lust, mitzukommen?« Er warf einen Blick auf die schlafende Tilda. »Wir sind ja höchstens eine Stunde weg. Vorher wacht sie bestimmt nicht wieder auf.«

Ellas Herz begann, wie wild zu pochen. Sie, ganz allein mit Mats? Für eine Stunde oder länger? Bei dem Gedanken wurde ihr schwindelig.

»Also, wenn du dich damit nicht wohlfühlst, sag's ruhig.« Mats musterte sie aufmerksam. »Das ist okay, ehrlich. Ich kann's verstehen, wenn du nicht mit 'nem fremden Typen durch den Wald spazieren willst. Ich dachte nur, du langweilst dich vielleicht, wenn ich dich mit unserem Dornröschen hier allein lasse.« Er sah auf Tilda herunter, und seine Worte klangen so freundlich, dass Ella beinahe eifersüchtig wurde. Ob er sie auch so ansehen würde, wenn sie diejenige wäre, die dort lag und schlief?

Und ob er wohl auch Tilda gefragt hätte, ob sie ihn begleiten wollte?

Ella schüttelte den Gedanken energisch ab. Was zerbrach sie sich den Kopf über solchen Unsinn? Entschlossen stand sie auf. »Nein, nein! Ich komme gerne mit!«, brachte sie hervor, obwohl ihr Herz nun so sehr schlug, dass ihr fast schwarz vor Augen wurde. »Ich schreibe ihr nur noch kurz einen Zettel. Falls sie doch aufwacht, meine ich.«

»Wunderbar. Ich freue mich.« Mats lächelte. Ein Lächeln, das – zumindest wollte Ella sich das einbilden – er bisher nur ihr gezeigt hatte. Diese stille Freude, wenn sie ihm ihr Vertrauen bewies, die hatte sie sonst noch zu keiner Gelegenheit an ihm gesehen. Und sie wollte sie noch viel, viel öfter aus ihm herauskitzeln. Allein dafür wäre sie mit ihm sonst wohin gegangen.

Nun ja. Das Dorf war vielleicht ein guter Anfang.

Hastig lief sie in die Küche und kritzelte eine Nachricht, die sie unter Tildas Colaflasche klemmen konnte. Unterwegs strich sie sich vor dem Flurspiegel notdürftig die zerzausten Haare glatt und starrte sich selbst endlose Sekunden ins Gesicht. Ihre Wangen glühten und ihre Augen leuchteten; alles an ihr schien anders und irgendwie fremd zu sein.

Aber sie war glücklich.

So unerhört und unverschämt glücklich.

Mit diesem Gedanken lief sie zurück, hinaus zu dem Jungen mit dem Skizzenbuch.

Der Wanderweg, den Tante Geli tags zuvor beschrieben hatte, war vielmehr ein breiter, ruhiger Pfad, der Ella und Mats auf ihrem Weg nach Lehde mal unter sonnendurchwirkten Baumkronen, mal dicht am Ufer des Spreefließes entlangführte. Kleine Holzbrücken kletterten über glitzernde Seitenarme des Kanals hinweg, überall plätscherte das Wasser und rauschte der Wind im smaragdgrünen Sommerlaub.

Hatte Ella zu Anfang noch befürchtet, der ganze Weg würde in peinlichem Schweigen verlaufen, so konnte sie diese Sorge schon bald vergessen. Sie schwiegen tatsächlich die meiste Zeit, aber es war ein beredtes, einvernehmliches Schweigen, wie sie beide das Lichtspiel der Natur bewunderten und wussten, dass der andere es ebenso sehr genoss.

Hin und wieder kamen ihnen andere Touristen entgegen: Familien mit Kindern, Paare, Spaziergänger mit ihren Hunden. Auch die Anzahl der Boote und Kähne auf dem Wasser nahm zu, je näher sie dem Ortskern kamen. Aber Ella störte die Anwesenheit fremder Menschen bei Weitem nicht so sehr wie gewöhnlich. Mehr noch; sie nahm sie nicht einmal richtig wahr, weil all ihre Sinne völlig von Mats' Nähe in Anspruch genommen wurden. Mats nämlich hielt sich den ganzen Weg über so dicht an ihrer Seite, dass sie sich konzentrieren musste, ihn nicht anzurempeln. Einmal, als sie einem Fahrradfahrer ausweichen mussten, streifte sein Handrücken sogar den ihren, und in diesem Moment hätte Ella fast nach seiner Hand gegriffen, wie sie es sonst nur bei Tilda wagte.

Aber nur fast.

»Sag mal«, sagte Mats schließlich, als sie bereits

zwischen den ersten Höfen des Ortes hindurchspazierten, »würde es dir etwas ausmachen, wenn ich dich ein bisschen aushorche?« Er lächelte schief, und Ella dachte, wie absurd es doch war, dass *sie* errötete, wenn *er* offensichtlich verlegen war.

Mats räusperte sich. »Ich denke schon die ganze Zeit darüber nach, wie ich mehr über dich und Tilda erfahren könnte, ohne dass es aufdringlich wirkt, aber ich fürchte, etwas anderes, als dich direkt zu fragen, fällt mir einfach nicht ein.« Er zuckte mit den Schultern. »Ich kann vielleicht ganz gut zeichnen, aber mit Worten habe ich leider zwei linke Hände … oder muss man da Zungen sagen? Linke Zungen? Nein – ach, siehst du? Da hast du es. Ich sollte das mit dem Reden besser lassen.«

Ella lachte. Sie konnte nichts dagegen tun, es stieg einfach in ihrer Kehle auf und gluckste über ihre Lippen, obwohl sie ihn wirklich nicht noch mehr in Verlegenheit bringen wollte.

Aber war er überhaupt ernsthaft verlegen? Eigentlich, dachte Ella, sah er doch ganz vergnügt dabei aus. Sie lächelte. »Im Gegenteil«, erklärte sie. »Du findest immer genau die richtigen Worte, um das Eis zu brechen.«

Und noch während sie das sagte, spürte sie, dass es stimmte. Woher sonst hätte sie schon wieder den Mut genommen, ihm ihre Meinung direkt ins Gesicht zu sagen? Wie sonst hätte sie das Gefühl erklären können, dass sie sich in seiner Gegenwart schon nach so wenigen Stunden weder fremd noch befangen fühlte? Diese Magie, diesen Zauber, beherrschte nur Mats.

Oder das Schicksal.

Mats war stehen geblieben und musterte sie aufmerksam. »Meinst du?« Sein Blick verweilte für endlose Sekunden auf ihrem Gesicht, und beinahe glaubte Ella plötzlich, dass er ihre Gedanken gelesen hätte und auf sie antwortete, statt auf das, was sie wirklich gesagt hatte. Ihr Herz beschleunigte seinen Rhythmus.

Eine winzige Falte zeichnete eine senkrechte Linie zwischen Mats' dichte Brauen. Dann aber schüttelte er den Kopf und lächelte. »Das hast du schön gesagt. Jetzt komme ich mir nicht ganz so sehr wie ein Trottel vor.« Er zwinkerte ihr zu und wandte sich wieder zum Gehen. Ella folgte ihm rasch.

»Also, wenn es dir wirklich nichts ausmacht …«, fuhr Mats fort, als hätte es das kleine Zwischenspiel gar nicht gegeben. »Aus welcher Stadt kommt ihr zwei Zaubermädchen denn?«

»Bochum«, sagte Ella. »Oder eigentlich komme ich aus Bestwig am Arnsberger Wald. Aber damit kann nie jemand etwas anfangen, auch wenn wir den höchsten Wasserfall Nordrhein-Westfalens haben.« Sie grinste schief. »Außerdem sind wir schon vor ein paar Jahren nach Bochum gezogen.« Ein frostiges Kribbeln kroch trotz der Sommersonne über ihren Rücken, als der Gedanke an jene Zeit in ihrer Erinnerung Blasen schlug. Hastig legte sie das Bild ihrer besten Freundin darüber und gleich fiel ihr das Lächeln wieder leichter. »Da haben Tilda und ich uns kennengelernt. Sie war meine erste Freundin an der neuen Schule – und bis heute die beste. Ehrlich gesagt: Ich hätte nie gedacht, dass wir zueinanderpassen könnten. Aber sie hat mich eines Besseren belehrt.« Nun musste sie sogar lachen. »Tilda hat ihre eigene Art, Schicksal zu spielen. Sie lässt einem einfach keine Wahl.«

Mats grinste und nickte. »Ja, das kann ich mir lebhaft vorstellen. Sie ist schon ein starkes Mädchen.«

Er klang so ehrlich bewundernd dabei, dass Ella, wie schon zuvor auf der Veranda, einen kleinen Stich in der Brust verspürte. Wie sehr sie sich wünschte, er würde auch über sie so denken. Über sie so sprechen. Aber stark … nein, stark würde sie so schnell wohl niemand nennen. Auch Mats nicht.

Mühsam schluckte Ella den Kloß herunter, der sich in ihrer Kehle bilden wollte. »Das ist sie«, murmelte sie halbherzig. »Aber es ist auch nicht immer so einfach mit ihr. Sie lässt sich keine Zeit zum Träumen, weißt du …«

Das war nicht einmal gelogen. Trotzdem fühlte Ella sich unbehaglich, kaum dass sie es ausgesprochen hatte, weil sie hinter Tildas Rücken schlecht über ihre Freundin geredet hatte.

Mats hob verwundert eine Braue, als wüsste er nicht, was er von dieser Aussage halten sollte. »Ach so?«

Rasch winkte Ella ab und spürte, wie ihre Wangen schon wieder heiß wurden. »Oh, schon gut. Das würde jetzt zu lange dauern. Du ... ähm ... wirst schon noch selbst herausfinden, was ich meine. Denke ich.«

Mats runzelte leicht die Stirn. »Hmm. Na, wenn du meinst.« Er zuckte die Schultern und lächelte, als wolle er Ella zeigen, dass er sie verstand. »Ich höre dann wohl besser wieder auf zu fragen, was?« Er blieb stehen und sah sich rasch nach allen Seiten um. Sie hatten inzwischen den Ortskern erreicht, und ringsum auf den schmalen Straßen und den auch hier allgegenwärtigen Kanälen herrschte reges Treiben. »Wir sind sowieso fast da. Komm, ich zeige dir mein Lieblingsgeschäft hier. Ein echter Geheimtipp.«

Er legte Ella sanft eine Hand auf die Schulter und schob sie voran, mitten zwischen den Menschen hindurch, sodass Ella gar keine Zeit mehr hatte, über Tilda nachzudenken – und über das, was sie selbst gerade gesagt oder was sie wohl damit gemeint hatte. Mats führte sie zielstrebig wieder von der Hauptstraße fort, über eine weitere Brücke und ein Stück an einem glitzernden Kanal entlang, und steuerte schließlich einen Hofladen an, den Ella vermutlich auch nach drei Stunden verzweifelten Suchens nicht entdeckt hätte. Und kurz darauf verstand sie auch, was Mats mit »Geheimtipp« gemeint hatte.

Hinter dem doppelflügligen Tor zur Scheune lag eine andere Welt. Ein bezauberndes Geschäft im staubigen Dämmerlicht, das zwischen den Dachsparren tanzte, beinahe wie aus einer anderen Zeit. Obst und Gemüse lagerten in großen Holzkisten, Säcke und Beutel mit Mehl und Nüssen, Reis und Nudeln standen neben einem uralten Gewürzschrank und einer Kühltheke mit Fleisch, Käse und Fisch. Frische und getrocknete Kräuter hingen in Bündeln an Schnüren, die durch den ganzen Laden gespannt waren, und verbreiteten einen würzigen Duft. Ganz hinten in einer Ecke drückten sich zwei Regale mit einer bunt zusammengewürfelten Mischung verschiedener Supermarktprodukte fast verschämt an die Wand, als wüssten sie genau, dass sie nicht zum Rest des Ladens passten. Es war sehr ruhig, obwohl mehrere Kunden die Ware begutachteten, Äpfel in Körbe legten und Kirschen und Heidelbeeren probierten.

»Na, hab ich zu viel versprochen?« Mats klang so stolz, als gehörte ihm dieses Geschäft selbst.

Ella brachte nur ein stummes Nicken zustande, so überwältigt war sie. Mats grinste wissend. »Sieh dich in Ruhe um, okay? Ich suche so lange die Zutaten für unser Abendessen zusammen.«

Ella nickte folgsam ein zweites Mal, blieb aber trotzdem wie angewurzelt an Ort und Stelle stehen. Wie wunderschön dieser Laden war! Sie konnte sich gar nicht sattsehen. Auch ihre Nase bekam nicht genug von dem ganz besonderen Geruch, der durch die Luft schwebte. Und hätte nicht ihr Magen schon kurz darauf vernehmlich zu knurren angefangen, sie hätte vermutlich völlig die Zeit vergessen.

»Möchten Sie vielleicht ein Ingwerplätzchen, junge Frau?«, sagte in diesem Moment eine Stimme hinter ihr.

Ella schrak zusammen und fuhr herum. Wasserblaue Augen blitzten ihr voller Schalk aus einem wettergegerbten Gesicht entgegen. Die alte Frau war winzig, fast einen Kopf kleiner als Ella, und ging noch dazu leicht gebeugt. Die schlohweißen Haare trug sie am Hinterkopf zu einem Knoten geschlungen, dessen Strenge die vorwitzigen Locken, die sich über ihren Ohren und in ihrem Nacken kringelten, Lügen straften.

»Ihr Liebster scheint noch eine Weile beschäftigt zu sein.« Sie zwinkerte verschmitzt und sah zu Mats hinüber, der gerade eingehend die Auslage der Käsetheke begutachtete. »Und so sehnsüchtig, wie Sie schauen, können Sie bestimmt einen Happen vertragen. Oder möchten Sie lieber einen Apfel?«

»Ich … also, er …«, stammelte Ella. Alle Worte schienen ihr mit einem Schlag aus dem Kopf gefallen zu sein, so überrumpelt war sie. »Wir sind nicht …«

Die Alte lächelte breit. »Wissen Sie was, nehmen Sie einfach beides. Ingwer macht fröhlich, und einen Apfel zu teilen, bringt Glück in der Liebe.«

Damit drückte sie Ella einen mehr als handtellergroßen Keks in die Faust und fischte kurz darauf einen rotbäckigen Apfel aus einer Kiste, den sie flink mit einem Messer in zwei Hälften schnitt. »Alles Gute für Sie und Ihren Liebsten.« Das Lachen grub tiefe Krähenfüße in ihre Augenwinkel. »Liuba schütze Sie beide.« Sie zwinkerte Ella noch einmal zu, dann huschte sie davon, um, wie es schien, eine andere Kundin zu erschrecken.

Ella blieb völlig verdattert stehen und starrte auf das Plätzchen und den zweigeteilten Apfel in ihren Händen, ohne auch nur eines davon anzurühren – so lange, bis Mats schließlich mit zwei gut gefüllten Papiertüten wieder neben ihr auftauchte.

»So, ich denke, ich hab alles. Möchtest du noch ein bisschen bleiben? Oder können wir gehen? Ehrlich gesagt, ich komme um vor Hunger …«

Ella nickte perplex. »Ja, sicher, gehen wir. Tilda wacht bestimmt auch bald wieder auf und … ach, entschuldige, es gibt hier so viel zu sehen, ich bin ganz durcheinander.«

Mats nickte verständnisvoll. »Der Laden ist toll, oder? Es war ein echter Zufall, dass ich ihn bei meinem ersten Bummel durch den Ort entdeckt habe, aber ich war auch gleich hin und weg. Hast du auch ein Ingwerplätzchen bekommen? Das scheint das Standardwerbegeschenk für Neukunden zu sein. Oh, und noch einen Apfel dazu?« Er lachte und hielt Ella die Tür auf. »Mein lieber Schwan, die Frau muss dich aber mögen …«

Ella wusste nicht gleich, was sie darauf antworten sollte. Wie ein Maulwurf blinzelte sie in die Sonne, die ihr nach dem Dämmerlicht in der Scheune noch heller schien als zuvor. Die Worte der Ladenbesitzerin klangen in ihr nach und brachten etwas in ihr zum Beben. … *und einen Apfel zu teilen, bringt Glück in der Liebe.*

Konnte das alles überhaupt noch Zufall sein? Wie deutlich konnte das Schicksal denn noch mit einem ganzen Gartenzaun winken? War es nicht genau das, was sie sich gewünscht hatte? Aber sie konnte doch nicht … oder doch?

Mit einem Seitenblick auf Mats, auf sein strahlendes Lächeln und in seine warmen, freundlichen Augen, schüttelte sie ihre Befangenheit ab. Schicksal oder nicht – natürlich konnte sie. Weil sie ihn mochte. War das allein nicht Grund genug? Entschlossen hielt sie ihm eine Hälfte des Apfels hin und brach auch gleich den riesigen Keks in zwei Teile.

»Nicht neidisch sein.« Sie lächelte und fühlte sich mit einem Mal so befreit wie selten zuvor. »Ich teile die Wegzehrung gern. Ist doch klar.«

Kapitel 7

Ein Küchengespräch

Tilda erwachte, weil ein unerwarteter Geruch ihre Nase kitzelte – warm und würzig, leicht und zitronig. Er brachte ihren Magen laut zum Knurren. Zugleich erklang neben ihr ein Klimpern und Klappern, dazu ein leises, nervöses Kichern.

»Dornröschen! Hallo, Prinzessin! Aufwachen! Sonst küsse ich dich!«

Ella.

Wer sonst?

Tilda schlug die Augen auf. Wie lange hatte sie denn geschlafen, um Himmels willen? Die Sonne blinzelte bereits rot und träge durch die Bäume. Eben war es doch noch früher Nachmittag gewesen!

»Wie spät ist es?«, murmelte sie und rappelte sich mühsam in eine sitzende Position hoch. Vor ihr stand eine bis über beide Ohren strahlende Ella, in der Hand einen dampfenden Teller, von dem der atemberaubende Duft kam, der Tilda geweckt hatte.

»Abendessenszeit!« Wenn möglich, wurde Ellas Strahlen noch größer.

Verwirrt sah Tilda sich um. »Wo hast du das her? Wo ist …?« Sie hatte die Frage noch nicht zu Ende gesprochen, da hatte sich die Antwort schon erledigt: Mats tauchte mit zwei weiteren Tellern auf der Schwelle zum Wohnzimmer auf und grinste verlegen.

»*Voilá:* Sommerliche Gemüsewraps mit Feta und Zitronenreis. Ich hoffe, du hast ein bisschen Hunger.« Er stellte die Teller auf den Tisch. »Ein weiterer armseliger Versuch, dich von meiner Ehrbarkeit zu überzeugen.«

Zu ihrer Überraschung hörte Tilda Ella bei diesen Worten verhalten lachen. Was war bloß passiert, während sie geschlafen hatte? Wie hatte dieser Kerl es geschafft, in so rasend kurzer Zeit so viel von Ellas Vertrauen zu gewinnen?

Etwas stach in Tildas Bauch.

Das Schicksal. Natürlich. Was ihr damals geholfen hatte, half nun auch Mats. Ob er davon wusste? Wohl kaum.

Trotzdem musste Tilda zugeben, dass das Essen gemeingefährlich gut roch – und dass sie wirklich einen Mordshunger hatte. Zu viel Hunger in jedem Fall, um jetzt danach zu fragen, wo das ganze Zeug herkam, das er da verkocht hatte. Denn dass dieses Essen nicht auf Ellas Mist gewachsen war, das war Tilda völlig klar.

»Her damit.« Sie rieb sich über die Augen und zog die Lehne ihres Stuhls nach oben. »Das kommt gerade richtig. Also, wie spät ist es? Und warum verdammt noch mal habt ihr mich so lange schlafen lassen?«

Ella setzte sich neben sie und sah sie mit ihren sanften Augen an, wie nur sie es konnte. »Meine Schuld. Du warst so tapfer heute Morgen, da dachte ich, du kannst es bestimmt brauchen. Und du sahst so friedlich aus …«

Tilda hob die Brauen, den Wrap schon auf dem Weg zum Mund. »Nee, is' klar.« Sie warf einen Blick zu Mats.

Doch der zuckte nur grinsend die Schultern und biss selbst herzhaft in seinen Wrap. »Frische Luft macht hungrig und müde«, nuschelte er mit vollen Backen. »Lass es dir schmecken.«

Tilda schnaufte, biss aber dennoch zu – und seufzte unwillkürlich auf. Es schmeckte wunderbar. Herrlich. Großartig! Verflixt! Hatte dieser Typ denn überhaupt keine Schwachstelle, für die man ihn zu Recht doof finden konnte? Tilda hasste es, zugeben zu müssen, dass ihr genau das zusehends schwerfiel. Und noch mehr ärgerte sie sich, dass Ella das offenbar längst gemerkt hatte. Ihre Freundin schmunzelte glücklich vor sich hin, während sie mit gesundem Appetit aß.

»Das ist sooo lecker!«, schwärmte sie und sah Tilda erwartungsvoll an.

Und Tilda kam sich geradezu kindisch vor, dass sich immer noch alles in ihr dagegen sträubte, Mats schon wieder ein Kompliment zu machen. Der Kerl war einfach zu perfekt! Konnte er denn nicht wenigstens das Essen anbrennen lassen?

»Ist dein Bild eigentlich langsam mal fertig?«, brummte sie und erwartete, dass Mats mit der ihm eigenen Gelassenheit sein Skizzenbuch zücken und das fabelhafte Ergebnis präsentieren würde.

Doch zu ihrer Überraschung sah er plötzlich ziemlich verlegen aus – fast hätte Tilda es schüchtern genannt.

»Na ja … nicht ganz«, wich er aus. »Es fehlen noch ein paar Feinheiten. Ich bin mir selbst nicht ganz sicher, warum, aber ich habe euch noch nicht richtig getroffen. Vielleicht morgen, wenn ich eine Nacht darüber geschlafen …« Er verstummte, als Tilda die Stirn runzelte. »Oh. Entschuldige bitte. Ich wollte nicht, dass es so klingt, als würde ich einen Grund suchen, um wirklich über Nacht hierzubleiben.«

Immerhin hatte er sie sofort durchschaut. Unwirsch winkte Tilda ab. »Schon gut. Ehrlich gesagt: Ich kann mir gar nicht vorstellen, dass es wirklich so schlimm ist. Lass doch mal sehen.«

Doch Mats schüttelte entschieden den Kopf. Seine Ohren waren mit einem Mal glühend rot – und das kam bestimmt nicht von der Sommersonne. »Nein. Nein, tut mir leid. Das geht wirklich nicht.« Tilda sah, wie seine Hand zu seiner Hosentasche wanderte, wo er das Büchlein offenbar ständig verwahrte.

»Tilda!«, ließ sich Ella vernehmen – schüchtern und zutiefst vorwurfsvoll zugleich.

Tilda hob abwehrend die Hände. »Hey, bleibt locker. Ist ja okay. Ich hab nichts gesagt.« Sie seufzte ergeben. »Nimm dir die Zeit, die du brauchst. Wer bin ich, einen Künstler zu hetzen?«

Das entlockte Mats ein Lachen. Es klang erleichtert. Und erstaunlicherweise fühlte Tilda sich in diesem Moment versucht, einfach mitzulachen. Vielleicht, dachte sie, sollte sie ihren eigenen Ratschlag beherzigen und sich selbst mal ein bisschen locker machen? Sicher, dies war nicht der Start in den Urlaub, den sie sich erträumt hatte. Aber Ella war offenbar glücklich, und Mats schien wirklich in Ordnung zu sein – wenn man davon absah, dass er in fremde Häuser einstieg. Und spätestens übermorgen war er doch wieder weg, zumindest hatte er das gesagt. So lange hielt sie es allemal mit ihm aus, wenn sie damit Ella eine Freude machen konnte. Und das kleine Männchen in ihrem

Hinterkopf, das tobte und zeterte, weil sie damit ihre eigenen Entschlüsse untergrub und sogar die Herausforderung verloren gab, die Mats ihr gestellt hatte – das konnte mal gepflegt die Wand anmotzen.

Von jetzt an würde sie genießen. Alles. So wie es war. Die Sonne. Das Wasser. Den Wald und das Zauberhäuschen.

Ella.

Und, wenn es sein musste, auch Mats.

* * *

Es wurde immer wieder ein Bild von Ella.

Mats starrte auf die mittlerweile vierte Zeichnung, die er an diesem Tag begonnen hatte. Er wollte die Mädchen zusammen zeichnen, das wollte er wirklich – er wollte ihr so gegensätzliches Strahlen auf Papier bannen, das durch seine Verschiedenheit nur umso heller leuchtete. Vom ersten Augenblick an hatte ihn die ungewöhnlich tiefe Verbindung der beiden Freundinnen fasziniert, und er hatte sich wirklich bemüht, dieses Gefühl mit seinen Strichen einzufangen.

Das Problem daran war nur: Es gelang ihm einfach nicht.

Stattdessen war es Ella, immer wieder Ella, die das Bild mit einer Leichtigkeit und Anmut dominierte, die jede Bemühung, Tilda neben ihr zu zeichnen, das starke Mädchen wie einen bloßen Schatten hätten erscheinen lassen. Und das wurde Tilda auf gar keinen Fall gerecht. Also hatte Mats wieder und wieder von vorn begonnen – und ein ums andere Mal das gleiche Ergebnis erzielt, ohne dass er hätte sagen können, woran es eigentlich haperte. Auch der jüngste Versuch ließ bereits erahnen, dass er ihm in dieselbe Richtung entglitt, obwohl Mats erst wenige Striche aufs Papier gebracht hatte. Langsam, aber sicher begann er zu verzweifeln – und Tildas Nachfrage beim Essen hatte nicht unbedingt dazu beigetragen, dass er sich entspannte. Es war, wie es war: So konnte er den Mädchen das Bild auf gar keinen Fall zeigen. Keines von den vieren.

Aber noch viel mehr als um seine Unfähigkeit, die richtigen Linien zu treffen, sorgte Mats sich darum, was dieses Phänomen eigentlich über ihn selbst aussagte. So schwer hatte er noch nie ein Motiv greifen können. Oder vielmehr: So sehr hatte sich noch nie ein anderes in den Vordergrund gedrängt. Nur Ella. Nur dieses Mädchen im gelben Sommerkleid, dem er vor wenigen Stunden zum ersten Mal begegnet war.

War er ihr denn so verfallen?

Mit Haut und Haar?

Nach so kurzer Zeit?

Wenn er ehrlich zu sich selbst war: durchaus möglich. Unwahrscheinlich – aber was war an Gefühlen schon wahrscheinlich? Immerhin konnte er auch jetzt kaum den Blick von ihr wenden, als sie leise aufstand, allein zum Steg hinunterwanderte und die nackten Beine ins Wasser baumeln ließ. Ganz selbstverständlich einsam. Sie brauchte kein einziges Wort, um deutlich zu machen, dass sie in diesem Moment keine Gesellschaft wollte, und weder Mats noch Tilda wagten sich ihrem Wunsch zu widersetzen. Wie sie dort saß, im rotgoldenen Abendlicht zu Füßen dieser wunderschönen Natur, war sie wie der Inbegriff eines romantischen Gemäldes, sodass Mats prompt die dozierende Stimme seiner Mutter im Ohr hatte, die die Komposition analysierte. Mats unterdrückte ein Lachen. Warum wunderten sich seine Freunde eigentlich immer, dass er keine Freundin hatte? Wenn irgendetwas auf der Welt abturnend war, dann doch wohl eine nörgelnde Mutterstimme im Ohr, wann immer man etwas schön fand.

»Alles klar mit dir?« Tildas Stimme schreckte ihn aus seinen Gedanken. Ihr Blick sagte deutlich, dass sie sein Lachen sehr wohl bemerkt hatte. Ja, dass sie vielleicht sogar vermutete, was gerade in ihm vorging. Sie hatte diese klaren Augen, die so forsch und unerschrocken seinem Blick begegneten, wann immer er sie ansah. Es war sicher nicht leicht, ihr etwas vorzumachen. Und sie steckte nie zurück, zumindest hatte Mats diesen Eindruck gewonnen, in der kurzen Zeit, die sie sich nun kannten. Ein Hundert-Prozent-Mensch. Bewundernswert. Nur …

Sie lässt sich keine Zeit zum Träumen, hatte Ella auf dem Weg ins Dorf über ihre Freundin gesagt.

Schade, dachte Mats. Vielleicht blieb sie auch deswegen so blass auf dem Papier.

Aber er wusste, dass das bestenfalls ein Teil der Wahrheit sein konnte. Die eigentliche Lösung des Rätsels lag in ihm selbst. Es hatte keinen Sinn, sich da etwas anderes einreden zu wollen.

»Hallo?« Tilda streckte die Hand aus und wedelte damit vor seinem Gesicht herum. »Schläfst du?«

Mats schüttelte sich. »Ach, entschuldige. Ich war in Gedanken.«

»Was du nicht sagst.« Tilda grinste spöttisch. Sie war ein bisschen aufgetaut seit ihrem Nachmittagsschlaf und dem Essen, das war Mats schon aufgefallen. Aber das hieß nicht, dass sie deshalb besonders nett zu ihm war. Mats war das recht. Er konnte damit besser umgehen als mit angestrengter Liebenswürdigkeit. Das musste er sich bei seinen Eltern viel zu oft ansehen, wenn die sich in seiner Gegenwart zusammenrissen. Als wäre er ein Kleinkind und könnte nicht sehen, wenn sie eigentlich lieber mit ausgefahrenen Krallen aufeinander losgegangen wären.

»Dann hoffe ich mal, du denkst darüber nach, wie du das Bild schnell fertig bekommst«, bemerkte Tilda derweil spitz und traf damit genau ins Schwarze – während sie gleichzeitig meilenweit danebenlag.

Mats grinste schief und warf einen letzten flüchtigen Blick auf das Skizzenbuch auf seinen Beinen – durch seine angezogenen Knie war es vor Tildas Augen sicher geschützt. Dann klappte er es zu. »Eigentlich dachte ich, ich mache eine kreative Pause und genieße den Abend.«

»Ha!« Tilda lachte höhnisch. »Na, wenn das so ist, hilfst du mir jetzt beim Abspülen. Klar, oder? Herr Künstler? Gefaulenzt wird hier nicht.«

Es war leicht, sich mit ihr die Bälle hin und her zu spielen. Mats genoss diese Art Plänkelei sehr. Er kannte viel zu wenige Menschen, die ihm auf dieser Ebene gewachsen waren oder auch nur den gleichen Spaß daran hatten wie er. Er legte die Hand auf die Brust und verneigte sich im Sitzen. »Du bist wirklich gnadenlos. Aber ja, natürlich. Nichts lieber als das, Madame. Ich fühle mich geehrt, dir Gesellschaft leisten zu dürfen.«

Er stand auf und warf einen letzten Blick zu Ella, die inzwischen völlig in der Betrachtung des Wassers und ihrer eigenen Welt versunken schien. Selbstverständlich einsam. Immer noch.

»Lass sie«, beantwortete Tilda seine unausgesprochene Frage. »Die Küche ist zu klein für mehr als zwei Leute. Und wahrscheinlich merkt sie es sowieso nicht, wenn wir eine Weile nicht hier sitzen. Ihre Träume sind … immer sehr weit weg.«

Während sie sprach, musterte sie Mats mit einem seltsam durchdringenden Blick, den er nicht zu deuten vermochte. Was meinte sie wohl? Und war es nicht seltsam, wie viel beide Mädchen über die Träume der anderen nachdachten? Mats war sich nicht sicher, wie er darauf reagieren sollte. Daher zuckte er nur die Schultern. »Na gut. Wenn du das sagst.« Damit folgte er Tilda ins Haus. Ein Gespräch unter vier Augen war vielleicht auch keine schlechte Gelegenheit, sie noch ein bisschen besser kennenzulernen.

Und Ella.

Natürlich vor allem auch Ella.

* * *

Tilda war einigermaßen erstaunt, dass Mats ihrer Aufforderung, sich nützlich zu machen, ohne großes Murren nachkam. Eigentlich hatte sie damit gerechnet, dass er sich erneut hinter seinem Skizzenbuch verkriechen und es als Ausrede vorschieben würde – immerhin hatte sie ihm persönlich diese Vorlage geliefert.

Doch stattdessen nahm er sich brav ein Handtuch aus dem Schrank über der kleinen Arbeitsfläche, warf es sich über die Schulter und begann, die Töpfe und Pfannen wegzuräumen, die noch auf dem Abtropfgitter standen und von der aufwendigen Kochaktion zeugten, die hier stattgefunden hatte.

Überhaupt war es erstaunlich, dachte Tilda, wie ordentlich er die Küche hinterlassen hatte. Beinahe, als hätte hier überhaupt niemand gekocht. Noch ein Punkt, in dem sie Mats offenbar falsch eingeschätzt hatte. Sie hätte ihn für mindestens so chaotisch wie Ella gehalten. Im Stillen entschuldigte sie sich bei ihm dafür.

Mats hatte sich inzwischen neben dem Abtropfgitter in Stellung gebracht. »Na, dann leg mal los.«

Tilda stellte die Teller und Gläser ins Spülbecken. Während das heiße Wasser darüberrauschte, fragte sie sich, warum sie Mats eigentlich gedrängt hatte, sie zu begleiten. Die paar Teile hätte sie doch auch locker allein geschafft. Und ein bisschen Ruhe wäre sicher gut für ihre Nerven und Gedanken gewesen. Aber ihr Bauch beharrte auch jetzt noch darauf, dass sie ihn hier in der Küche haben wollte, um – ja, über *was* genau zu reden? Sie fühlte es in ihrem Magen rumoren, aber sie konnte das Gefühl nicht in Worte fassen.

Oder vielleicht wollte sie es auch einfach nicht. Denn ihr Körper war offenbar anderer Meinung als ihr Herz.

»Hey, Mats. Glaubst du eigentlich an Schicksal?«

Es war heraus, ehe sie selbst wusste, dass sie es gesagt hatte, und Tilda erschreckte sich selbst vor dem harschen Tonfall ihrer Stimme. Verblüfft hielt sie sich am Rand des Spülbeckens fest, als ihre Knie unter der unerwarteten Last der Worte plötzlich weich wurden.

Warum hatte sie das gesagt?

Warum hatte sie es *so* gesagt?

Was ging es ihn an?

Und wollte sie wirklich wissen, was er zu dem Thema zu sagen hatte?

Mats aber schwieg. Er schwieg ziemlich lange. Wahrscheinlich war er ebenso überrumpelt wie Tilda. Und Tilda war froh, dass sie den Hahn abdrehen und Spülmittel ins Wasser geben konnte, sodass sie nicht gezwungen war, ihn anzusehen.

Sie war schon kurz davor, einfach zu tun, als hätte sie nie etwas gesagt, und ein anderes Thema anzuschneiden – da lachte Mats.

Nun war es nicht das erste Mal, dass Tilda ihn lachen hörte. Doch anders als sonst war es dieses Mal ein bitteres Lachen, ohne eine Spur von Leichtigkeit. »Schicksal?« Er spuckte das Wort beinahe aus. »Klar. Natürlich glaube ich daran. Was sonst sollte zwei Menschen dazu bringen, ewig aneinander festzuhalten, obwohl sie sich gegenseitig nur unglücklich machen? Das kann nur eine völlig idiotische Macht, die stärker ist als jede Vernunft.« Er schnalzte mit der Zunge und die Verachtung in diesem Laut erschreckte Tilda fast noch mehr als ihre eigene Frage. »Ja, ich glaube an das Schicksal. Aber dass ich es mag, kann ich nicht gerade behaupten.«

Ob es am viel zu heißen Wasser lag, dass Tilda bei seinen Worten der Schweiß ausbrach? Was auch immer sie für eine Antwort zu hören erwartet hatte – diese war es nicht gewesen. Bisher hatte sie nur zwei Ansichten über das Schicksal gekannt: ihre eigene skeptische, und Ellas romantisch-verklärte. Sie hatte einfach nicht damit gerechnet, dass es auch noch andere Blickwinkel auf diese Sache geben konnte. Und sie wusste beim besten Willen nicht, was sie darauf erwidern sollte. Sie konnte nur hoffen, dass Ella zu ihrem eigenen Seelenheil niemals diese Frage an Mats richtete.

»Habe ich dich erschreckt?« Mats' Stimme war plötzlich ganz nah hinter ihr. Die Bitterkeit war daraus verschwunden. »Tut mir leid. Das wollte ich nicht. Es … geht nur manchmal mit mir durch. Das Thema ist eine Art wunder Punkt bei mir.« Er seufzte schwer. »Wie soll ich es erklären? Es … zermürbt mich einfach, weißt du.«

Das klang so simpel und zugleich so offen und tief, dass Tilda wider Willen eine Gänsehaut bekam. Wie kam er bloß dazu, ihr so offen seine Verletzlichkeit zu zeigen? Langsam drehte sie sich um.

Mats musterte sie mit einem Ausdruck, der auf eine seltsame Art vorsichtig wirkte. Zögernd, als fürchte er,

Tilda wäre weitaus zerbrechlicher, als er bisher angenommen hatte.

»Wieso fragst du?«, fragte er, und das Zögern schwang auch in seiner Stimme mit. »Glaubst du … dass unsere Begegnung Schicksal war?«

Tilda schwieg. Sie brachte einfach kein Wort heraus, zu überrumpelt war sie noch von seiner Offenheit wenige Augenblicke zuvor.

Mats räusperte sich leise. »Tut mir leid. Ich fürchte, da muss ich dich enttäuschen.«

Nun musste Tilda sich beherrschen, damit ihr nicht der Mund offen stehen blieb. *So* hatte er ihre Frage verstanden? Was für ein kolossales Missverständnis!

»Was …? Nein!« Sie hob abwehrend die Hände. Er war zu nah. Wann war er ihr eigentlich so nah gekommen?

Mats runzelte die Stirn. Er schien verwirrt. »Nein?«

Das war doch nicht zu fassen.

»So ein Unsinn!« Tilda schüttelte heftig den Kopf und wusste sich nicht mehr anders zu helfen, als zum Angriff überzugehen. »Es geht doch hier nicht um mich, du selbstverliebter Blödmann! Es geht um Ella! Sie denkt, du wärst für sie bestimmt. Und ich will sichergehen, dass du das nicht ausnutzt!« Sie schnaufte angestrengt. »Und da brauchst du gar nicht zu gucken wie ein Auto – denkst du, ich hab die Beule da in deiner Hose nicht gesehen?« Anklagend zeigte sie auf Mats' Schritt und genoss es zu sehen, wie ihm das Blut in die Wangen und die Ohren schoss, obwohl sich dort unten gerade scheinbar wirklich gar nichts regte. »Ich sage dir eins, wenn du sie nicht glücklich machen willst, dann lass die Finger von ihr. Und hör gefälligst auf, mich so enttäuscht anzuglotzen! Ich will nichts von dir, Mann. Glaubst du echt, jedes Mädchen auf der Welt geht sofort in die Knie bei deinem Anblick?«

Eine Ewigkeit, so schien es, starrte Mats sie nur entgeistert an und ließ ihren Redeschwall in sein Bewusstsein einsickern, wo er sehr, sehr langsam verarbeitet wurde.

Und dann lachte er.

Er lachte so laut, so befreit und so andauernd, dass Tilda sich für einen Moment wirklich Sorgen um seinen Geisteszustand machte. Doch damit hörte sie sofort wieder auf, als Mats das Lachen einstellte und sie stattdessen fest in die Arme schloss.

»Danke«, keuchte er atemlos. »Danke, Tilda. Für deine Ehrlichkeit. Für deine Schonungslosigkeit. Du hast mir die Augen geöffnet, wirklich. Ich danke dir.«

Tilda stand in seiner Umarmung wie ein Stock. Was auch immer sie da gerade entfesselt hatte, sie verstand es nicht und wollte es auch nicht verstehen. Aber noch viel weniger wollte sie von Mats umarmt werden, wenn jeden Moment Ella in die Küche geplatzt kommen konnte. Und schlauer war sie irgendwie auch immer noch nicht.

Zum Glück ließ Mats sie schnell wieder los und besaß immerhin genug Taktgefühl, um außerdem einen Schritt zurückzutreten. Ihr Raum zum Atmen zu geben. »Entschuldige.« Er wischte sich die Lachtränen aus den Augenwinkeln und holte einmal tief Luft. »Ich habe heute wohl schon mehr als eine Grenze übertreten.«

Tilda nickte ein wenig steif. Was war das nur für eine verrückte Situation, in die sie sich da hineinmanövriert hatte?

»Vielleicht gehst du besser nach draußen«, sagte sie, als sie endlich ihre Stimme wieder halbwegs gebrauchen konnte. »Ich muss das erst mal verarbeiten.«

Mats erwiderte das Nicken und legte folgsam das Handtuch beiseite. »Das verstehe ich. Nochmals, bitte entschuldige. Ich wollte dir nicht zu nahe treten. Oder dich in Verlegenheit bringen. Nur eins noch.« Noch einmal atmete er tief durch. »Ich möchte, dass du weißt … Ich werde sie behandeln, als ob ihr Herz aus Glas wäre. Das verspreche ich dir. Hoch und heilig.«

Tilda sagte nichts dazu. Sie wusste nicht, was. Sie war für den Moment einfach leer. Und vielleicht war das auch besser so. Hatte sie Mats und Ella gerade etwa ihren Segen gegeben, ohne es auch nur zu merken?

»Gut«, murmelte sie nur, wandte sich ab und griff nach dem Spülschwamm. »Das will ich dir auch geraten haben.«

Ein paar Sekunden noch fühlte sie Mats' Blick zwischen ihren Schulterblättern ruhen, als warte er darauf, dass sie noch etwas sagte. Oder tat.

Doch sie horchte nicht einmal auf seine Schritte, als er die Küche verließ.

Kapitel 8
Schattenbilder

Ella saß am Wasser und lauschte.

Die Wellen plätscherten kühl um ihre Füße. Der Sonnenuntergang tanzte rot funkelnd auf dem Wasser mit den langen Schatten der nahen Bäume. Seit einer Ewigkeit, so schien es Ella, starrte sie in das Grün am anderen Ufer des Spreefließes, das im Abendlicht noch saftiger schien als am grellen Tag. Aber sie sah es längst nicht mehr.

Sie lauschte nur.

Lauschte auf das freundliche Geplänkel hinter ihr auf der Veranda, lauschte auf die Schritte, die über die Schwelle zum Wohnzimmer verschwanden. Und dann lauschte sie und lauschte auf jeden noch so kleinen Ton, der aus dem Haus zu ihr drang.

Genau genommen war es kein einziger.

Was nur logisch war, erklärte Ella sich selbst, denn

das Haus war viel zu weit entfernt und das Rauschen von Wasser und Wind in ihren Ohren viel zu laut. Natürlich konnte kein Wort einer normal geführten Unterhaltung sie hier draußen erreichen. Und noch leisere Geräusche … erst recht nicht.

Ellas Herz war ihr eng, obwohl sie wusste, dass das albern war. Was machten die beiden eigentlich da drin? So ganz allein?

Dann, ganz plötzlich, hörte sie Mats lachen. Laut und herzlich lachen. Danach war es wieder still.

Ella musste sich regelrecht zwingen, sitzen zu bleiben und nicht ins Haus zu stürmen. Sie hatte diesen Platz selbst gewählt, schimpfte sie sich stumm. Sie hatte die Einsamkeit am Wasser *selbst gewählt,* und das aus gutem Grund. Sie hatte diese Auszeit dringend nötig gehabt, um sich zu sortieren. Zumindest hatte sie das geglaubt.

Ihr Körper aber schien sich unterbewusst etwas ganz anderes erhofft zu haben, so wie er gerade kribbelte. Wie ihre Brust schmerzte und ihr Magen sich verknotete.

Blöde Kuh. Du blöde, blöde Kuh.

Ella war sich nicht einmal sicher, wen sie damit meinte. Tilda, die so frei heraus und schlagfertig wie immer war? Die Mats doch gar nicht gemocht hatte und sich nun trotzdem mit ihm kabbelte und ihn zum Lachen brachte, als wären sie seit Jahren dicke Freunde?

Vielleicht.

Vielleicht meinte Ella aber auch vielmehr sich selbst, weil sie genau das einfach nicht fertigbrachte. Weil sie sich in einer harmlosen Situation verfing wie in einem übergroßen Spinnennetz, weil sie zappelte und sich mühte und sich doch nur immer weiter verstrickte. Ella zog die Füße aus dem Wasser und legte das Kinn auf die Knie.

Nein, so gewann man keine Freunde.

Und die große Liebe?

Erst recht nicht.

In diesem Moment knarrten dicht hinter ihr die Planken. Ella fuhr heftig zusammen. Ihre Füße platschten zurück ins Wasser und sprenkelten kühle, glitzernde Tropfen bis in ihr Gesicht. Hastig wandte sie den Kopf – da setzte sich schon jemand neben sie.

Mats.

Er fragte nicht, ob es okay war, dass er ihr Gesellschaft leistete. Er fragte auch nicht, wie es ihr ging, oder erklärte, warum er allein mit Tilda ins Haus gegangen war. Vermutlich kam er nicht mal darauf, dass er das tun könnte. Warum auch? Nein, er saß einfach da, als sei es das Selbstverständlichste der Welt. Seine Füße baumelten neben ihren im Wasser. Die sanfte Strömung drückte sie in ihre Richtung, bis sich ihre Knöchel flüchtig berührten. Ella spürte es, ohne es wirklich zu spüren. Der Hauch von Wärme, wo Haut auf Haut traf, verblasste neben der Hitze, die Mats' Körper dicht neben ihr ausstrahlte.

Dann griff Mats nach ihrer Hand.

In Ellas Brust zerstob ein Funkenschauer und sprenkelte glühende Hitze in jeden Winkel. Sie wollte den Kopf drehen, sie wollte Mats in die Augen sehen und ihn fragen, was das auf einmal zu bedeuten hatte. Aber ihr Körper gehorchte ihr nicht.

Kurzschluss, dachte sie und betrachtete den Gedanken zugleich wie aus weiter Ferne, *das muss eine Art Kurzschluss sein.*

»Ella?«, sagte Mats leise. Seine Stimme löste umgehend die Starre aus ihren Gliedern, als hätte sie nur einmal zu lang geblinzelt. Sanft, fast zaghaft drückte er ihre Finger. »Darf ich dir etwas zeigen?«

Nun sah sie ihn doch an. Das funkelnde Wasser spiegelte sich im weichen Braun seiner Augen, als wären sie ein moorwässriger Teich tief im Wald. Er lächelte, aber auf dem Grund seiner Augen blieb es still. In der freien Hand hielt er das Skizzenbuch. Täuschte Ella sich, oder waren seine Finger ein bisschen zittrig, als er es ihr reichte?

Ella nahm das kleine Buch mit beiden Händen, auch wenn das hieß, dass sie sich von Mats' Berührung zurückziehen musste. Das machte ohnehin kaum einen Unterschied mehr, so dicht, wie sie nun beieinandersaßen. Der abgegriffene Ledereinband schmiegte sich butterweich an ihre Haut. Eine Seite recht weit hinten war mit einem Lesebändchen markiert. Ella sah Mats fragend an und er nickte. Langsam, fast ängstlich, schlug Ella das Skizzenbuch auf – und sah ihr eigenes Lächeln.

Sprachlos starrte sie auf die Zeichnung. Sie war roh, unfertig, kaum mehr als ein paar rasche Striche auf der rechten Hälfte der Doppelseite. Und trotzdem – oder gerade deswegen? – glaubte Ella beinahe, eine Fotografie von sich selbst zu betrachten. Eine, auf der sie erstaunlich gut getroffen war. Sie war … schön. Oder vielmehr: Mats hatte sie schön gezeichnet.

Sah sie so aus? Sah sie für ihn wirklich so aus?

In diesem Moment hätte Ella weinen können – vor Freude. Zu gern hätte sie etwas gesagt, sich irgendwie bedankt. Doch die Worte zerflossen ihr wie feiner Sand in den Händen.

Da räusperte Mats sich leise. Seine Stimme klang ein wenig belegt. »Ich wollte euch beide zeichnen. Wie versprochen. Ich wollte es wirklich. Das musst du mir glauben.«

Ella blinzelte. *Euch beide …?* Oh ja. Das hatte er gesagt. Jetzt fiel es ihr auch wieder ein. Und erst jetzt bemerkte Ella auch die blassen, fast geisterhaften Linien auf der anderen Seite des Bildes. Der Schemen eines anderen Gesichtes, ähnlich roh gezeichnet, aber ohne jede Kraft in den Strichen, wie das verschwommene

Spiegelbild in einer Zugfensterscheibe bei Nacht. Tilda.

Eine ganze Weile starrte Ella stumm auf das Bild. Es zu betrachten, löste wild widerstreitende Empfindungen in ihrer Brust aus. Sie empfand pures, unendliches Glück darüber, wie Mats sie sah, wie sie in seinen Augen leuchtete. Doch zugleich war da auch ein diffuser Schmerz, sobald ihr Blick hinüber zur Zeichnung ihrer Freundin glitt. Ella schloss die Augen und spürte dem Gefühl nach, suchte in ihrem Inneren nach dem Grund, warum dieser Schmerz sich so seltsam vertraut anfühlte.

Und dann begriff sie. Tilda sah auf dem Bild so aus, wie sie sich ihr Leben lang gefühlt hatte: ein Schatten im Hintergrund, der nicht auf die helle, strahlende Seite der Welt gehörte. Ein Kloß bildete sich in Ellas Kehle bei dem Gedanken, und sie begriff: Mats war nicht hier, um ihr stolz seine Zeichnung zu zeigen. Er war zu ihr gekommen, um ihr etwas zu beichten.

»Blätter um«, murmelte er in diesem Moment, und in seiner Stimme hörte Ella Scham. Eine Scham ähnlich der, die sie selbst gerade empfand. Scham für das, was sie aus den Bildern lesen würde. Lesen *musste*. »Es gibt noch mehr davon.«

Zögernd folgte Ella der Aufforderung, blätterte einmal um und dann noch einmal. Ihr Mund wurde trocken. Mats hatte offenbar mehrere Bilder begonnen, die alle ein ähnliches Motiv zeigten. Doch von Versuch zu Versuch wurden Tildas Züge blasser, bis sie kaum noch in den Strichen zu erkennen war, während Ella selbst auf jedem Bild nur noch lebendiger schien.

»Was bedeutet das?«, flüsterte sie, noch ehe sie sich bewusst war, dass die Worte auf ihren Lippen lagen.

Aber Mats schüttelte nur den Kopf; eine so kleine Bewegung, dass sie kaum sichtbar war. Behutsam nahm er ihr das Skizzenbuch aus der Hand und legte es neben sich. Sein Blick ließ Ella dabei nicht einen Moment lang los, obwohl sie fast meinte, sein Herz rasch und aufgeregt von innen gegen seine Brust pochen zu hören. Sein Adamsapfel hüpfte sichtbar, als er angestrengt schluckte.

Er war so nah. Hatte er sich zu ihr herübergelehnt? Oder sie sich zu ihm? Ella spürte seinen Atem, wie er ihre Lippen streifte, und schloss die Augen.

»He!«

Tildas Stimme ließ sie auseinanderfahren, als hätten sie beide einen elektrischen Schlag versetzt bekommen.

Ella sah sich um. Tilda stand auf der Schwelle zwischen Wohnzimmer und Verandatür. In den Händen hielt sie zwei bunte Plastikbeutel, mit denen sie ihnen nun zuwinkte. »Lust auf Gummibärchen, Lakritz und 'ne Runde Karten?«

Ella warf Mats einen raschen Blick zu und sah Bedauern in seinen Augen. Ein Bedauern, das sie selbst nur zu deutlich spürte.

Es war vorüber.

Der Moment war vorbei.

Verpasst.

Und zu all dem Bedauern mischte sich nun doch ein winziges bisschen Erleichterung. Wenigstens gab es nun nicht noch mehr, wofür sie sich schuldig fühlen musste.

Hastig stand sie auf und klopfte den Schmutz von ihrem Kleid. »Prima Idee!« Sie lächelte Mats möglichst unbefangen zu. »Kommst du mit?«

Und auch Mats lächelte, obwohl es bei genauer Betrachtung ein wenig verkrampft wirkte, stand auf und verstaute das Skizzenbüchlein in seiner Hose, als sei nichts gewesen. »Klar. Ich kann euch auch ein paar Tricks mit Karten zeigen.«

Damit schob er die Hände in die Taschen und ging voran zum Haus und zu Tilda.

Er sah sich nicht noch mal nach Ella um.

Kapitel 9
Eine lange Nacht

Um kurz nach Mitternacht lagen Tilda und Ella gemeinsam in dem großen Doppelbett im oberen Stock des Zauberhäuschens. Der Mond schien silbrig blass durch einen Spalt zwischen den Vorhängen. Keine von beiden schlief. Tilda fühlte sich nach ihrem langen Nachmittagsschlaf unangenehm rastlos. Und sie wusste genau, dass auch Ella noch kein Auge zugetan hatte, obwohl ihre Freundin ihr den Rücken zukehrte. Sie hörte es an ihrem Atem. Sie hörte sogar, dass ihre Freundin noch etwas auf dem Herzen hatte, das sie aber nicht zu sagen wagte. So gut kannte sie Ella. Und gerade deshalb wusste sie auch, dass sie – wie so oft – den ersten Schritt machen musste, wenn sie nicht wollte, dass Ella sich immer weiter in ihr Schneckenhaus zurückzog.

Aber was ihr sonst immer so leichtgefallen war, kostete sie heute enorme Überwindung.

»Weinst du?«, murmelte sie endlich. Und dann, nach einer kurzen Pause: »Im Kopf, meine ich?«

Denn ihr war schon klar, dass Ella gerade keine Tränen vergoss. Aber das hieß eben nicht, dass Ella nicht trotzdem wie ein alleingelassener Welpe schluchzen konnte, selbst wenn es nur innerlich war.

Die Decken raschelten, als Ella sich auf die andere Seite wälzte, um Tilda anzusehen. Ihre Augen glänzten dunkel im Mondlicht, das nun in einem schmalen Streifen auf ihr Gesicht fiel.

»Ich weiß es nicht.« Ihre Stimme klang ganz klein. »Ehrlich gesagt: Ich weiß einfach nicht, was ich denken soll. Tilly …« Sie holte einmal angestrengt Luft. »Warum hast du das gemacht?«

Tilda runzelte die Stirn. »Was gemacht?«, fragte sie, obwohl sie sich ziemlich genau denken konnte, was Ella meinte.

Ella ließ zwei weitere schwere Atemzüge verstreichen, ehe sie antwortete. »Du bist absichtlich dazwischengegangen, oder? Heute Abend am Steg. Du … wolltest du nicht, dass Mats und ich miteinander allein sind?«

Tildas Magen zog sich zusammen bei den Worten. Sie fühlte sich ertappt. Was sollte sie sagen? Es stimmte ja. Nachdem Mats die Küche verlassen hatte, hatte sie abgespült, so schnell sie nur konnte, während ihr Gehirn schon fieberhaft einen unverfänglichen Grund suchte, mit dem sie jede aufkeimende romantische Stimmung unterbrechen konnte. Denn sie hatte schon geahnt, dass Mats nach der Vorstellung in der Küche keine Zeit verlieren würde, einen weiteren Schritt auf Ella zuzugehen.

Tilda wollte das nicht.

Sie wollte es einfach nicht.

Sie wollte … sie wollte einfach ihre Ruhe. Ihren Urlaub mit Ella genießen, zu zweit, wie es geplant war. War das denn zu viel verlangt?

Wäre sie ganz ehrlich gewesen, ihre Antwort hätte lauten müssen: *Ich will, dass er verschwindet. Und zwar schnell. Es war okay, als er bloß für zwei Tage bleiben wollte. Aber es ist nicht okay, dass er dich mir wegnehmen will.*

Aber was für ein Recht hatte sie, darüber zu entscheiden? Was für ein Recht hatte sie, Ella in die Erfüllung ihres größten Traums reinzupfuschen? Denn das war es doch, was hier offenbar gerade stattfand. Also zuckte sie nur mit den Schultern. »Was sollte ich denn dagegen haben?«

Ella sah sie eine Weile schweigend an. Ein kleines, irgendwie trauriges Lächeln versteckte sich in ihren Mundwinkeln. Oder waren das nur die Schatten?

»Ist schon gut«, sagte sie leise, und in ihrer Stimme lag so viel Verständnis, dass es Tilda die Kehle zuschnürte. »Du brauchst mich nicht anzulügen.«

Tilda runzelte die Stirn und öffnete den Mund, um zu widersprechen. Aber Ella kam ihr zuvor.

»Ich verspreche, wir werden dich nicht ausgrenzen.« Sie sah Tilda fest in die Augen. »Bitte, Tilly. Vertrau mir. Was zwischen uns beiden ist, kann nicht kaputtgehen.«

Tilda schwieg. Sie wusste, wenn sie etwas gesagt hätte, hätte sie vermutlich direkt angefangen zu heulen.

»Bitte«, wiederholte Ella. Ihre Stimme klang nun beinahe flehend. »Es ist mir wichtig, dass du dich mit mir freust. Sonst kann ich nicht glücklich sein.« Sie biss sich auf die Unterlippe und senkte für einen Moment den Blick. »Und das wäre schlimm, denn … ihn jetzt noch loslassen kann ich auch nicht.« Ihre Worte verklangen in einem Flüstern.

Tilda atmete tief durch. Einmal. Zweimal. Dann schaffte sie es endlich, die ungeweinten Tränen hinunterzuschlucken. Das Lächeln fiel ihr nicht leicht, aber irgendwie bekam sie es hin. Halbwegs.

»Ich weiß«, sagte sie und zog sich die Decke bis unters Kinn. »Ist schon okay, Ella. Ehrlich.«

Und das, so viel war ihr immerhin klar, war vermutlich die dickste Lüge ihres Lebens.

Über Ellas Gesicht aber ging ein Leuchten. Tilda konnte geradezu körperlich spüren, wie die Anspannung von ihr abfiel. Und nun kullerten doch ein paar

Tränen über Ellas Wangen. So absurd das war – dieser Moment der Schwäche gab Tilda selbst ein wenig Kraft zurück. Sie schaffte es sogar, ihre Hand unter der Decke hervorzustrecken und Ella leicht gegen die Schulter zu knuffen. »He. Ich hab gesagt, es ist okay. Okay?«

Ella nickte und wischte sich über die Wange. »Ja, ich weiß, es ist nur … Danke«, flüsterte sie, gefolgt von einem kurzen, hörbar erleichterten Schluchzer und dann einem kleinen Lachen. »Ich bin so blöd.«

»Ach quatsch«, schnaufte Tilda. »Entspann dich mal.« Sie versuchte ein weiteres Lächeln, das sich schon etwas ehrlicher anfühlte. »Das wird sich schon alles regeln. Abgemacht?«

Ella nickte. »Abgemacht.«

Tilda gähnte demonstrativ. »Dann lass uns jetzt schlafen. Ist schon echt spät.«

Auch Ella lächelte jetzt. »Okay. Gute Nacht, Tilly.«

Tilda zog die Decke wieder bis zur Nasenspitze hoch, drehte sich auf die andere Seite und rollte sich ein. »Nacht, Ella. Schlaf gut.«

Dann schloss sie die Augen und versuchte, das friedliche Gefühl, dass sie in den letzten Sekunden ihres Gesprächs hatte erahnen können, festzuhalten und es mit in den Schlaf zu nehmen.

Doch sie spürte schon jetzt, dass sie in Wahrheit kein einziges Wort glaubte. Weder Ella noch sich selbst.

Mats würde alles ändern. Ihren Urlaub. Ihre Freundschaft. Alles. Und für eine Umkehr, darin wenigstens musste sie Ella zustimmen, war es längst zu spät.

Tilda lag noch lange wach und wälzte diesen Gedanken immer wieder im Kopf hin und her, während sie sich bemühte, eine tiefe, gleichmäßige Schlafatmung vorzutäuschen. Und so hörte sie auch, wie Ella irgendwann leise aufstand und sich aus dem Zimmer schlich.

Tilda brauchte nicht zu raten, wohin sie ging.

Kapitel 10
Schicksalswege

Schon am Fuß der Wendeltreppe verließ Ella der Mut. Durch das Glas der Verandatür konnte sie auf den mondbeschienenen Bohlen den dunklen Umriss von Mats' Lager erkennen. Er regte sich nicht. Sicher schlief er schon – draußen, wie er es Tilda versprochen hatte. Mehr noch, wenn Ella sich nicht sehr täuschte, war ihm das sogar lieber als das Sofa im Wohnzimmer. Sie hatten die Verandatür einen Spalt weit offen gelassen, falls er es sich anders überlegte, so großzügig war Tilda dann doch gewesen. Aber die milde Nachtluft, die durch diesen Spalt hereindrang und Ellas nackte Beine unter dem Totenkopfshirt streifte wie ein flüchtiges Streicheln, ließ sie daran zweifeln, dass Mats das Angebot in Anspruch nehmen würde. Vielmehr lockte der Nachtwind sie nun selbst nach draußen, ganz als würde er sie einladen, doch auch ihr Bett unter dem Sternenhimmel aufzuschlagen. Wenn sie es nur wagte, die Tür noch ein Stück weiter zu öffnen … vielleicht konnte sie sich unbemerkt neben Mats legen, nur für eine Weile? Ellas Herz schlug ihr bis zum Hals. Sie kam sich unglaublich kühn vor, als sie sich ganz vorsichtig gegen die Glastür lehnte, die mit leisem Zischen ein wenig zur Seite glitt.

Mats regte sich noch immer nicht, obwohl sie ihn atemlos beobachtete.

Auf Zehenspitzen schlich Ella näher, bis sie nur noch einen großen Schritt von ihm entfernt stand.

In diesem Moment drehte Mats sich zu ihr um. »Ella?«, flüsterte er.

Beinahe hätte Ella vor Überraschung aufgeschrien. Aber es kam nur ein ersticktes Fiepsen aus ihrer Kehle.

Mats richtete sich auf. Der Schlafsack raschelte. »Hey.« In den Schatten sah sie ihn lächeln. »Hab ich doch richtig gehört.« Seine Haare waren bettverwuschelt, aber seine Stimme war wach.

Ella brachte keinen Ton heraus. Ihr Herz schlug so wild, dass sie es bis unter die Schädeldecke spürte.

Mats rutschte ein Stück zur Seite und klopfte neben sich auf die Isomatte. Zögernd setzte Ella sich, ließ aber eine gute Armlänge Sicherheitsabstand zwischen ihnen frei. Gemeinsam sahen sie hinaus auf das schwarze, mondglitzernde Wasser des Spreefließes, das auch in der Nacht eilig und ruhelos dahinströmte. Aus der

Nähe erkannte Ella, dass Mats ebenfalls nervös wirkte. Vielleicht aus dem gleichen Grund wie sie.

Denn jetzt waren sie wirklich allein miteinander.

Tilda schlief, zumindest glaubte Ella das. Sie würde diesmal nicht kommen, nicht stören, nichts verhindern, wenn sie und Mats noch einmal …

Allein der Gedanke ließ ihr einen warmen Schauer über den Rücken und bis hinunter zu den Zehen laufen. Ein wenig fahrig griff sie nach der Wolldecke, die noch ordentlich gefaltet am Fußende von Mats' Lagerstatt lag, und zog sie über ihre nackten Beine. So fühlte sie sich wenigstens etwas sicherer.

»Konntest du auch nicht schlafen?«, fragte Mats schließlich leise.

Ella nickte. »Ich musste immer an die Bilder denken«, flüsterte sie.

Mats schwieg eine Weile. Er sah Ella nicht ins Gesicht, sondern betrachtete nachdenklich ihre Füße, die unter der Decke hervorlugten. Im Mondlicht sahen sie ganz bleich aus, fast weiß.

»Ich wollte dich nicht so überfahren«, sagte er schließlich. »Tut mir leid.«

Ella schüttelte rasch den Kopf – obwohl überfahren, das musste sie zugeben, kein schlechtes Wort war, um ihre Gefühle zu beschreiben. »Das muss dir nicht leidtun. Ich habe mich gefreut. Wirklich sehr gefreut, also … unter anderem.«

Mats warf ihr einen überraschten Blick zu. »Unter anderem?«

Ella biss sich auf die Unterlippe. Was hatte sie da nur wieder gesagt? Ein hilfloses Lachen purzelte über ihre Lippen. »Ach, entschuldige. Wie soll ich das erklären ... bitte vergiss, dass ich das gesagt habe. Das war blöd, ich ... also, deine Bilder haben mich sehr glücklich gemacht. Ehrlich.«

Mats hob eine Augenbraue. Sein Lächeln geriet ein bisschen schief. »Na, dann ist es ja gut«, sagte er, aber seine Stimme klang ein wenig zweifelnd.

Da hatte sie sich ja wieder wunderbar reingeritten, dachte Ella und seufzte innerlich. Ob sie jemals lernte, in wichtigen Situationen keine dummen Sachen zu sagen? Was für eine Lösung gab es nun noch, außer ehrlich zu sein und damit die Stimmung endgültig zu ruinieren? Sie holte tief Luft, um es Mats zu erklären – dass sie sich Sorgen um Tilda machte. Dass sie das Gefühl kannte, unsichtbar danebenzustehen. Dass ihre Freundin sie nie im Stich gelassen hatte und dass Ella darum nun dasselbe für sie tun wollte.

Aber bevor sie auch nur einen einzigen Ton sagen konnte, kam Mats ihr zuvor.

»Wollen wir schwimmen gehen?« Eine eigenartige Entschlossenheit lag in seinen Worten, als wolle er die Unsicherheit, die plötzlich zwischen ihnen hing, mit aller Macht beiseiteschieben.

Ella war so verblüfft, dass ihr alle sorgsam zusammengesuchten Worte einfach aus dem Kopf fielen.

»Jetzt?«, brachte sie verdattert hervor und meinte eigentlich: *Nur wir beide?* und *O mein Gott, ich habe keinen BH an!*

Mats aber schälte sich bereits aus seinem Schlafsack, stand auf und streifte sich das T-Shirt über den Kopf, sodass er nur noch in Unterhose dastand. Ella schluckte. Im schwachen Licht konnte sie ihn nicht gut erkennen, aber der Mondschein schimmerte matt auf seinen Schultern und in seinen Augen, und das verursachte ihr Gänsehaut.

»Warum nicht?« Auch Mats' Stimme klang nicht so locker, wie er es vermutlich vorgehabt hatte, obwohl in seinen Worten noch immer ein Lächeln zu hören war. »Das Wasser ist herrlich, möchte ich wetten.«

Das war es. Ella hatte das ja mit Tilda in der Nacht zuvor schon getestet, nach ihrem Spaziergang im Wald. Aber das war mit Tilda gewesen. Vor Tilda schämte sie sich nicht, für nichts. Vor Mats hingegen …

Mats streckte ihr die Hand entgegen. »Na komm. Vertraust du mir?«

Ella schluckte noch einmal mühsam. Ihr ganzer Körper kribbelte inzwischen so sehr, dass er fast vibrierte. Vertraute sie ihm? Sie wusste es nicht. Da war ein Hunger in seinen Augen, der sie schaudern ließ und zugleich wie von einem fernen Echo tief in ihrer Brust Antwort erhielt. Wo sollte das hinführen? Ellas Gedanken rasten vor unterschwelliger Panik, und zugleich konnte sie sich in diesem Moment nichts mehr wünschen, als mit Mats ins Wasser zu springen. Hier und jetzt.

Also hörte sie einfach auf zu denken.

Hand in Hand rannten sie über den Steg. Als das Wasser spritzend über ihnen zusammenschlug, verloren sich ihre Hände – doch kaum waren sie prustend und lachend wieder aufgetaucht, war Mats augenblicklich wieder bei Ella. Ganz nah. Er hielt sich am Steg fest, und dann hielt er sie fest, den Arm um ihre Taille geschlungen, damit die Strömung sie nicht davontreiben konnte. Er war so nah, dass Ella fürchtete, keine Luft mehr zu bekommen. Ameisen liefen durch ihren ganzen Körper. Mats' Wärme dicht bei ihr, umgeben vom so viel kühleren Fluss des Wassers – das Gefühl war so intensiv, dass es fast zu viel für sie war.

»Habe ich zu viel versprochen?« Auch Mats klang atemlos. »Es ist wunderschön, oder?«

Und dann, ehe Ella auch nur über eine Antwort nachdenken konnte, die über ein stummes Nicken hinausging, küsste er sie. Küsste sie mit flusswassernassen Lippen, drückte sie an sich, so fest und innig und ohne jedes Zögern, dass Ella mit jeder Faser ihres Körpers spürte, wie sehr er diesen Augenblick gewollt hatte. Wie er den ganzen Abend, seit sie so unvermittelt unterbrochen worden waren, darauf gewartet – nein –, *hingefiebert* hatte.

Und Ella ließ sich fallen, einfach fallen, in den Moment und den Kuss hinein. Die Gefühle rauschten mit Macht durch ihren Körper, und sie klammerte sich an Mats' Schultern, um nicht davongerissen zu werden. Sie spürte seine Muskeln, die sich unter der glatten Haut anspannten, und seine Hand, die er mit festem Griff um ihren Nacken gelegt hatte. In diesem Augenblick gab es nichts, nichts außer ihn und sie und den kräftigen Fluss, in dem sie einander zum ersten Mal erlebten. Schmeckten. Spürten.

Als es vorüber war, hielt Ella sich noch immer an Mats fest und drückte die Wange an seine Schulter. Die Strömung zerrte an ihrem T-Shirt, das nass war, schwer und kalt. Von innen aber wärmte sie ein tiefes, sattes Glücksgefühl. Sie hätte noch Stunden einfach so in seinen Armen liegen können. Vage wurde ihr bewusst, dass sie irgendwann während des Kusses ihre Beine um Mats' Hüften geschlungen hatte, aber selbst das fühlte sich jetzt so natürlich an, dass es sie nicht mehr in Verlegenheit brachte. War es wirklich so einfach, Nähe zuzulassen? Warum hatte sie nie gewusst, dass es so einfach sein konnte?

Weil ich auf dich gewartet habe. Mein ganzes Leben habe ich nur auf dich gewartet.

Die Gewissheit glühte wie eine kleine Sonne in ihrer Brust. Sie konnte nicht aufhören, zu lächeln.

Mats strich ihr mit schweren Fingern durch die nassen Haare. »Nun sind wir doch nicht geschwommen«, murmelte er und lachte leise. Und dann: »Lass uns wieder rausgehen. Du bist schon ganz kalt.« Er half ihr auf den Steg und kletterte selbst hinterher.

So mild die Nacht war, auf nasser Haut war sie kühl. Eng umschlungen liefen sie zurück auf die Veranda, wo Mats ohne Umschweife ein Handtuch, ein frisches T-Shirt und Boxershorts für Ella aus seinem Rucksack zog. Dann wandte er den Blick zur Seite und sah aufs Wasser hinaus, als wüsste er genau, dass Ella sich plötzlich, wo die Magie des Augenblicks langsam wich, doch wieder ein wenig schutzlos fühlte.

Rasch rubbelte sie sich ab und schlüpfte in die trockenen Sachen. Viel zu groß. Romantisch. Perfekt.

»Danke«, flüsterte sie und blieb ein wenig unschlüssig stehen, während sich hinter ihr nun Mats seiner nassen Unterhose entledigte, sich abtrocknete und trockene Kleider überzog.

Er war wieder bei ihr, legte die Arme um ihre Hüften und lehnte seine Stirn an ihre, noch bevor sie anfangen konnte, zu viel über die Situation nachzudenken – oder darüber, was sie jetzt tun sollte.

»Also dann. Schlafenszeit«, sagte er leise und strich

ihr eine feuchte Strähne hinters Ohr. »Geh am besten wieder rein, okay? Nicht, dass du krank wirst.«

Im ersten Moment wollte Ella protestieren. Sie sollten sich jetzt trennen, einfach so? Das schien ihr völlig undenkbar. Doch zugleich spürte sie plötzlich, wie unglaublich müde sie war. Und sie musste zugeben, dass der Gedanke an das weiche Bett im oberen Stockwerk ungleich verlockender war, als der harte Dielenboden der Veranda. Aber Mats … sie konnte ihn nicht mitnehmen. Und vielleicht, meldete sich das kleine Stimmchen der Vernunft in ihrem Hinterkopf, war das auch besser so, oder? Ging das nicht alles ein bisschen zu schnell?

Mats lachte, als hätte er ihre Gedanken gelesen. Dann zog er sie an sich, so eng, dass Ella seinen Herzschlag spüren konnte. »Ich bin morgen auch noch da«, flüsterte er. »Versprochen.«

Ella nahm all ihren Mut zusammen und schüttelte die Enttäuschung ab. »Ja«, sagte sie und schaffte es sogar, zu lächeln. »Und für morgen Nacht überlegen wir uns was Besseres.«

Mats' Brust bebte unter einem erneuten unterdrückten Lachen, und er trat ein Stück von ihr zurück, um ihr in die Augen zu sehen. Täuschte sie sich oder sah er jetzt geradezu verlegen aus? »Genau.« Er räusperte sich. Dann nahm er Ellas Gesicht in beide Hände und küsste sie noch einmal. Ganz sanft. Ohne Hunger. Und dennoch schickte die Berührung ein elektrisierendes Kribbeln Ellas Wirbelsäule entlang bis in die Zehenspitzen.

»Gute Nacht«, sagte Mats.

Ella nickte. Nur widerstrebend löste sie sich von ihm. »Bis morgen. Schlaf gut, ja?«

»Ich gebe mir Mühe.«

Mats blieb neben seinem Lager stehen, während Ella auf leisen Sohlen zurück ins Haus schlich. Sie spürte seinen Blick, wie er sie die Wendeltreppe hinauf verfolgte. Ihr Herz sang und tanzte in ihrer Brust vor wildem Glück. Ella war so aufgewühlt, dass sie der festen Überzeugung war, in dieser Nacht nicht eine Sekunde lang die Augen schließen zu können. Und sie wollte das auch gar nicht. Viel lieber wollte sie hundert-, nein tausendmal diesen verrückten und oh so wunderschönen Traum in ihrer Erinnerung noch einmal erleben. Den Kuss, das Wasser, das Mondlicht. Mats' Atem an ihrem Ohr.

Millionenmal.

Doch daraus wurde nichts.

Denn kaum hatte sie sich neben die immer noch tief und ahnungslos schlafende Tilda unter ihre Decke gekuschelt und ihr Kopf das Kissen berührt, war sie auch schon felsenfest eingeschlafen.

* * *

Als Ella verschwunden war, setzte Mats sich langsam wieder auf seine Isomatte, legte sich das Handtuch über die nassen Haare und versuchte, zur Ruhe zu kommen.

Leicht war das nicht. Nicht einmal der Blick auf das stetig fließende Wasser konnte seinen Puls in einen normalen Frequenzbereich bringen – wie auch, wenn seine Augen immer wieder wie magisch von dem Steg angezogen wurden, an den er sich vorhin noch geklammert hatte, und die Erinnerung an Ella ihn jedes Mal wie eine Welle überrollte? Das alles erschien ihm unwirklich. Als wäre sein Wunsch in dem Moment Wirklichkeit geworden, als er in seinem Kopf Gestalt annahm. Er hatte sich gewünscht, sie würde zu ihm kommen. Im Halbschlaf, benebelt von den Gedanken an den intensiven Moment auf dem Steg am Nachmittag, hatte ihn der Wunsch beinahe von innen heraus gesprengt.

Ein Blinzeln später war sie plötzlich da gewesen. Wie herbeibeschworen. Und Mats hatte auf den Kuss, um den er wenige Stunden zuvor betrogen worden war, nicht eine Sekunde länger warten können.

Wie wütend er gewesen war. Wie unglaublich wütend, dass Tilda sie gestört hatte, und das nach allem, was sie in der Küche besprochen hatten. Es hatte ihn unglaubliche Willenskraft gekostet, seinen Ärger und die aufgestaute Hitze in seinem Innern den restlichen Abend über im Zaum zu halten.

Jetzt war all das fort. Verraucht. Nur die Erinnerung daran war noch da, wie der Lärm einer Autobahn in der Ferne. Und die Frage, die wie ein hartnäckiger Kopfschmerz hinter seinem Innenohr saß und sich selbst vom Gedanken an den Kuss im Wasser nicht vertreiben lassen wollte: Wie sollte es jetzt weitergehen?

Mats griff unter den Pullover, den er sich zu einem Kopfkissen gefaltet hatte, und holte den Ring heraus. Den Ring an der Kette, den er seit mehr als fünf Jahren immer bei sich trug. Bevor Ella an diesem Abend zu ihm gekommen war, hatte er ihn genau wie jetzt in der Hand gehalten, das abgetragene Lederband wieder und wieder durch seine Finger gleiten lassen und sich die gleiche Frage gestellt.

Was sollte er tun? Wie sollte er mit dieser unglaublichen Anziehung umgehen, die ihn mit Ella verband – und die, so viel immerhin konnte er nun wohl mit Gewissheit sagen, auf Gegenseitigkeit beruhte?

Wenn das überhaupt möglich war, dann fiel ihm eine Antwort jetzt nur umso schwerer.

Mats presste die Lippen zusammen und schloss die Finger fest um den schmalen Reif aus silbergefasstem Aquamarin. Nicht zum ersten Mal fühlte er sich versucht, ihn einfach wegzuwerfen. Ihn ohne einen zweiten Gedanken im Fluss zu versenken, auf Nimmerwiedersehen. Es stimmte, was er zu Tilda gesagt hatte:

Er hasste das Schicksal. Aus tiefster Überzeugung. Und in gewisser Weise hasste er darum auch das, was gerade mit ihm geschah.

Aber wie konnte er dann gleichzeitig so glücklich sein? Dermaßen glücklich, dass er dieses Gefühl, dieses Mädchen – *seine Ella!* – um nichts in der Welt wieder aufgeben wollte. Um *nichts*.

Mats seufzte schwer, streifte die Kette über den Kopf und verbarg den Ring unter seinem Shirt. Dann kroch er wieder in seinen Schlafsack und zog sich die Kapuze über die Haare. Er würde dieses Problem heute Nacht nicht lösen. Vielleicht niemals.

Es blieb ihm also nichts anderes übrig, als auf sein Bauchgefühl zu hören. Denn am Ende ließ selbst das Schicksal einem stets eine Wahl. Wenn man nur genug Mut aufbrachte, sie auch zu treffen.

Mit einem letzten langen Blick auf den Steg schloss Mats die Augen.

Kapitel 11
Nichts kann uns trennen

Der nächste Morgen war für Tilda wie eine missglückte Wiederholung des vorhergegangenen. Wie ein übrig gebliebenes Stück Partypizza, das die Nacht über draußen gelegen hatte und dann zum Frühstück in der Mikrowelle aufgewärmt worden war – gerade noch gut genug, um daran zu erinnern, wie fabelhaft sie am Abend zuvor geschmeckt hatte.

Wie am letzten Morgen strahlte die Sonne von einem kristallblauen Himmel und wie am letzten Morgen lag Ella zu einem zerzausten Knäuel zusammengerollt neben Tilda und schlief tief und fest. Aber ihr Haar und der Kissenbezug waren feucht, das roch Tilda gleich, und sie trug ein T-Shirt, das nicht ihres war. Und im Gegensatz zum Vortag war Tilda ganz sicher nicht deshalb wieder so früh aufgewacht, weil sie so besonders erholsam geschlafen hatte.

Ächzend quälte Tilda sich aus dem Bett, warf sich wahllos ein paar Klamotten über und tapste die Treppe hinunter, um sich in der Küche ein Glas Wasser zu holen. Ihr Kopf war schwer und ihre Augen dick, weil sie sich noch so lange hin und her gewälzt hatte, nur um dann den verrücktesten Unfug zu träumen, den man sich denken konnte.

Sie hatte sich fest vorgenommen, auf dem Weg durchs Wohnzimmer nicht durch die Glastür auf die Veranda zu sehen. Aber natürlich war das absolut unmöglich.

Mats war noch da. Was Tilda auch nicht anders erwartet hatte, aber es bestätigt zu sehen, machte ihren Morgen nicht gerade besser. Er hatte sich tief in den Schlafsack vergraben, sodass außer ein paar dunkelblonden Strähnen und dem Zipfel eines knallroten Handtuchs nichts von ihm daraus hervorlugte. Vermutlich schlief er auch noch.

Tilda seufzte aus tiefstem Herzen. Sie wusste gar nicht, was sie noch denken sollte. Alles, was es zu der Angelegenheit zu denken gab, hatte sie in der vergangenen Nacht bis zum Erbrechen immer wieder im Kreis gedacht. Jetzt war sie nur noch erschöpft.

Energisch schüttelte sie den Kopf und rieb sich mit beiden Händen kräftig durchs Gesicht. *Mensch, Tilda! Jetzt versuch wenigstens mal, dich an das zu halten, was du zu Ella gesagt hast.*

Leicht gesagt. Aber wie stoppte man Gedanken? Tilda warf einen Blick in die Küche und schlurfte dann kurz entschlossen doch weiter zur Vorratskammer, wo die Getränkekisten lagerten. Wasser würde ihr hier nicht helfen. Die Situation forderte einen ordentlichen Schluck Cola. Früher Morgen hin oder her.

Tilda hockte sich auf den alten hölzernen Schemel in der Vorratskammer und trank die braune Brause direkt aus der großen Flasche. Der Zucker und die Kohlensäure kitzelten tatsächlich ein wenig das dumpfe Gefühl aus ihren Gliedern und ihrem Kopf.

Zeit, den Tag zu planen, entschloss sie kurzerhand. Denn eines stand glasklar fest: Noch einen Tag hier im Zwergenhäuschen zu verbringen und Ella und Mats dabei zuzusehen, wie sie sich gegenseitig anschmachteten – das wäre der sicherste Weg, damit sie irgendwann völlig ausrastete. Sie musste hier raus. Und wenn sie nun schon ihren Urlaub mit einem frisch verliebten Pärchen verbringen musste – denn danach sah es ja wohl aus –, dann wollte Tilda wenigstens etwas unternehmen, was *ihr* Spaß machte. Sie wollte sich bewegen, sich auspowern bis zur Erschöpfung, und sie wollte die Gegend sehen. Und das bitte schön über eine Kahnfahrt nach Lehde hinaus.

Tilda überlegte. Vor ihrer Abreise, als Geschenk zum, nun ja, halbwegs guten Zeugnis, hatten ihre

Eltern ihr augenzwinkernd einen Reiseführer über den Spreewald überreicht. *Damit ihr später auch wisst, wo ihr eigentlich wart.* Tilda hatte ihn, weil sie so in Eile gewesen war, nur flüchtig durchgeblättert. Aber sie erinnerte sich daran, von einer Fahrradstrecke durchs Bioreservat gelesen zu haben, dem Gurkenradweg. Und hatte Tante Geli ihnen nicht angeboten, bei ihr Fahrräder zu leihen, wenn sie einen Ausflug machen wollten? Das war doch perfekt! Klar, sie würden heute nicht die ganze Strecke radeln – Tilda meinte etwas wie 260 Kilometer im Kopf behalten zu haben. Aber sie konnten sich auf jeden Fall ein oder zwei schöne und vor allem ausreichend weit entfernte Ausflugsziele suchen, damit sie erst abends zurückkommen und dann einfach direkt ins Bett plumpsen konnten – so erschöpft, dass alles andere egal war.

Guter Plan!

Allein der Gedanke füllte Tilda mit so viel Energie, dass sie nicht mehr länger auf dem Schemel sitzen bleiben konnte. Wo hatte sie noch mal den Reiseführer hingepackt? In ihre Reisetasche wahrscheinlich. Hoffentlich. Wenn sie ihn im Wirrwarr und der Hektik der Abreise nicht doch vergessen hatte.

Sie musste ihren Plan sofort in die Tat umsetzen.

Es dauerte noch eine ganze Weile, bis auch Ella und Mats sich rührten, und das, obwohl Tilda sich bei der

Suche nach dem Reiseführer kaum Mühe gegeben hatte, leise zu sein; obwohl sie sich vernehmlich klappernd einen Tee gekocht und ein Toastbrot geschmiert hatte und sogar obwohl sie sich den Tisch und die Stühle auf der Veranda mit einigem Gepolter zurechtgerückt hatte, um gemütlich in der Morgensonne zu frühstücken und das Kapitel über den Gurkenradweg zu lesen.

Irgendwann aber regte sich der Haufen aus Stoff, der vermutlich Mats war, und sein dunkelblonder Schopf tauchte auf.

»Tilda?« Er blinzelte sie aus verschlafenen Augen an. Sein Gesichtsausdruck schwankte zwischen müder Verständnislosigkeit und Verblüffung. »Seit wann sitzt du da? Wie spät ist es?«

Tilda zuckte die Schultern und tupfte mit dem Finger Toastkrümel von ihrem Teller. »Keine Ahnung. Nach dem Frühstück jedenfalls.«

»Oh.« Mats kratzte sich am strubbeligen Hinterkopf. »Wo ist Ella?«

Tilda zuckte noch einmal die Schultern und gestattete sich einen vielsagend scharfen Blick in Mats' Richtung. »Schläft. Ihr zwei wart wohl noch länger wach, was?«

»Oh … geht eigentlich.«

Tilda fuhr herum. Was um alles in der Welt …! Dieser Tag hörte einfach nicht auf, eine billige Kopie des vorigen zu sein. Jetzt stand sie schon wieder hinter ihr, ohne dass Tilda sie hatte kommen hören!

Ella lächelte ein wenig verlegen erst sie an und dann Mats. »So spät war es gar nicht, glaube ich. Oder?«

Mats ließ ein leises Lachen hören. Bei Ellas Anblick wirkte er gleich viel weniger verschlafen – kein Wunder. Offensichtlich trug sie ja seine Sachen.

Tilda seufzte. »Ist mir eigentlich auch egal. Hauptsache, ihr seid jetzt ausgeschlafen. Heute wird nämlich ein langer Tag!« Sie grinste und war erstaunt, wie ein einziger Blick auf ihren Reiseführer ihre Stimmung augenblicklich wieder hob.

Mats und Ella wechselten einen Blick.

»Das klingt, als hättest du was geplant …« Ella klang vorsichtig. Tilda wusste, ihre Freundin kannte sie gut genug, um zu ahnen, worauf es hinauslief, wenn Tilda etwas plante. Und sie hatte recht.

Tilda spürte, wie sich ihr Grinsen verbreiterte. »Irgendwie musste ich mir ja die Zeit vertreiben.« Triumphierend tippte sie auf die Seite, die aufgeschlagen vor ihr lag. »Wir machen heute mal Sport. So was richtig Anstrengendes, ist klar. Bis wir Blut schwitzen.«

Sie konnte förmlich sehen, wie Ellas Gehirn diesen Gedanken – der kurz nach dem Aufstehen und einer offenbar recht kurzen, aufregenden Nacht einfach ganz unmöglich scheinen musste – zu verarbeiten versuchte. Ihr Mund klappte auf, sie runzelte die Stirn und kniff die Augen zusammen. Von Unglauben über den Ansatz eines verzweifelten Gelächters bis hin zu mildem Entsetzen war wirklich alles dabei. Über Mats' Gesicht lief ein ähnliches Wechselspiel der Emotionen. Fast hätte Tilda gekichert, weil es so blöd aussah.

Doch dann gab Ella sich einen Ruck. »Na, auf die Quälerei bin ich gespannt.« Sie zog sich einen Stuhl heran und hockte sich neben Tilda. »Zeig mal her.« Sie beugte sich über den Reiseführer und überflog die Stellen, die Tilda markiert hatte. »Oh. Das klingt wirklich gar nicht übel.« Sie legte eine Hand auf den Bauch, der in diesem Moment vernehmlich grollte und gluckerte. »Also, nach dem Frühstück, meine ich.« Sie warf einen sehnsüchtigen Blick auf Tildas leeren Teller.

Da endlich kam auch in Mats Bewegung. Er wühlte sich aus seinem Schlafsack-Deckenhaufen. »Na, jetzt macht ihr mich aber neugierig.« Er streckte sich gähnend. »Ich mach uns Frühstück, Ella. Okay? Tilda, willst du auch noch was? Ich jedenfalls brauche was in den Magen, ehe ich mir deinen *Plan* anhöre.«

Einen winzigen Moment noch zögerte er. Dann machte er entschlossen zwei Schritte auf Ella zu, gab ihr einen sanften Kuss auf die Stirn und verschwand dann rasch ins Haus.

»Der fühlt sich schon wie zu Hause, was?«, murmelte Tilda und warf einen Seitenblick zu Ella hinüber. Ein schiefes Lächeln stahl sich auf ihr Gesicht. Wer konnte schon schlecht gelaunt sein, wenn sie so sehr strahlte? Die Morgensonne war nichts dagegen. »War wohl schön heute Nacht.«

Völlig unvermittelt fiel Ella ihr um den Hals und drückte sie fest. »Ach Tilly«, flüsterte sie, und in ihrer Stimme hörte Tilda Freudentränen. »Du kannst dir das gar nicht vorstellen.«

Ein wenig unbeholfen klopfte Tilda ihr auf den Rücken. Nein, das konnte sie wirklich nicht. Aber sie wusste nun umso sicherer, dass sie heute auf jeden Fall diese Radtour machen mussten. Vielleicht würde ihr das selbst den Kopf ein bisschen frei pusten.

Tante Geli freute sich sehr, als Tilda, Ella und Mats bei ihr auftauchten. Sie ließ es sich nicht nehmen, die drei zu einem fürstlichen Mittagessen einzuladen – was sie nach dem kargen Frühstück auch gut vertragen konnten. Darüber hinaus spürte Tilda deutlich, wie gut ihr die Gesellschaft ihrer Tante tat. In ihrer urgemütlichen Küche entspannte sie sich innerhalb kürzester Zeit, obwohl sie gar nicht hätte sagen können, woran es lag. Von ihrem Platz auf der Eckbank sah Tilda direkt auf ein hübsches handgetöpfertes Schild, auf dem in geschwungenen Lettern stand:

Die meisten Probleme lösen sich von selbst. Man darf sie nur nicht dabei stören.

Der Spruch brachte Tilda zum Lachen und stimmte sie gleichzeitig nachdenklich. Ob sich auch ihr Problem von selbst lösen würde, wenn sie es ruhig angehen ließ? *War* die aktuelle Situation überhaupt ein Problem? Tante Geli schien das nicht so zu sehen. Aber, dachte Tilda trotzig, sie steckte ja auch nicht drin.

Es war schon früher Nachmittag, als sie endlich aufbrachen. Tante Geli riet ihnen daher, Tildas ursprünglichen Plan, die dreißig Kilometer bis in den Kurort Burg und zurück in Angriff zu nehmen, auf einen der nächsten Tage zu verschieben und stattdessen einfach ins nur fünf Kilometer entfernte Lübbenau zu radeln. Dort konnten sie das berühmte Schloss und andere Sehenswürdigkeiten besichtigen und ein wenig bummeln. Ella war sofort begeistert von der Idee. Mats – obwohl er seinen eigenen Worten nach für Radtouren jederzeit zu haben war – stimmte ein, und auch Tilda fühlte sich überraschend wohl mit dem Gedanken. Sechzig Kilometer wurden ja tatsächlich ein bisschen knapp an einem Nachmittag, und so hatte sie ihren Fluchtplan weiter in der Hinterhand, falls es ihr im Zwergenhäuschen wieder zu eng wurde.

Und so brachen sie auf. Mats hatte sein eigenes Fahrrad mitgenommen, Tilda und Ella bekamen rote

Hollandräder, die so alt waren, dass sie fast als antik gelten konnten. Aber Tante Geli hielt sie tadellos in Schuss, und sie rollten so butterweich dahin, dass Tilda das Gefühl hatte, kaum in die Pedale treten zu müssen, um voranzukommen. Überhaupt, dachte sie und gab ihrem Rad mit einem kräftigen Tritt noch mehr Schwung – wer brauchte auf so ebenem Gelände schon eine Gangschaltung? Auf dem gut befestigten Radweg rollte es sich mit Leichtigkeit dahin und der Wind in ihrem Gesicht und auf ihren nackten Armen ließ Tildas Stimmung mit jedem Meter steigen.

»Ist das nicht herrlich?«, hörte sie Ellas begeisterte Stimme von hinten rufen. »Das war eine großartige Idee, Tilly!« Mit ein paar schnellen Tritten schloss sie zu Tilda auf. Der Fahrtwind pustete ihr lange braune Haarsträhnen ins Gesicht. »Ich könnte ewig so weiterfahren!«

Tilda lachte. Sie hatte vergessen, *wie* glücklich es sie machte, Ella glücklich zu sehen. Die Sonne, der Wind, das flackernde Lichtspiel zwischen den Zweigen, die den Weg in kühlen Halbschatten tauchten. Das plätschernde Wasser zu ihrer Seite. Alles war so unglaublich perfekt! Genau so, dachte Tilda, hatte ihr Urlaub werden sollen.

In diesem Moment tauchte auch Mats neben ihnen auf. Der Weg war an dieser Stelle breit genug, dass sie zu dritt nebeneinander fahren konnten.

»Wirklich eine tolle Idee.« Er grinste. »Ich muss mich entschuldigen, Tilda – ich hatte dir so viel sportlichen Ehrgeiz gar nicht zugetraut.« Er grinste, und noch bevor Tilda eine empörte Antwort zurückschießen konnte, fügte er hinzu: »Und dir erst recht nicht, Ella.«

Für einen Moment schien Ella wie vom Donner gerührt. Sie wurde so still, dass sogar der Wind plötzlich leiser in Tildas Ohren zu rauschen schien, und unvermittelt hörte sie auf, in die Pedale zu treten.

Aber dann lachte Ella. Sie lachte hell und herzlich und so unbeschwert, dass Tilda nicht eine Sekunde länger fürchten konnte, Mats' freundlicher Spott hätte sie an einer wunden Stelle getroffen. An einer der vielen.

»Pass bloß auf«, kicherte Ella derweil, »dass dieses unsportliche Mädchen nicht gleich vor lauter Schwäche einen Schlenker fährt. Dieser Lenker ist wirklich schwer zu halten …«

Tilda war baff erstaunt. Das war nicht die Ella, die sie kannte. Es war das, was sie seit drei Jahren aus ihr herauszukitzeln versuchte: dass sie ihren Witz und ihren Schalk auch mit anderen Menschen als Tilda teilte. Wenn Mats ihr dabei helfen konnte …

»Autsch, ja. Das könnte wehtun«, sagte Mats. »Du solltest dich vorsichtshalber an mir festhalten.« Er streckte die Hand aus. Sein Lächeln war so liebevoll, dass Tilda selbst ein bisschen weiche Knie bekam, obwohl es gar nicht ihr galt. Als sich Ellas Finger mit Mats' verflochten, spürte Tilda einen leichten Druck auf ihrem Herzen, als läge ein stramm gespanntes Gummiband um ihren Brustkorb. Schon war sie drauf und dran, noch kräftiger in die Pedale zu treten, um ihm davonzufahren.

Da drehte sich Ella wieder zu ihr um. Ihre Augen leuchteten, und in ihrem Blick sah Tilda die gleiche Wärme, die sie zuvor bei Mats gesehen hatte. Nur dass dieser Blick diesmal für *sie* bestimmt war.

»Soll ich euch Stadtkindern mal ein Kunststück zeigen?« Ellas Augen blitzten. Und noch ehe Tilda oder Mats antworten konnten, stellte sie vorsichtig einen Fuß nach dem anderen auf ihren wackelnden Lenker, ohne dabei Mats' Hand loszulassen. »Gib mir deine Hand, Tilly!«

Tilda starrte ihre Freundin entgeistert an. »Ella …«

»Hey, was …«, begann Mats im gleichen Moment.

Aber Ella hatte nicht vor, sie protestieren zu lassen.

»Das haben wir auf dem Land jeden Sommer gemacht. Gib mir deine Hand, oder ich falle.« Tilda sah, wie sich ihre Finger fester um die von Mats schlossen und wie Ella einmal tief Luft holte.

»Lass mich fliegen!«

Damit ließ sie den Lenker endgültig los.

In letzter Sekunde griff Tilda nach ihrer Hand und

erwischte sie am Handgelenk. Tildas Herz raste, und sie umklammerte Ellas Hand so fest, als wollte sie sie zerquetschen. Das war verrückt, dachte sie, völlig verrückt, Ella würde stürzen!

Aber Ella stürzte nicht.

Ella flog.

Kapitel 12
Wolken am Sommerhimmel

Das Gefühl des Fliegens hielt den ganzen Tag über an.

Ob beim Bummeln durch die Straßen von Lübbenau, beim Spaziergang durch das Schloss und den Schlosspark, beim Eisschlecken auf dem Gurkenmarkt oder bei einer Pizza bei dem urigen Italiener, den ihnen Tildas Tante empfohlen hatte: Ein kleines Stück des Gefühls, schwerelos und frei durch den Sommerwald zu gleiten, füllte Ellas Herz, auch dann noch, als sie mit dem Sonnenuntergang schließlich in das einsame Zauberhaus am Spreefließ zurückkehrten.

Sie schoben die Räder hinters Haus und schlossen sie mit einer schweren Kette zusammen. Tante Geli hatte darauf bestanden, dass sie die Hollandräder noch ein paar Tage behielten, damit sie nach Lust und Laune den Gurkenradweg weiter erkunden konnten.

Als sie schließlich den schmalen Weg zur Veranda hinaufschlenderten und auf Tilda warteten, die den Haupteingang genommen hatte, um die Verandatür von innen aufzuschließen, legte Mats den Arm um Ella und zog sie eng an sich. Ein warmer Schauer rieselte durch Ellas Körper. Noch immer konnte sie ihr Glück kaum fassen, und sie war verblüfft darüber, wie sehr sie sich ununterbrochen nach seinen kleinen, wie zufälligen Berührungen sehnte. Kaum ließ er ihre Hand los, vermisste sie ihn, und wenn er sie wie jetzt in den Arm nahm, hätte sie platzen können vor überschäumendem Glücksgefühl.

Vielleicht, weil nur diese Berührungen ihr bewiesen, dass sie gerade nicht träumte?

Sie schmiegte sich an Mats und er gab ihr einen sanften Kuss auf den Scheitel. »Alles gut bei dir?«, murmelte er. Und dann, nach einer kurzen Pause: »Vielleicht haben wir ja gleich noch ein bisschen Zeit für uns.«

Seine Worte ließen Ellas Herz augenblicklich ein bisschen schneller schlagen. Doch bevor sie antworten konnte, ihm sagen konnte, wie sehr sie selbst sich das wünschte – ein bisschen Zeit mit ihm allein –, war der Moment auch schon vorbei.

Mit Schwung schob Tilda die Tür von innen auf. Ihre Energie schien ungebrochen, obwohl der Tag wirklich lang gewesen war.

»Ach, es ist doch schön, wieder hier zu sein«, stellte sie fest und ließ sich in einen Liegestuhl fallen, um die Füße hochzulegen. Von dort aus grinste sie zufrieden zu ihnen herüber. »Und, Mats? Willst du nicht mal ausnahmsweise den Gentleman raushängen lassen und den Damen des Hauses kalte Getränke servieren?«

Mats wandte sich zu Ella. »Sag mal, hast du auch was gehört? Ich hab da so ein Pfeifen im Gehörgang …« Er kratzte sich demonstrativ am Ohr, grinste und zwinkerte ihr zu. »Oh, ich weiß. Es ist meine gute Erziehung, die mir sagt, ich soll dir was zu trinken bringen. Ich bin gleich wieder da. Ach nein, vorher soll ich dich noch küssen.«

Ella konnte nicht anders, sie musste so sehr kichern, dass aus dem Kuss fast nichts wurde. Mit hochrotem Kopf ließ sie sich schließlich neben Tilda in einen zweiten Liegestuhl sinken, während Mats nach drinnen ging, um die Getränke zu holen.

Tilda hatte derweil die Arme hinter dem Kopf verschränkt und sah nun schweigend aufs Wasser hinaus. Ob sie weggeschaut hatte, weil sie ihnen nicht beim Herumalbern und Küssen zusehen wollte?

»Entschuldige«, murmelte Ella und ärgerte sich im gleichen Moment ein wenig, dass sie überhaupt das Gefühl hatte, sich für irgendwas entschuldigen zu müssen. Das konnte doch nicht richtig sein, oder? Den ganzen Tag hatte es immer wieder diese Momente gegeben, in denen sie sich geradezu von Mats distanziert hatte – zumindest soweit ihr das in ihrem superverknallten Zustand möglich war –, weil sie ständig an das Versprechen denken musste, dass sie Tilda nachts zuvor gegeben hatte. Das war nicht gut. Tilda hatte gesagt, es wäre okay, also musste Ella ihr das auch glauben. Alles andere wäre einfach unfair und setzte sie beide unnötig unter Stress.

Aber so ganz aus ihrer Haut konnte Ella eben auch nicht. Sie fand es nun einmal unerträglich, wenn Tilda nicht lachte.

Als hätte sie ihre Gedanken gehört, drehte sich Tilda zu ihr um und lächelte sie an. Sah sie traurig aus? *Nein, das rede ich mir bloß ein!*, ermahnte Ella sich energisch. Tilda würde schimpfen, wenn sie von diesen Gedanken wüsste, da war sie sich sicher.

»Das war ein ganz schön langer Tag, was?«, sagte Tilda und reckte sich ausgiebig.

Ella nickte. »Und wie. Lange mach ich's heute Abend nicht.«

»Frag mich mal …« Tilda schüttelte zustimmend den Kopf. Aber ein schelmisches Grinsen blitzte in ihren Mundwinkeln. »Schließlich wollen wir morgen noch die richtig lange Tour machen, stimmt's?«

Ella stöhnte. »Oh Mann, Tilly.« Sie knuffte ihre Freundin gegen den Oberarm. »Gönn uns mal 'ne

Pause! Wir könnten doch morgen auch, äh … eine Kahnfahrt machen oder so? Und du fährst? Darin bist du doch jetzt Profi.«

»Ha!« Tilda lachte. »Das könnte dir so passen, dass ich euch zwei Turteltäubchen auf einer romantischen Bootsfahrt kutschiere. Wozu haben wir denn einen Kerl hier, wenn der sich nicht mal nützlich machen soll?«

Sie warf über die Schulter einen Blick zum Haus. »Und wo wir gerade von ihm sprechen: Der braucht ganz schön lange, um ein paar Gläser zu holen, oder?« Sie beugte sich noch weiter um die Lehne ihres Stuhls herum und legte eine Hand wie ein Sprachrohr an den Mund. »He, Mats! Wo steckst du? Wir trocknen hier aus!«

Als hätte er nur auf ihr Kommando gewartet, tauchte Mats mit einem Tablett im Türrahmen auf. »Nur die Ruhe. Ich bin auch nicht mehr der Jüngste«, erklärte er, gelassen wie immer.

Doch als er in ihre Richtung sah, hatte Ella plötzlich das seltsame Gefühl, dass diese Gelassenheit ausnahmsweise nur vorgetäuscht war. Sie konnte nicht genau sagen, woran sie es festmachte. Aber sie war sich sicher, dass Mats angespannt war. Warum bloß? Ella warf einen schnellen Blick zu Tilda, ob es ihr ebenfalls aufgefallen war.

»Ah. Schon senil, was?«, konterte die gerade spitz.

»Hast mal wieder vergessen, wo du die Gläser hingeräumt hast, oder? Typisch.«

Nein. Tilda schien nichts bemerkt zu haben. Ob Ella sich doch täuschte? Aber wenn sie genau hinsah, dann waren Mats' Ohren unter den windzerzausten Locken ziemlich rot. Und er sparte sich sogar eine weitere schlagfertige Antwort in Tildas Richtung und brummte nur resigniert.

Ella rutschte nervös auf ihrem Stuhl hin und her, während Mats das Tablett auf den Tisch stellte, eisgekühlte Limo in die Gläser goss und sich neben sie setzte. Aber sie wagte nicht, nachzufragen.

Eine Weile saßen sie alle drei schweigend da, schlürften ihre Limo und beobachteten die Sonne, die glutrot hinter den Bäumen versank und dunkelviolette Dämmerung wie feinen Nebel über das Wasser und den Himmel legte. Im Unterholz nahe dem Ufer leuchteten die ersten Glühwürmchen auf.

Glühwürmchen.

Bei dem Anblick schlug Ellas Herz schneller, das Blut stieg ihr in die Wangen, und wie von selbst streckte sich ihre Hand aus, um nach Mats' Fingern zu greifen. Auch wenn sie mit ihrer kleinen Fantasterei über Irrlichter ursprünglich nur Tilda hatte necken wollen und Mats selbst gar nichts davon wusste – irgendwie hatten die Glühwürmchen ihn am Ende doch zu ihr gebracht, oder?

Mats erwiderte ihre Berührung mit sanftem Druck. Und als hätte die kleine Geste ihm Mut gegeben, richtete er sich im nächsten Augenblick auf und räusperte sich.

»Hört mal, ihr zwei. Ich habe nachgedacht. Ich wollte euch etwas fragen. Vor allem dich, Tilda.«

Von einer Sekunde zur nächsten war die entspannte Ruhe verschwunden und die Luft zwischen ihnen wie mit einer eigenartigen elektrischen Spannung aufgeladen. Ella sah, wie auch Tilda sich kerzengerade hinsetzte. Mit gerunzelter Stirn starrte sie durch das Dämmerlicht zu Mats herüber.

»Ach so?« Ihre Stimme klang skeptisch. Keine Spur mehr von freundlichem Spott oder scherzhaftem Geplänkel. Nur noch Wachsamkeit. »Und was?«

Auch Ella spürte die Spannung jetzt tief in ihrer Brust wie ein feines, aber beständiges Surren. Mats' Puls unter ihren Finger flog geradezu, und auch Ellas Herz pochte unverändert schnell – jetzt allerdings nicht mehr vor Freude.

Mats räusperte sich noch einmal. Entschlossenheit lag in seiner Stimme. »Der Tag mit euch beiden war toll. Wirklich. Die Idee mit den Fahrrädern war spitze. Aber …« Kurz flog sein Blick zu Ella und ein winziges, zärtliches Lächeln huschte um seine Mundwinkel. »… ich muss ehrlich sein. Das mit Ella und mir ist noch so neu, und wir kennen uns kaum, also …« Er musste sich ein drittes Mal räuspern, doch das änderte nichts an seiner Entschlossenheit. »Lange Rede, kurzer Sinn: Ich wollte dich fragen, Tilda – und dich natürlich auch, Ella –, ob Ella und ich morgen etwas allein unternehmen können. Nur wir zwei. Ich weiß, es ist euer Urlaub. Und ich bitte auch nur um einen Tag. Aber der ist mir wirklich unheimlich wichtig, also … bitte. Einfach bitte.«

Es war, als würde in Ellas Brust ein Luftballon platzen. Von einem Moment auf den anderen wäre sie am liebsten in erleichterte Tränen ausgebrochen. Der Atem entwich ihr mit einem hörbaren Zischen, und erst jetzt wurde ihr klar, dass sie nach Mats' ersten Worten wie selbstverständlich und trotz aller Gesten, Zeichen und Küssen zwischen ihnen etwas ganz anderes zu hören erwartet hatte.

Sie hatte erwartet, dass er sich verabschieden wollte.

Ella war so unendlich erleichtert über ihren Irrtum und zugleich so begeistert von der Aussicht, einen ganzen Tag lang nur mit Mats zusammen zu sein, dass sie ihm spontan um den Hals fiel und ihm einen Kuss auf die Wange drückte.

»Oh, das wäre herrlich!«, flüsterte sie, weil ihre Stimme sich mit dem Luftzug aus dem Ballon davongemacht hatte.

Schweigen antwortete ihr. Mats' Arm, der sich um ihre Taille legte, fühlte sich seltsam zögerlich an.

Und erst jetzt begriff Ella, wie viel Mut es Mats gekostet hatte, seinen Wunsch vorzutragen. Nicht etwa, weil er gefürchtet hatte, Ella könnte Nein sagen. Sondern weil er sehr viel besser als Ella vorausgesehen hatte, wie Tilda reagieren würde.

Mit Stille nämlich.

Sie sagte gar nichts, blieb einfach nur sitzen. Sie sah Mats und Ella nicht mal mehr an, sondern starrte wieder auf den Spreefließ hinaus, dessen Wasser sich in der herabfallenden Dämmerung immer schneller schwarz verfärbte. Ella konnte ihr Gesicht nicht mehr sehen, aber die angespannte Kieferlinie verriet ihr, dass Tilda fest die Lippen zusammenpresste.

»Tilly?«, fragte sie vorsichtig und wusste, sie hatte eben den größten Fehler überhaupt begangen. Den ganzen Tag über war sie so vorsichtig gewesen! So vorsichtig, dass sie sich schon über sich selbst geärgert hatte. Und jetzt, mit einer einzigen gedankenlosen Reaktion, hatte sie ihre allerbeste Freundin doch noch verletzt. Ella biss sich auf die Unterlippe und klammerte sich fester an Mats' Hand. Was jetzt?

In diesem Moment stand Tilda abrupt auf. »Doch. Klar. Macht, was ihr wollt. Ich vertreib mir schon die Zeit. Kein Problem.« Sie stellte ihr Glas etwas zu heftig auf den Tisch. Es knackte und ein Sprung lief vom Boden bis zum Rand des Glases hinauf. »Ihr könnt auch gleich anfangen mit dem Alleinsein. Ich bin sowieso müde. Gute Nacht.«

Damit machte sie auf dem Absatz kehrt, drängte sich grob zwischen dem Tisch und Mats' Stuhl hindurch und verschwand mit großen Schritten die Treppe hinauf. Kurz darauf hörte Ella die Schlafzimmertür ins Schloss krachen.

Endlose Sekunden lang blieben sie sitzen, ohne sich zu rühren oder etwas zu sagen. Mats hielt Ella so fest, als wollte er sie stützen. Sein Daumen streichelte ihre Schulter, auf und ab, immer wieder, bis sich endlich ihr rasendes Herz beruhigte – und seines ebenso.

»Denkst du, das war eine blöde Idee?«, fragte Mats schließlich. »Dann tut es mir leid. Ich wollte sie nicht treffen. Aber ich dachte ... ich konnte einfach nicht anders. Als sie uns eben unterbrochen hat, schon wieder, und als ich dann in der Küche stand und dachte, ich muss schon wieder warten, bis sie schläft, um einfach nur bei dir zu sein, da ... ich konnte einfach nicht mehr. Ich brauche dich mal für mich. Ganz für mich. Aber ich weiß natürlich, dass ich mich nicht zwischen euch drängen darf, also ... willst du ihr nachgehen? Wir können morgen zusammen etwas unternehmen, alle drei. Wenn dir das lieber ist.«

Ella lauschte in sich hinein und ließ Mats' Worte in ihrer Brust nachklingen. Sie dachte an all die Situationen, in denen sie sich im Lauf des Tages gewünscht hatte, einfach ein Stück mit Mats fliehen zu können. Nicht weit, nur ein paar Schritte, bis sie endlich ganz allein miteinander waren.

Nicht nur Mats brauchte das.

Und Ella stellte mit leisem Erstaunen fest, dass ihr schlechtes Gewissen gar nicht so groß war, wie sie geglaubt hatte. Ja, in gewisser Weise war sie sogar ein wenig wütend auf Tilda, weil diese sie trotz aller großen Worte nicht einfach glücklich sein lassen konnte.

Es war doch nur ein Tag.

Langsam schüttelte Ella den Kopf. »Nein, es war richtig.« Sie lächelte, noch ein wenig verhalten, und kuschelte sich über die Lehne hinweg an Mats' Brust. »Vielleicht war die Art, wie du es angestellt hast, nicht die geschickteste. Aber es war richtig.«

»Hey.« Mats zupfte mit gespielter Entrüstung an Ellas Zopf. Sie konnte deutlich hören, wie erleichtert er über ihre Antwort war. »Hast du mich gerade ungeschickt genannt?«

Ella kicherte. »Aber ja. Und da ist was dran, das musst du zugeben, oder?«

Auch Mats lachte, es vibrierte tief in seiner Kehle. »Du boshafter kleiner Schmetterling.«

Und dann küsste er Ella, dass ihr schwindelig wurde. Er küsste alle Bedenken fort, alle Sorgen und jeden Rest von schlechtem Gefühl, das sie Tildas wegen plagte. Er küsste die Welt fort, den Wald, den Fluss, sogar die Stühle mit ihren unbequemen Armlehnen, die sich unter Ellas Rippenbogen drückten.

Als sie wieder zu Atem kamen, kletterte Ella kurzerhand hinüber auf Mats' Schoß und kuschelte ihren Rücken an seine Brust. Allmählich kroch feuchte Abendkühle vom Wasser zu ihnen herauf, und obwohl die Nacht ebenso mild zu werden versprach wie die vorige, war Ella dankbar über die Wärme eines anderen Körpers so dicht an ihrem.

Mats zog sie mit einem Arm an sich und angelte mit der freien Hand nach dem Reiseführer, den Tilda auf dem Tisch hatte liegen lassen. »Na, also da das ja nun beschlossene Sache ist ... Was machen wir zwei morgen Schönes? So ganz allein?« Er gab ihr einen kleinen Kuss auf den Nacken und drückte Nase und Stirn zwischen ihre Schulterblätter. »Du kannst mich hinschleifen, wo du willst«, murmelte er in den Stoff ihres T-Shirts.

Ella lachte leise und legte ihre Hand über seine, die auf ihrem Bauch ruhte. Dann blätterte sie ein wenig ziellos in dem Reiseführer. Irgendetwas rumorte in ihrem Hinterkopf, etwas, das sie noch hatte nachschlagen wollen, aber dann vergessen hatte. Was war das nur gewesen ...?

Da fiel ihr Blick auf ein Bild von einem kunstvoll bearbeiteten Stein, der auf einem Sockel thronte und in den die Buchstaben *LIUBA* eingraviert waren.

Liuba! Das war es!

Liuba möge euch beide schützen!, hatte die alte Frau vom Hofladen in Lehde gesagt, aber Ella hatte keine Ahnung gehabt, wer oder was Liuba eigentlich war. Aber jetzt, so schien es, war die Lösung des Rätsels ganz nah. Aufgeregt überflog sie die Bildbeschreibung.

»Der Gedenkstein der Liuba – das ist altslawisch für ›Liebe‹ oder ›die Liebende‹ – verweist auf eine Kultstätte für die sorbische Göttin der Liebe im Lübbener Hain«, las sie laut vor.

Göttin der Liebe.

Ella ließ den Reiseführer sinken. Ausgerechnet jetzt stieß sie darauf. Als sie nach einem Ziel für ihren ersten Ausflug zu zweit suchten. Wenn sie jemals unsicher gewesen war, ob sie Mats wirklich nicht nur zufällig begegnet war, spätestens jetzt wäre jeder Zweifel verflogen.

»Oh. Göttin der Liebe, hm?« Mats zog sie mit sich nach hinten, bis sie beide halb übereinander, halb zwischen die Armlehnen gequetscht in dem Liegestuhl lagen. Über ihnen funkelten mehr und mehr Sterne am nachtblauen Himmel. »In Lübben? Das sind fünfundzwanzig Kilometer. Schaffen wir bestimmt. Also, was meinst du? Wollen wir hinfahren?«

Seine Stimme war ihr so nah und Ella fühlte sich so unglaublich geborgen. Sie brauchte nicht zu antworten. Es war alles geklärt.

Sie würden zum Liuba-Stein fahren, zur Gedenkstätte der sorbischen Liebesgöttin. Was konnte es Romantischeres geben?

Mit diesem Gedanken kuschelte sie sich noch enger an Mats und verlor sich in seinem Atem.

Kapitel 13
Ein blauer Flusskiesel

Tilda lag auf dem Bett, starrte auf die Decke und drängte die Tränen zurück. Sie konnte das nicht. Sie konnte das einfach nicht! Gerade als sie geglaubt hatte, ganz sicher noch ihren Frieden mit der Situation zu machen. Sie hatte den Tag genossen, wirklich in vollen Zügen genossen, und das obwohl Mats und Ella sich wirklich megaverliebt aufführten, kicherten und turtelten und Händchen hielten und Küsschen tauschten. Tilda hatte es zwischenzeitlich sogar süß gefunden, wie verknallt die beiden waren.

Süß!

Was sie jetzt gebracht hatten, war das krasse Gegenteil von süß. Es war … gemein. Schlicht und einfach gemein. Was dachten die sich denn, dass sie den ganzen Tag hier allein im Haus hockte? Vielleicht eine Runde mit dem Fahrrad fuhr und sich freute, ihre

Ruhe zu haben? Schönen Dank auch, dachte Tilda wütend, dann hätte sie auch mit ihren Eltern nach Südfrankreich fahren können. Oder allein zu Tante Geli. Das wäre mit Sicherheit lustiger und entspannter gewesen als *das hier*.

Mit einem Ruck setzte Tilda sich auf. Tante Geli! Das war die Lösung!

Sie würde zu Tante Geli fahren, gleich morgen, und für den Rest ihrer zwei Urlaubswochen bei ihr wohnen. Dann konnten Mats und Ella hier aufeinanderhocken, so viel sie wollten, ohne dass so eine lästige beste Freundin ständig dazwischenfunkte. Eine trotzige Träne löste sich von Tildas Wimpern und kullerte über ihre Wange bis zum Kinn. Ärgerlich wischte sie sie weg, stand auf und schaltete das Deckenlicht an.

Genau das würde sie machen. Sie würde ihre Sachen packen, jetzt gleich, und morgen früh verschwinden, bevor die beiden überhaupt merkten, dass sie aufgestanden war.

Entschlossen sprang Tilda auf die Füße. Rasch hatte sie ihr Handy, das Ladekabel und den eBook-Reader vom Nachttisch eingesammelt. Schon kurz nach ihrer Ankunft hatte sie festgestellt, dass es hier draußen kein Netz gab, weshalb das Handy bisher ziemlich nutzlos hier oben herumgelegen hatte. Anfangs hatte Tilda das nichts ausgemacht. Sie hatte es sogar als befreiend empfunden. Aber als sie ihr Telefon jetzt in die

Hand nahm, kam sie sich noch einsamer und abgeschnittener vor als sowieso schon. Wenn sie jetzt einen ihrer Jungs anrufen und eine Weile über Blödsinn hätte quatschen können … das wäre zu schön gewesen.

Tilda schob das Gerät hastig in ihre Umhängetasche. Weitermachen. Einfach weitermachen. Morgen früh schon war sie raus hier und würde endlich richtig Urlaub machen.

Sie hatte bisher nicht viel ausgepackt, schließlich waren sie erst den dritten Tag hier. Aber als sie einen Arm voll Klamotten von der Stuhllehne nahm, kullerte ihr plötzlich mit leisem Klackern etwas vor die Füße.

Ein blauer Flusskiesel.

Schwere Enttäuschung.

Die Szene in Ellas Zimmer kurz vor ihrer Abreise stand Tilda plötzlich wieder überwältigend deutlich vor Augen. Ella, kichernd vergraben unter dem Kleiderhaufen auf dem Bett. Und sie selbst, wie sie den Kiesel aus dem Orakelbeutel zog und dann hastig in der Hosentasche verschwinden ließ, damit Ella ihn nicht bemerken konnte. Dort hatte er die ganze Zeit auf sie gewartet.

Tilda schloss fest die Hand um den kleinen Stein. Er war ganz glatt, fast weich an ihrer Haut. Und seltsamerweise empfand Tilda ihn in diesem Moment als eigentümlich tröstlich.

Enttäuschung. Das Orakel hatte es prophezeit.

Und trotzdem, oder vielleicht genau deswegen, war Tilda in diesem Moment nur umso überzeugter davon, dass so ein blöder Kiesel ihr gar nichts zu sagen hatte. Das hier war ihr Urlaub, auf den sie sich so lange gefreut hatte. *Sie* würde die nächsten anderthalb Wochen gestalten, nicht das Schicksal. Ganz bestimmt nicht dieses blöde Schicksal, an das zu glauben sie weniger Lust denn je hatte. Wenn man so verrückt spielte wie Ella gerade, bloß weil man sich so einen Blödsinn wie eine vorherbestimmte Begegnung oder einen von Glühwürmchen erfüllten Wunsch einredete, dann hörte der Spaß wirklich auf.

Nein, Tilda würde das von jetzt ab wieder selbst in die Hand nehmen.

Und vielleicht, dachte sie, während sie sich nachdenklich zurück aufs Bett setzte, war wegzulaufen dafür nicht die richtige und schon gar nicht die einzige Lösung. Der Drang, jetzt und sofort aus dem Haus zu fliehen, war verschwunden. Stattdessen hatte Tilda plötzlich das Gefühl, dass irgendwo in ihrem Unterbewusstsein jemand eine Kerze angezündet hatte. Ein kleines Licht, das zu schwach leuchtete, als dass es sie wirklich hätte erhellen können. Eine vage Idee, die in Worte zu fassen sie selbst erschreckte, und wenn es nur stumme waren.

Das »Schicksal« hatte Mats und Ella zusammengeführt? Dann konnte sie auch das »Schicksal« wieder trennen. Oder ihnen zumindest vor Augen führen, dass eine Beziehung nicht automatisch perfekt war, nur weil man sich diesen abergläubischen Kram an den Haaren herbeizog …

Tilda schüttelte heftig den Kopf. Nein. Das konnte sie nicht machen.

Oder?

Schnell schob sie den Kiesel in den Bezug ihres Kopfkissens. Besser gar nicht erst weiter darüber nachdenken. Regte sie sich nicht schon wieder viel zu sehr auf? War das nicht auch ein bisschen ungerecht von ihr, wenn man bedachte, wie sehr Ella sich bis vorhin noch darum bemüht hatte, Tilda trotz aller Verliebtheit auf keinen Fall auszugrenzen? Bestimmt quälte sie sich jetzt schon wieder mit Vorwürfen, weil Tilda so wütend abgerauscht war. Sie würde bestimmt bald nach oben kommen, um sich zu entschuldigen.

Ja, dachte Tilda, ganz bestimmt würde sie das. Besser, sie legte sich schnell schlafen, um ihnen beiden das unangenehme Gespräch zu ersparen. Sie beeilte sich also, in ihren Schlafanzug zu schlüpfen, kuschelte sich unter die Decke und löschte das Licht.

Aber die Idee, die einmal Gestalt angenommen hatte, ließ sich nicht so einfach abstellen. Im Gegenteil, sie wurde immer drängender und klarer, je länger Tilda in der Dunkelheit lag, die Augen zusammenkniff und versuchte, zur Ruhe zu kommen.

Sie fand keine.

Stattdessen lag sie wach, bis vor dem Fenster die ersten Vögel zu singen begannen. Dann erst dämmerte sie in einen erschöpften Schlaf hinüber.

Und Ella kam nicht.

Kapitel 14
Aufbruch zur Göttin der Liebe

Ella wachte auf, weil die Sonne sie an der Nase kitzelte. Sie blinzelte durch noch verklebte Lider und streckte vorsichtig die Beine aus, während ihr ganz allmählich bewusst wurde, dass sie nicht in ihrem Bett lag. Und auch nicht neben Tilda.

Hinter ihr, die Brust eng an ihren Rücken geschmiegt, damit sie beide unter die zwei übereinandergelegten Wolldecken passten, lag Mats und atmete ihr leise und gleichmäßig ins Ohr. Ella erinnerte sich jetzt auch wieder daran, wie er darauf bestanden hatte, dass sie in seinen Schlafsack kroch und er daneben schlief, dicht an sie gekuschelt. Er hatte felsenfest behauptet, ihm würde nicht kalt werden, und bei all der Wärme, die er selbst durch das Schlafsackfutter hindurch an sie abgab, hatte er damit wohl nicht gelogen.

Ella seufzte wohlig. Ein kleiner brauner Vogel flatterte auf die Veranda, hüpfte neugierig heran und beobachtete sie aus schwarzen Knopfaugen.

Ella unterdrückte ein Kichern. Noch ein bisschen mehr Kitsch und ein Lied, dachte sie, und sie wäre in einem Disneyfilm.

Aber auch so war das alles noch immer wie ein Traum. Es war perfekt.

Nun ja. Fast perfekt. Auf den zweiten Blick musste sie zugeben, dass ihr rechter Arm völlig taub war, und überhaupt fühlte ihr ganzer Körper sich an, als hätte sie sich in der Nacht nicht ein einziges Mal bewegt. Die dünne Isomatte polsterte die harten Verandabretter nur bedingt ab, und obwohl Ella oft gehört hatte, dass es gesund für den Rücken sei, hart zu schlafen, konnte sie das an diesem Morgen nicht recht glauben.

Trotzdem blieb sie liegen, schloss noch einmal die Augen und genoss die Morgensonne auf ihren Lidern, Mats' Wärme und den Chor der Vögel, die den Morgen begrüßten. Wen kümmerten da schon ein tauber Arm oder eine schmerzende Hüfte? Ella zumindest nicht.

Jedenfalls nicht, bis sie niesen musste. Sie versuchte noch, es zurückzuhalten, aber das machte es nur schlimmer. Sie nieste einmal, zweimal, viermal. Dann war sie endgültig wach. Und Mats mit ihr.

Er knurrte und regte sich, während Ella eine Entschuldigung murmelte und nach einer Packung Taschentücher angelte.

»Wie spät ist es denn?«, nuschelte Mats dumpf in die Decken.

Ella setzte sich auf, schnäuzte sich und sah sich um. »Keine Ahnung. Noch früh, glaube ich. Die Sonne geht gerade erst auf.«

Mats stieß einen tiefen Seufzer aus, der von Herzen kam. Dann setzte er sich ebenfalls hin. Er sah zerwühlt aus, und der Pullover, den er als Kissen benutzt hatte, hatte den Abdruck eines Ärmelbündchens und einer Kapuzenkordel auf seiner Wange hinterlassen. Sein Lächeln aber, als er Ella ansah, war unverändert warm und strahlend. »Na, dann ist das jetzt wohl so. Guten Morgen. Willst du noch ein bisschen kuscheln?«

»Unbedingt.«

Mats legte sich auf den Rücken und Ella schmiegte sich in seine Armbeuge. »Das war schon eine harte Nacht«, murmelte sie.

Mats lachte. »Ja. Bei der Matratzenqualität ist definitiv noch Luft nach oben.« Er machte eine kurze Pause und Ella spürte sein Herz unter ihrer Hand ein wenig schneller schlagen. »Aber das hier hätte ich gegen kein Bett der Welt eintauschen wollen.«

»Ich auch nicht«, flüsterte Ella und reckte den Kopf, um ihm einen Kuss zu geben, der halb seine Wange und halb seinen Kieferknochen traf. Dann seufzte sie wohlig, kuschelte sich wieder an seine Brust und griff nach seiner freien Hand – und stutzte.

Was war denn das? Ein Lederband unter ihren Fingern, und … ein Ring?

Sie richtete sich ein wenig auf, um zu sehen, was sie da ertastet hatte. An Mats' linkem kleinen Finger glitzerte es himmelblau und silbern. Doch noch bevor Ella genauer hinschauen konnte, hatte Mats den Ring von seinem Finger gezogen und ließ ihn blitzschnell in der Hosentasche verschwinden.

»Frag nicht«, sagte er mit eigentümlich belegter Stimme, noch ehe sie überhaupt eine passende Frage im Kopf formulieren konnte. »Bitte. Frag nicht.«

Es war ihm anzuhören, dass er sich furchtbar ärgerte, den Ring an seiner Hand vergessen zu haben. Eine dumpfe Ahnung begann an Ellas Magen zu zerren.

»Es ist nicht, wie du denkst«, fügte Mats noch hinzu, aber das machte das Ziehen in Ellas Bauch nicht gerade besser. Und obwohl Mats versuchte, sie wieder an sich zu ziehen, als wäre eigentlich gar nichts gewesen, richtete sie sich noch ein Stück weiter auf, bis sie aufrecht im Schlafsack saß und von oben in Mats' morgenblasses Gesicht sehen konnte.

»Was denke ich denn?« Ihre Stimme fühlte sich brüchig an, obwohl sie wirklich nicht wusste, was sie eigentlich dachte. »Sag du's mir.«

Und vor allem, sag mir: Was ist das für ein Ring?

Warum willst du nicht darüber reden? Warum versteckst *du ihn vor mir?*

Ella war sich nicht sicher, ob sie auf diese Fragen überhaupt eine Antwort haben wollte. Aber nichts zu wissen und die Befürchtungen ihrer Fantasie auszuliefern, war natürlich noch viel schlimmer.

Auch Mats setzte sich jetzt auf, aber er sagte nichts. Die Stimmung war gekippt. Verdorben. Ella konnte sie faulig auf ihrer Zunge schmecken.

Mats warf einen Blick zum Haus. »Sollen wir denn gleich los nach Lübben?«, sagte er nach schier endlosen Sekunden des Schweigens. Seine Stimme klang ein wenig müde. »Oder sollten wir besser warten, bis sie wach wird, und uns verabschieden?«

In diesem Moment wollte Ella vor Frust schreien. War die Situation nicht verfahren genug? Konnte er nicht wenigstens aufhören, sich Sorgen um Tilda zu machen?

Brüsk öffnete sie den Reißverschluss und schlug den Schlafsack zurück. »Nein«, sagte sie harscher, als sie selbst von sich erwartet hatte. »Wir brechen gleich auf, sie weiß doch, dass wir loswollten. Und ich schreibe ihr einen Zettel, wohin wir fahren – das reicht ja wohl. Ich ziehe mir nur schnell was an.«

Sie griff nach ihren Klamotten und wollte ins Haus flüchten – da erwischte Mats sie am Handgelenk und hielt sie zurück. »Ella. Warte.«

Ella wartete. Aber sie sah ihn nicht an, sondern starrte beharrlich auf die Planken der Veranda unter ihren nackten Füßen.

»Ich erzähle dir alles.« Mats' Stimme klang betreten. Er wusste, dass er die Schuld an dieser Katastrophe trug. Er wusste es und bedauerte es, dafür brauchte Ella nicht den Kopf zu heben. Es war selbst aus den Augenwinkeln deutlich in seinem Gesicht zu lesen. »Ich brauche nur noch ein bisschen Zeit, um herauszufinden, wie.« Er legte eine Hand unter Ellas Kinn, damit sie ihn endlich ansah. In seinen braunen Augen stand ein Flehen. »Aber eins sollst du wissen: Es gibt kein anderes Mädchen. Es gab seit über zwei Jahren keins. Es gibt nur dich, sonst keine. Das musst du mir glauben.«

Ella antwortete nicht. Es kostete sie genug Kraft, sich nicht wegzudrehen und einfach fortzulaufen, wie sie es vor zwei Tagen noch mit hundertprozentiger Sicherheit getan hätte.

Mats fasste sie sanft an den Schultern. »Bitte, Ella. Lass uns nach Lübben fahren. Ich möchte mit dir zu diesem Liuba-Stein. Ich möchte dich dort küssen und dir sagen, was in mir vorgeht. Das ist unser Tag, weißt du noch? Bitte. Vertrau mir.«

Ellas Herz, das schon dabei war, sich in einen dicken Panzer zu verkriechen, wurde wieder ein wenig weicher bei seinen Worten. Vertrauen. Ja. Das gehörte zu einer Liebe dazu, oder nicht? Ohne Vertrauen konnte man sich das Lieben auch gleich sparen. Mats hatte zumindest diese Chance verdient, oder? Vielleicht konnte er es wirklich erklären, auch wenn Ella sich nicht vorstellen konnte, wie. Also gab sie sich einen Ruck, auch wenn es ihr noch so schwerfiel, machte einen Schritt auf Mats zu und schloss ihn in die Arme.

»Okay«, flüsterte sie gegen seine Brust und versuchte mit aller Kraft, den Knoten zu ignorieren, der ihren Magen beharrlich zusammenziehen wollte. »Fahren wir.«

Kapitel 15
Ein Gewitter zieht auf

Tilda war allein aufgewacht, in einem leeren Haus. Sie hatte gewusst, dass die beiden fort waren, kaum dass sie die Augen geöffnet hatte. Es lag so eine absolute Stille über dem Haus, dass da einfach niemand mehr sein konnte.

Tilda war überrascht, dass diese Erkenntnis sie eher erleichterte als traurig oder wütend machte. Es war irgendwie befreiend, sich nicht beständig dazu anhalten zu müssen, entspannt zu sein und sich über das Glück der Freundin zu freuen. Sie stand langsam auf, duschte und stieg dann unten am Steg in den Kahn, um nach Lehde zu fahren und sich bei Tante Geli zum Frühstück einzuladen, ehe sie fürs Abendessen einkaufen ging. Es würde ihr guttun, mit jemandem über die Geschichte zu reden. Sich von einer guten Seele verstehen zu lassen.

Aber als sie schließlich in Lehde anlegte und den Kahn vertäute, verließ sie bereits der Mut. Sie konnte nicht mit ihrer Tante sprechen. Tante Geli war vielleicht nicht die typische Erwachsene, aber sie war erwachsen. Sie würde es *nicht* verstehen. Wie hatte sie überhaupt auf den Gedanken kommen können, auch noch mehr als eine Woche bei ihr zu wohnen?

Also wanderte Tilda stattdessen ziellos durch Lehdes Gässchen, kaufte sich beim Bäcker ein Croissant und kaute lustlos darauf herum, während sie ihren Streifzug fortsetzte. Der Tag kam ihr mit einem Mal unendlich lang vor, so ganz allein. Selbst der blitzeblaue Sommerhimmel, der ihr die letzten Tage über die Treue gehalten hatte, zog sich allmählich zu.

Wenigstens ihr Handy hatte in Lehde wieder Empfang. Tilda hockte sich auf eine Bank am Marktplatz, las ein paar Nachrichten und sah sich blödsinnige Videos an, die die Jungs ihr über Snapchat geschickt hatten. Das heiterte sie zumindest ein bisschen auf. Aber ihre Wetter-App warnte sie für den frühen Nachmittag vor Sommergewitter und Starkregen, und wenn sie sich den Himmel so ansah, konnte sie vermutlich sogar noch deutlich früher damit rechnen. Sie sollte besser bald die Einkäufe erledigen, für die sie hergekommen war, und sich dann auf den Rückweg machen, wenn sie nicht doch noch bei Tante Geli unterkriechen wollte. Und das wollte sie nach wie vor nicht.

Auf dem Weg zurück zu ihrem Kahn landete sie schließlich in einem Kiosk ganz in der Nähe des Anlegers, wo sie sich mit Süßkram und einer Rätselzeitschrift versorgen wollte. Im Notfall konnte sie so wenigstens den ganzen Nachmittag Kreuzworträtsel und Sudokus lösen.

Als sie sich durch die Auswahl blätterte, fiel Tildas Blick auf die Seite mit den Horoskopen. Liebesbarometer. Wie von selbst sah sie zu dem Eintrag von Ellas Sternzeichen – Zwilling – und musste bitter lachen.

Uranus und Venus bescheren dir verträumte, romantische Stunden mit deinem Liebsten.

Blöde Billighoroskope. Selbst die waren gegen sie.

»Na, was schaust du denn so verknittert?«, fragte der Kioskbesitzer und lehnte sich zwischen Kasse und Dauerlutscher-Ständern über seinen Tresen.

Tilda sah überrascht auf. »Wer, ich?«

Der Verkäufer grinste breit. Er war ein zauseliger, ein bisschen schmuddeliger Kerl, wahrscheinlich Ende vierzig oder so, dem die Lachfalten wie kleine fedrige Fächer aus den Augenwinkeln wuchsen. »Na, sonst ist ja keiner mehr hier, oder?«, sagte er in seinem breiten sächsischen Dialekt. »Sind alle schon nach Hause gegangen, ehe das Gewitter kommt. Und die Selbstgespräche hab ich mir abgewöhnt, weißte. Vertreibt die Kundschaft. Also. Was stierst du so grimmig in die Zeitung, als hättste schon Stunden im Regen gestanden, bevor der erste Tropfen gefallen ist? Hat sich deine Lieblingsboygroup aufgelöst oder so was?«

Tilda schüttelte heftig den Kopf. Eine patzige Antwort lag ihr auf der Zunge. Aber weil sie hier ja etwas kaufen und vielleicht sogar noch öfter herkommen wollte, entschied sie sich für eine ausweichende Halbwahrheit.

»Hab mein Horoskop gelesen«, nuschelte sie. »Sieht halt alles scheiße aus.«

Der Verkäufer lachte. »Und darum ziehst du so 'ne Fluppe? Lies halt einfach ein anderes.« Er knibbelte an einem schmutzigen Fingernagel. »Macht meine Frau auch immer. Lutz, sagt sie immer, es ist mir egal welche Fernsehzeitung du bringst, aber wenn mein Horoskop mies ist, dann gibt's 'nen Satz heiße Ohren!«

Tilda glaubte, nicht richtig gehört zu haben. Wie von selbst glitt ihre Hand in ihre Tasche und tastete nach dem blauen Flusskiesel, den sie kurz vor ihrem Aufbruch noch rasch unter dem Kissen hervorgeholt und eingesteckt hatte. Ihre Gedanken aus der vergangenen Nacht waren plötzlich wieder da, aber sie waren jetzt viel klarer. Drängender. Der Mann hatte recht! Genau so hatte sie es früher selbst gemacht. Stundenlang hatte sie die Zeitschriften nach Horoskopen abgesucht, bis sie dasjenige gefunden hatte, das ihr in ihrer aktuellen Situation als das beste und tröstlichste erschien. Sie hatte erst damit aufgehört, als Ella ihr einmal sagte, Horoskope hätten nur dann eine Bedeutung, wenn man zufällig auf sie stieß und sie mit dem Herzen las.

Ich lese überhaupt keine Horoskope, hatte die Tilda von damals behauptet und es daraufhin tatsächlich nie wieder getan. Wozu auch? Sie hatten ja das Kieselsteinorakel.

Tilda umklammerte den kleinen Stein in ihrer Tasche, bis es schmerzte, und ließ dann los.

Ella glaubte an Horoskope, die man mit dem Herzen las.

Mit fliegenden Fingern begann Tilda wieder zu blättern.

Kapitel 16
Die Tränen der Liuba

Sie waren die fünf Kilometer bis Lübbenau durchgeradelt. Als sie sich dort in einem kleinen Café ein Frühstück mit Kakao und herrlich duftenden Brötchen bestellten, hatte der Fahrtwind die nagenden Fragen immerhin bis in eine staubige Ecke von Ellas Kopf geblasen. Ganz weg waren sie dadurch nicht. Aber was blieb ihr anderes übrig, als sie erst mal zu verdrängen? Sie musste warten und hoffen, dass Mats sein Versprechen hielt und ihr die Geschichte des Rings erzählte, wenn sie in Lübbener Hain am Stein der Liuba standen.

Geduld war allerdings noch nie Ellas Stärke gewesen. Das war eine der wenigen Charaktereigenschaften, die sie mit Tilda teilte. Und dass der Himmel mit immer mehr Wolken verhangen war, je weiter sie von Lübbenau aus in Richtung Lübben weiterfuhren, und drückende Schwüle sich auf ihre Lungen und ihre Gemüter legte, machte das Warten nicht gerade einfacher.

Ella schlug nicht vor, dass sie umkehren sollten. Selbst als der Donner schon am Horizont grollte und der Himmel sich schweflig gelb verfärbte, sagte sie nichts. Auch Mats verlor kein Wort. Sie mussten zu diesem Stein, das spürten sie beide. Unbedingt.

Doch am Ende kam es trotzdem nicht dazu.

Das Wetter – oder das Schicksal? – wollte es anders. Denn gerade als sie mitten im Nirgendwo und noch etwa zehn Kilometer von Lübben entfernt waren, brach das Gewitter mit Blitz, Donner und Platzregen über ihnen los; mit einer Gewalt, dass an eine Weiterfahrt keinesfalls mehr zu denken war.

»An der letzten Weggabelung habe ich eine Schutzhütte gesehen!«, rief Mats Ella über das Prasseln des Regens und das Krachen des Donners hinweg zu. »Komm!«

Sie ließen die Fahrräder einfach an der Böschung ins Gras fallen und rannten Hand in Hand den Weg zurück.

Die Abzweigung mit der Hütte war ein ganzes Stück weiter entfernt, als Ella geschätzt hatte. Vielleicht kam ihr der Weg durch den Regen aber auch einfach nur sehr viel länger vor. Endlich stolperten sie keuchend und triefnass in die kleine Hütte, die kaum mehr war als ein offener Unterstand mit einer an die Wand verschraubten Bank vor einem verwitterten Tisch aus unbehandeltem Holz. Erschöpft ließ Ella sich auf die Bank fallen. Ihr war zum Heulen zumute. Wie war es bloß dazu gekommen, dass sie hier gelandet war – nass, schweigend, schlecht gelaunt? Wo war der Traum hin, den sie heute Morgen noch geträumt hatte?

Weg. Einfach zerplatzt.

Mats war vor dem dichten Vorhang aus Regen stehen geblieben und starrte in das Unwetter, das ihnen so wirkungsvoll den Weg zu ihrem Ziel versperrte. Dem Ziel, das diese unerträgliche Spannung zwischen ihnen hätte lösen und alles hätte besser machen sollen. Plötzlich schien es unerreichbar fern.

Schließlich drehte er sich um und lächelte schief. »Tja. Ein bisschen anders als geplant. Aber irgendwie auch romantisch, oder?«

Ella hätte die Situation so gern ebenfalls mit Humor genommen. Aber sie fand kein Lachen in sich, kein noch so kleines, sosehr sie es auch versuchte. Warum bloß war Tilda jetzt nicht hier? Wenn sie jemand hätte aufmuntern können, dann sie.

Tränen stiegen Ella in die Augen. Sie hatte ihre beste Freundin in ihrem ersten gemeinsamen Urlaub hängen lassen, für … nichts?

»Hey …« Mats hatte sofort bemerkt, dass sie weinte.

Er klang ehrlich betroffen. Rasch kam er zu ihr und setzte sich neben sie, legte den Arm um Ellas Schultern und zog sie fest an sich. Seine Wärme unter all dem nassen Stoff zwischen ihnen war seltsam weit entfernt und doch irgendwie noch immer tröstlich. Ella schluchzte. Aber die Tränen versiegten bereits wieder, noch bevor sie überhaupt geflossen waren.

»Was machen wir denn jetzt?«, flüsterte sie und versuchte mit aller Kraft, die Enttäuschung von sich wegzuschieben. Dieser Tag war einfach kaputt. Manchmal war das so. Das musste sie akzeptieren.

Mats zuckte derweil die Schultern und zauste ihr das nasse Haar. »Keine Ahnung ... Abwarten und Tee trinken?«

Tee! Ella richtete sich auf. Sie hatte die Thermoskanne, die sie am Morgen in aller Eile in ihren Rucksack gepackt hatte, fast vergessen. Der Tag mochte den Bach runtergehen, aber Tee konnten sie trinken. Das würde es zumindest etwas erträglicher machen.

Rasch wühlte sie die Kanne aus ihrem pitschnassen Rucksack.

»Oh«, sagte Mats, der sie verwundert beobachtete und nun offenbar begriff, was Ella so plötzlich gestochen hatte. »Das ist ja ... als hättest du es geahnt.« Er lachte. »Also, wenn ich nicht schon vorher gewusst hätte, dass du die Richtige bist, spätestens jetzt hätte ich keine Zweifel mehr.«

Ella hielt inne, die Kanne mit dem Tee schwebte über dem Becher.

»Bin ich das denn?«, fragte sie, ohne ihn anzusehen, und dachte an den Ring. »Die Richtige?«

Mats schwieg einen Moment. Dann griff er nach Kanne und Becher und nahm sie ihr aus den plötzlich zittrigen Händen. »Ella«, sagte er. Er klang hilflos, und in diesem Moment begriff sie, dass er ebenfalls ununterbrochen an den Morgen dachte. An die unausgesprochenen Worte noch viel mehr als an die ausgesprochenen. »Bitte.«

Sie sah immer noch an ihm vorbei. Sie fürchtete sich vor dem, was sie in seinen Augen sehen könnte. So ging es ihr, seit sie aufgebrochen waren. Sie hielt seinem Blick einfach nicht mehr stand.

Die Pause zwischen ihnen war unerträglich lang.

»Lass es mich dir erzählen«, bat Mats endlich leise. »Ob wir nun am Liuba-Stein sind oder nicht, spielt doch keine Rolle. Ich möchte, dass du mich kennst.«

Seine Hände waren so warm. Trotz des Regens, der langsam auf ihnen trocknete.

»Kannst du mich nicht ansehen?«, bat er. »Nur kurz.«

Es kostete sie unendliche Überwindung. Aber Ella hob den Blick.

Mats' braune Augen glänzten feucht. »Ella«, flüsterte er rau. »Wenn du wüsstest …«

Diesmal war sie es, die ihn küsste. Sie konnte nicht anders. Etwas zog sie mit aller Gewalt zu ihm hin, in seine Arme, an seine Seite. Hinein in seine Verzweiflung, die sie so wenig verstand. Sie küsste ihn lang und innig und mit aller Überzeugung, allem Glauben an das, was sie zwischen ihnen spürte.

»Dann sag es mir«, wisperte sie schließlich. »Erzähl mir alles.«

Es regnete fast eine ganze Stunde lang. Ella und Mats verbrachten die Zeit dicht aneinandergekuschelt in dem kleinen Unterstand und tranken Tee aus Ellas Thermoskanne. Mats hatte sein durchnässtes Shirt ausgezogen, und in den Tiefen seines Rucksacks hatte er sogar noch ein zweites gefunden, das vom Regen verschont geblieben war und das er Ella überließ, damit sie trotz der noch immer milden Luft in der Nässe nicht fror.

Nachdem sie eine Weile den dampfenden Teebecher hin und her gereicht hatten, griff Mats in seine Hosentasche und zog den Ring an seinem Lederband daraus hervor – jenen Ring, den Ella am Morgen so flüchtig hatte aufblitzen sehen. Jetzt legte Mats ihn in ihre geöffnete Hand, damit sie ihn in aller Ruhe betrachten konnte.

Es war ein schmaler Reif aus geschliffenem Aquamarin, der selbst im trüben Gewitterlicht so lebendig funkelte, als hätte sich gerade eben ein Tropfen kristallklares, türkis schimmerndes Wasser in der filigranen Fassung aus mattem Silber verfangen.

»Das«, sagte Mats leise, »ist der Ring meiner Mutter.«

Ella hob überrascht den Blick. Seine Mutter?

Und in diesem Moment fiel ihr wieder ein, dass Mats bereits von seinen Eltern gesprochen hatte, ganz kurz nach ihrer ersten Begegnung auf der Veranda. Davon, dass sie sich ständig scheiden ließen, nur um dann doch wieder zusammenzufinden. Da hatte Ella zum ersten und bisher einzigen Mal diese seltsam tiefe Traurigkeit in seinen Augen gesehen. Und es machte sie sprachlos, dass sie das einfach hatte vergessen können.

Mats hielt ihre Hand noch immer von unten umfasst, sodass sie das leichte Beben seiner Finger spüren konnte.

»Mein Vater hat ihn ihr zum zehnten Hochzeitstag geschenkt. Aquamarin – Stein der Treue und Verbundenheit.« Mats lachte, aber es war kein richtiges Lachen. Es klang, als steckte es in seiner Kehle fest, ein bitterer Klumpen, den er nicht ausspucken konnte.

»Du hättest sie sehen sollen, als er ihn an ihren Finger gesteckt hat. Wie sie gestrahlt hat«, sagte er leise. »Ich war damals noch klein, aber das vergesse ich nie. Wenn jemand mir sagte, ich solle ein Bild vom Glück zeichnen – ihr Gesicht in diesem Augenblick wäre das Motiv.«

Mats hielt inne, um einmal tief durchzuatmen. Selbst seine Stimme klang nun schwer vor Traurigkeit. »Sie müssen schon damals grausam zueinander gewesen sein. Sie haben es bloß gut vor mir versteckt. Solange ich noch ein Kind war, haben sie mir immer nur ihre sonnige Seite gezeigt. Aber je älter ich wurde, desto deutlicher habe ich die Schatten gesehen. Ich bin ja nicht dumm. Ich habe Augen und Ohren. Ich kann nicht zählen, wie oft ich im Garten unter einem Busch gesessen und sie durchs Fenster habe brüllen hören. Und ich habe gesehen, was für eine wütende Fratze dieses glückliche Gesicht werden kann. Eines Tages …« Noch einmal holte Mats tief Luft, als koste ihn jedes Wort immense Anstrengung. »… eines Tages warf sie den Ring aus dem Fenster. Direkt vor den Busch, unter dem ich saß. In meine Hand, sozusagen. Wer weiß, ob es das erste Mal war, dass sie das getan hat.« Er schüttelte grimmig den Kopf. »Später suchte sie ihn jedenfalls verzweifelt. Den ganzen Garten hat sie durchkämmt und lange geweint. Aber … ich habe nichts gesagt. Ich habe ihn in meiner Hosentasche versteckt und sie einfach suchen und weinen lassen. Keine Ahnung, warum. Am Anfang dachte ich noch, geschieht ihr recht, wenn sie ihn einfach wegwirft. Ich war echt sauer, verstehst du? Aber ich habe ihr den

Ring auch später nicht zurückgegeben. Das hätte ich ja tun können – als es ein paar Tage später mal wieder so aussah, als wäre alles gut. Nur … ich konnte nicht. Ich wollte nicht, dass sie wussten, dass ich sie gehört hatte, obwohl ihnen das wahrscheinlich auch da schon klar war. Sie haben sich ja nicht mal mehr Mühe gegeben, leise zu streiten. Aber vor allem habe ich wohl gehofft … dass sie sich dann vielleicht endlich loslassen können. Sich trennen und Frieden finden. Und ich auch.«

Mats wandte den Blick von dem Ring in Ellas Hand ab und sah mit angespanntem Gesicht und dunklen Augen in den Regen hinaus. Sein Adamsapfel bewegte sich, als müsse er schwer an etwas schlucken.

Ella beobachtete ihn und rang um Worte. Sie konnte Mats' Zerrissenheit geradezu körperlich spüren.

Irgendwann schüttelte Mats den Kopf. »Fünf Jahre«, murmelte er. »Fünf Jahre schleppe ich das verdammte Ding mit mir herum. Es hat nichts genützt. Sie verlieren und finden sich immer noch. Immer und immer wieder.«

Ella sah hinunter auf das Schmuckstück in ihrer Hand. Wie unfassbar zart es wirkte in seiner Unendlichkeit, zerbrechlich und unzerstörbar zugleich. Es fühlte sich eigentümlich … warm an auf ihrer Haut. Als könne sie nach all den Jahren und dieser langen Geschichte des Schmerzes und gegenseitigen Missverstehens immer noch die Liebe spüren, die in diesem Geschenk steckte.

»So schön«, murmelte sie und strich behutsam über den glatten Stein.

Mats legte seine Hand auf ihre, sodass sich ihre Finger über dem Ring schlossen. »Ich schenke ihn dir.« Seine Stimme klang rau.

»Was?« Ella zuckte unwillkürlich zusammen vor Überraschung. Ungläubig starrte sie ihn an. »Das ist nicht dein Ernst!«

Mats' Finger schlossen sich fester um ihre. »Mein voller Ernst. Gerade darum will ich ja, dass du ihn nimmst. Du sollst wissen, *wie* ernst es mir ist. Sieh es als Zeichen für …« Er stockte und schüttelte den Kopf. »Ach, ich weiß auch nicht. Sieh es einfach als Zeichen. Ich will nur, dass du weißt, das ich es *besser* machen will, verstehst du? Ich will … diesen Schatz bewahren. Mit dir. Du sollst wissen, wie viel du mir bedeutest. Deutlicher kann ich es dir nicht sagen.«

»Das musst du auch nicht.« Mehr als ein Flüstern brachte Ella nicht heraus. Sie zitterte plötzlich am ganzen Leib, als Mats den Ring aus ihrer Hand nahm und ihn ihr an den Finger steckte. Er war ein bisschen zu groß und glitt trotz des Lederbandes leicht über ihr Gelenk. Es fühlte sich an wie … ein Versprechen.

»Danke«, brachte sie hervor und fiel ihm um den Hals. »Danke.«

Mats drückte sie an sich. »Ich danke *dir*, dass du ihn nimmst«, flüsterte er. »Du kannst dir jetzt vielleicht denken, was für eine Last du da mitträgst.«

Ella nickte. Die Wahrheit war, sie konnte es trotz allem, was Mats ihr erzählt hatte, nur ahnen. Aber das war nicht wichtig. Was zählte, war nur die Sicherheit, dass sie beide zusammengehörten – und die war stärker denn je. Sie hatte sich nicht getäuscht. Die Erleichterung überwog alles andere.

Der Regen war inzwischen zu einem leichten Tröpfeln geworden, das allmählich ganz versiegte. Und als Ella und Mats schließlich Hand in Hand wieder hinaus ins Freie traten, rissen die Wolken über ihnen bereits auf und gaben den Blick auf den Sommerhimmel frei, so klar und frisch, als hätte er selbst sich unter dem Regenschauer von allem Staub und Schmutz befreit. Vereinzelte Tropfen, die am Dach der kleinen Schutzhütte und in den Zweigen der nahen Bäume hingen, funkelten in den ersten Sonnenstrahlen. Und hinter dem Feld, über den Baumwipfeln in der Ferne, wuchs ein doppelter Regenbogen in den Himmel.

Ella drückte Mats' Hand fest und spürte dabei den Ring, der sich in ihre Haut grub.

Gemächlich wanderten sie zurück zu der Stelle, an der sie auf der Flucht vor dem Gewitter ihre Fahrräder zurückgelassen hatten. Wie spät mochte es sein? Sicher viel zu spät, um heute noch nach Lübben zu fahren – die Sonne, die sich gerade erst den Himmel zurückerobert hatte, sank bereits. Aber Ella spürte, dass das jetzt wirklich nicht mehr wichtig war. Für das, was sie heute erfahren hatte, brauchte sie keinen Stein, keine Kultstätte. Vielmehr schien es doch so, dass die Liebesgöttin sie längst bemerkt und erkannt hatte, oder hätte sie sie sonst hier aufgehalten? So waren sie allein gewesen – wirklich allein. In der Nähe einer Sehenswürdigkeit hätten sie sicher nirgends einen so ungestörten Ort gefunden.

Wenn sie jetzt nach Hause fuhren, das wusste Ella, würde sie keine Enttäuschung mitnehmen. Die hatte sich mit den Wolken in nichts aufgelöst.

Oh, wie sehr sie sich wünschte, dieses Gefühl für immer festhalten zu können …

Für eine Weile, nahm Ella sich vor. Wenigstens für eine Weile musste es ihr gelingen.

Kapitel 17
Stimmen des Schicksals

Sie erreichten das Zwergenhäuschen an der Fließenkrümmung am späten Nachmittag. Die Sommerhitze hatte die Luft schnell zurückerobert und sämtliche Feuchtigkeit aus dem Boden wie auch den kleinsten Wolkenfetzen am Himmel gierig aufgesaugt. Als Ella und Mats ihre Räder im Schatten des Schuppens hinter dem Haus abstellten, war von dem Gewitter längst nichts mehr zu spüren.

Tilda saß im sportlichen Bikini auf der Veranda, die Haare noch feucht vom Schwimmen, und las in einer Skaterzeitschrift. Auf ihrer Nase saß eine Sonnenbrille und neben ihr auf dem Tisch stand ein großes Glas Saft mit Strohhalm, Schirmchen und Eiswürfeln. Es sah aus wie ein Bild aus einem Werbeprospekt für Bademode, dachte Ella und musterte unwillkürlich ein bisschen neidisch die durchtrainierten Arme und

Beine und die sommergebräunte Haut ihrer Freundin. Ihr war das vorher noch nie so aufgefallen, weil Tilda ja immer weite Hosen und Shirts trug. Aber sie hatte eine wirklich tolle Figur. Sogar Brüste, was Ella fast völlig abging. Sie sah mit fünfzehn immer noch fast so aus wie mit zwölf.

Rasch warf Ella einen Blick zu Mats. Ob ihm das auch auffiel? Bestimmt, er war schließlich ein Kerl ... Und tatsächlich bildete sie sich ein, dass seine Ohren ein bisschen rot geworden waren und er durchaus interessiert in Tildas Richtung sah. Ella biss sich auf die Unterlippe und spürte, wie die Hochstimmung, die sie den ganzen Rückweg über wie auf Federn getragen hatte, sich in Rauch und Staub auflöste. Am liebsten hätte sie sich das Handtuch gegriffen, das auf einem zweiten Stuhl zum Trocknen ausgebreitet lag, und es über Tilda geworfen. Aber natürlich tat sie es nicht. Das war zu albern. Stattdessen tastete sie unter ihrem Top nach dem Ring, den sie sich um den Hals gehängt hatte, um ihn bloß nicht zu verlieren. Den Ring hatte Mats ihr geschenkt. *Ihr*, nicht Tilda. Da war es egal, dass Tilda gerade aussah wie ein Model, oder? Oder dass sie ihnen so lässig und strahlend breit grinsend entgegenwinkte, wie nur sie es konnte ... das würde Mats nicht interessieren. Ganz bestimmt nicht. Trotzdem griff Ella nach Mats' Hand, als könne sie nur so verhindern, dass er ihr im nächsten Moment davonlief.

Tilda schien davon nichts bemerkt zu haben. »Na, aber hallo, wenn das nicht Romeo und Julia sind!« Sie warf ihre Zeitschrift auf den Tisch und prostete ihnen mit dem Saftglas zu. »Darf ich euch in mein Schloss einladen? Der Butler hat zwar heute frei, aber ihr dürft euch selbst bedienen!«

Mats lachte. »Dann hast du hoffentlich nichts dagegen, wenn wir die Küche und die Vorratskammer leer räumen. Ich sterbe vor Hunger. Du auch, Ella?«

Ella nickte und versuchte, zu lächeln. Es gelang ihr nur mit Mühe, als hätten Tildas Anblick und ihr fröhliches Lachen Gewichte an ihre Mundwinkel gehängt. Was war denn nur plötzlich mit ihr los? Bis wenige Meter vor dem Häuschen war ihr die Welt noch so hell, sicher und komplett erschienen, wie ein Puzzle, dem man das letzte Teil hinzugefügt hatte. Und jetzt, in nur wenigen Sekunden, war ihr diese komische Stimmung auf den Kopf gefallen und hatte sie völlig durchweicht wie ein Eimer Wasser, oder der Platzregen wenige Stunden zuvor. Und das nur, weil ihr plötzlich zum ersten Mal auffiel, dass Tilda auch ein Mädchen war und nicht bloß ein freches Skatergirl, das außer Ella nur Jungs als Freunde hatte?

Weil sie insgeheim wünschte, Mats würde *sie*, und nur sie, mit den Gedanken ansehen, die sie ihm gerade über Tilda unterstellte?

Ja, musste Ella sich eingestehen, genau so war es.

Tilda nickte derweil wissend. »Bewegung macht hungrig«, bestätigte sie. »Was für ein Glück für euch, dass ich heute Morgen in Lehde war und einen Pizzateig geholt habe. Steht schon in der Küche, Gemüse geschnippelt hab ich auch. Ihr müsst nur noch euren Teil belegen und das Ding in den Ofen schieben. Gern geschehen.«

»Wow.« Mats klang ehrlich beeindruckt, was Ella zusätzlich einen kleinen Stich versetzte. »Dass du so an uns denkst ...« Nun glaubte Ella sogar, einen kleinen Anflug schlechten Gewissens in seiner Stimme zu hören, und sie erinnerte sich prompt daran, wie Mats sich am Morgen darum gesorgt hatte, ob sie mit dem Aufbruch nicht noch warten sollten, bis Tilda wach geworden war. Ihr Magen zog sich zu einem kleinen Knoten zusammen.

Hör auf, Ella!, schimpfte sie stumm mit sich. *Du siehst Gespenster.*

In diesem Moment wurde ihr bewusst, dass Tilda sie mit gerunzelter Stirn musterte.

»Und worüber brütest du so?«, fragte sie skeptisch. »War's nicht schön, oder was?«

Ella zuckte zusammen. Sie fühlte sich ertappt. Vor allem, da nun auch Mats sie erstaunt und prüfend ansah, als fiele ihm ihr Stimmungsumschwung gerade erst auf. Wie ungerecht sie war! Natürlich war es schön gewesen. Sogar zu schön, um wahr zu sein. Und vielleicht war genau das das Problem …

Eilig schüttelte sie den Kopf. »Nein, nein, alles gut. Ich bin nur total fertig und mein Kopf fühlt sich ein bisschen matschig an«, flunkerte sie. »Vielleicht hab ich mich bei dem Regen ein bisschen verkühlt.«

»Ach so.« Tildas Miene entspannte sich. »Seid ihr sehr nass geworden? Das war ja ein ordentliches Donnerwetter. Aber ich dachte, dass ihr bestimmt schon in Lübben wart, als es losging.«

Erleichtert erkannte Ella, dass Tilda ihr glaubte und vor allem offenbar nichts von ihren wahren Gedanken ahnte. Das gab ihr die Kraft, ein wenig in ihren gewohnten Ton zurückzufinden. »Von wegen.« Sie streckte Tilda die Zunge heraus. »Nicht jeder fetzt in so einem irren Tempo durchs Land wie du, musst du wissen.« Sie rieb sich die Arme, um den letzten Rest des unbehaglichen Gefühls zu vertreiben, der noch auf ihrer Haut lag. Vielleicht hatte sie sich ja wirklich verkühlt …

»Hoffentlich werde ich nicht krank«, murmelte sie mehr zu sich selbst.

»Wirst du nicht.« Mats legte ihr den Arm um die Schultern und drückte sie fest und sicher an sich. »Wir essen gleich erst mal Pizza und dann stecken wir dich einfach um sieben ins Bett. Dann bist du morgen garantiert wieder fit.«

»Genau. Und wir verraten dir auch nichts von der wilden Party, die wir hier draußen ohne dich feiern.« Tilda grinste. Anscheinend ahnte sie wirklich nicht, was in Ella vorging – denn sonst hätte sie diese Bemerkung niemals fallen lassen. Ella war sich nicht sicher, ob sie darüber froh oder verzweifelt sein sollte.

»So krank nun auch wieder nicht«, murrte sie.

»Na komm.« Mats schob sie Richtung Haus. »Wir kümmern uns erst mal um die Pizza. Mit einem vollen Bauch sieht die Welt schon wieder ganz anders aus.«

Nur zu bereitwillig ließ Ella sich von ihm in die Küche führen. Erst dort nahm Mats den Arm von ihrer Schulter, drehte sie zu sich und beugte sich ein Stück vor, um ihr prüfend in die Augen zu sehen. »Was ist los, Ella? Hab ich was Falsches gesagt? Oder gemacht?«

Ella atmete einmal tief ein und wieder aus. Er hatte es also doch bemerkt. Trotzdem schüttelte sie den Kopf. »Nichts.«

Mats runzelte die Stirn. »›*Nichts*‹ mich nicht, okay? Das kann ich nicht gut haben. Ich sehe es dir doch an der Nasenspitze an. Also sag schon, warum warst du gerade plötzlich so komisch? Wo kommt das her? Ich dachte ...« Er verstummte. Aber Ella konnte sich auch so sehr gut denken, was er hatte sagen wollen. *Ich dachte, zwischen uns wäre alles klar.*

Noch einmal schüttelte Ella mit Nachdruck den

Kopf. Das Unverständnis in seinen Augen zu sehen und dass er kurz davor war, ärgerlich zu sein, weil sie ihn so offensichtlich anlog, war schier unerträglich. Aber gerade deshalb konnte sie ihm unmöglich die Wahrheit sagen. Zumindest nicht die ganze. »Nein, es ist wirklich nichts!«, beteuerte sie verzweifelt und konnte gerade noch verhindern, dass ihr schon wieder Tränen in die Augen stiegen. Sie hatte heute wirklich genug geheult. Vielleicht war sie ja auch deshalb so schräg drauf. »Ich bin nur müde … und hab noch so viel zu denken und … ach, ich wäre einfach noch so gern länger mit dir allein!«

Mats' Gesichtszüge wurden augenblicklich weich. Er zog sie an sich und schloss sie fest in die Arme. »Das verstehe ich«, murmelte er und strich ihr über den Rücken. »Das will ich doch auch.«

Diese Worte von ihm zu hören war alles, was es brauchte, um Ella sofort wieder zu trösten. Aber ein kleines, flackerndes Flämmchen Ärger blieb dennoch in ihrem Bauch zurück. Ärger über sich selbst – nicht nur, weil sie ihre Sorgen nicht geradeheraus aussprechen konnte, sondern weil sie sich diese Sorgen überhaupt erst machte. Warum nur fiel es ihr so schwer, an die Zuneigung anderer Menschen zu glauben? Wie viele Zaunpfähle musste das Schicksal ihr denn noch auf den Kopf schlagen, damit sie endlich begriff, dass alles gut war und sie sich entspannen konnte?

»Na komm«, sagte Mats noch einmal und gab ihr einen sanften Kuss. »Kümmern wir uns um die Pizza und dann machen wir uns einen schönen Abend. Du und Tilda, ihr müsst auch ein bisschen Zeit miteinander verbringen, damit es hier nicht ungemütlich wird. Und heute Nacht schlafen wir zusammen auf dem Sofa. Einverstanden?«

Das Ärgerflämmchen flackerte noch einmal und verglomm dann zu leiser Glut. Ella konnte nicht anders – sie musste lächeln. Weil er so recht hatte, weil er so gut war und weil er sie so glücklich machte.

»Einverstanden.«

* * *

Mats ließ Ellas Hand nicht los, während sie wieder nach draußen zu Tilda gingen und sich zu ihr an den Tisch setzten. In getrennte Stühle, aber doch so dicht beieinander wie möglich.

Mats war weder blind noch taub. Natürlich hatte er die Spannung gespürt, die bei ihrer Rückkehr in der Luft gehangen hatte. Er konnte sie geradezu sehen. Oder vielmehr war es die Abwesenheit von etwas, die er wahrnahm. Hätte er an diesem Tag noch einmal versucht, ein Bild von den beiden Freundinnen zu zeichnen – es wäre hoffnungsloser gewesen als je zuvor. Selbst wenn es ihm gelungen wäre, sich nicht mehr nur auf Ella zu konzentrieren, gab es kein Motiv mehr. Das Leuchten zwischen den Mädchen war verblasst. Verhangen. Nein, gestört. Durch *ihn* gestört. Und das gerade, als er gedacht hatte, die Situation wäre endlich geklärt und sie könnten sich alle entspannen.

Er hatte seinen Frieden mit seinen Gefühlen für Ella gemacht. Er war über seinen Schatten gesprungen und hatte ihr den größten Vertrauensbeweis erbracht, zu dem er fähig war. Er hatte gedacht, sie hätte ihn verstanden. Und nun? Verhielt sie sich wie ein eifersüchtiges Kätzchen, als hätte es den Nachmittag – *diesen* Nachmittag, kaum zwei Stunden zuvor! – in der Schutzhütte gar nicht gegeben. Das war schwer zu begreifen. Es machte ihn wütend, und Mats wollte nicht wütend sein, nein, um nichts in der Welt wollte er wütend sein. Schon gar nicht, nachdem er ihr den Ring anvertraut hatte.

Deshalb war er auch so unglaublich froh, dass Tilda an diesem Abend so entspannt schien, und das trotz ihrer schroffen Reaktion auf seine Bitte am Tag zuvor. Sie machte es ihm leicht, zu scherzen und zu flachsen und sich blödsinniges Gekabbel mit ihr hin und her zu spielen. Sie war eine gute Freundin, das konnte niemand bestreiten. Mats hatte das von Anfang an an Tilda gemocht, es gab ihm das Gefühl, den scharfzüngigen Teil seines Humors in ihrer Gegenwart nicht zügeln zu müssen.

Ella war da anders.

Bei Ella musste jedes Wort auf die Goldwaage gelegt werden. Aber genau das faszinierte Mats ja so an ihr. Diese unglaubliche Zerbrechlichkeit in jedem Wort, jeder Geste. Es machte sie wertvoll. Und darum ließ er Ella auch nicht los, nicht eine Minute lang. Sie sollte wissen, dass er da war. Immer da sein würde, von jetzt an.

Es dauerte eine Weile, aber als die Pizza endlich auf dem Tisch stand und sie sich freundschaftlich um die besten Stücke stritten, schien endlich auch bei Ella das Eis zu brechen. Sie lächelte wieder mehr – es ließ ihr Gesicht ganz zauberhaft strahlen, Mats hätte es stundenlang betrachten können – und lachte sogar manchmal. Selbst Tildas Neckereien über ihren missglückten Ausflug nach Lübben ließ sie gleichmütig amüsiert über sich ergehen. Kein Zweifel: Ella leuchtete wieder. Wie sie dasaß, die Knie unter sein T-Shirt gezogen, das ihr viel zu groß war und das sie trotzdem noch immer trug, war sie einfach wunderschön, und Mats begann sich endlich wieder auf die Nacht mit ihr zu freuen.

»Und was hast du den ganzen Tag getrieben, Tilly?«, fragte Ella schließlich. »Hier wird's ja wohl auch gewittert haben. Hast du dich eingebuddelt und ein paar schäbige Psychotests gemacht?« Sie grinste schief und langte mit der freien Hand nach den Zeitschriften, die

Tilda sorgfältig auf den Tisch neben sich gestapelt hatte.

Doch zu Mats' und offensichtlich auch Ellas Überraschung machte Tilda Anstalten, ihr rasch die Hefte unter den Fingern wegzuziehen. »Nein, quatsch, ich …« Nur war sie nicht schnell genug. Ella hatte die Zeitschriften schon in der Hand und sah sie unter hochgezogenen Brauen belustigt an.

»Huch. Hab ich etwa ins Schwarze getroffen?«

Tilda atmete einmal schwer aus und ließ sich zurück in ihren Lehnstuhl fallen. »Nein«, wiederholte sie, diesmal klang es fast ergeben, und winkte ab. »Quatsch. So einen Blödsinn mach ich nicht mal, wenn ich dafür bezahlt werde«, grummelte sie.

Aber Ella lief jetzt erst warm. »Oh.« Sie sah sich eine Zeitschrift nach der anderen an und kicherte. »Eine *BRAVO Girl!* mit Justin-Bieber-Poster? Und eine Pferdezeitschrift? Landhaus-Illustrierte? Mensch, Tilly, so kenne ich dich ja gar nicht.«

»Es gab nichts anderes!«, verteidigte sich Tilda. »Und diese hatten wenigstens auch Sudoku, nicht nur blöde Kreuzworträtsel.«

Jetzt musste auch Mats lachen, ob er wollte oder nicht. »Ach was, ich verstehe das total. Guck mal, die *Girl!* hat ein Sommer-Schminktipps-Extra. Das ist doch genau das richtige für mich.« Er fischte Ella die Zeitschrift vom Schoß und blätterte sie durch.

»Also mir gefallen eher die Anleitungen für die Häkeldeckchen hier.« Ella hielt triumphierend das Landhausmagazin in die Höhe.

»Ihr seid echt dämlich.« Tilda verschränkte die Arme vor der Brust und sah zur Seite. Aber Mats sah ihre Mundwinkel zucken und das leise Beben ihrer Schultern, das von unterdrücktem Lachen kam.

»Oh«, sagte Ella in diesem Moment. Das Lachen glühte immer noch auf ihrem Gesicht, aber es war ein unterschwelliger Ernst hinzugekommen. Eine eigentümliche Erregung, die Mats an ihr noch nicht kannte und auch nicht ganz verstand. »Hier ist ja auch ein Sommer-Liebeshoroskop ... Hast du das gesehen, Tilly?«

Tilda wandte ruckartig den Kopf. Das Lachen war einem Stirnrunzeln gewichen. »Ich lese keine Horoskope. Das weißt du doch.«

Ella nickte. Ihre Wangen waren leicht gerötet. Mats konnte geradezu sehen, wie ihr Puls sich beschleunigte. »Ja, ich weiß. Ich dachte nur ...«

Sie brachte den Satz nicht zu Ende. Ihre Augen hingen an dem winzigen Text auf der Horoskope-Doppelseite. Die Enttäuschung stand ihr deutlich ins Gesicht geschrieben. »Oh«, machte sie noch einmal leise.

Mats sah sie verwirrt an. Diese Stimmungsumschwünge waren ihm manchmal einfach zu schnell, um mitzukommen. Dabei hatte er doch eben noch gedacht, nun könne an diesem Abend nichts mehr schiefgehen. »Was ist denn?«

»Hier steht«, murmelte Ella betreten, »dass mein Sommer schwierig wird, was die Liebe angeht. *Das Glück scheint unfassbar, und das ist es auch, denn es will sich nur schwer von Ihnen greifen und halten lassen. Seien Sie darum besonders achtsam, dass es Ihnen nicht aus den Fingern gleitet.*«

Mats starrte sie perplex an. Konnte das denn sein? Brachte sie ein blödes Billighoroskop wirklich so sehr aus der Bahn? Das begriff er nun wirklich nicht. Obwohl er nach all den Jahren nicht anders konnte, als an eine Art Schicksal zu glauben und es immer wieder verteufelte – an diesen esoterischen Schnickschnack glaubte er nicht. Da musste er gegensteuern, und zwar gleich. Es war nur eine Ahnung, aber Mats hatte das Gefühl, dass es sonst sehr schnell zu einer Katastrophe kommen konnte.

»Zeig mal her.« Er beugte sich zu ihr hinüber. »Ach komm! So schlimm kann es gar nicht sein. Du hast nämlich den Anfang weggelassen: *Endlich haben Sie Ihren sicheren Anker in den Wellen des Lebens gefunden.* Siehst du, und da bin ich doch! Was willst du mehr? Und hier, bei mir steht auch nur Gutes: *Herzlichen Glückwunsch! Dieser Sommer ist Ihr Sommer der Liebe! Eine schicksalhafte Begegnung führt sie zum Mann Ihrer* … oh.«

Tilda prustete los. »Na, jetzt verstehe ich, warum du dir Sorgen machst! Mats steht eigentlich gar nicht auf Mädchen.«

Mats grinste, froh dass Tilda ihm beisprang und die Sache mit Humor nahm. »Huch. Erwischt.«

Ella aber schien das gar nicht komisch zu finden. Sie versuchte nicht einmal zu lachen. Der Blick, den sie Tilda zuwarf, war irgendwo zwischen Hilfe suchend und anklagend. »Hör auf«, bat sie.

Tilda verdrehte die Augen. »Ist doch nicht wahr. Jetzt bleib mal locker, Ella. Bitte.«

Ella antwortete nicht. Es war auf einmal sehr still auf der Veranda. »Deswegen wolltest du nicht, dass ich die Zeitschriften nehme«, sagte sie schließlich so leise, dass es über dem Rauschen der Bäume im Abendwind und dem stetigen Plätschern des Wassers kaum zu hören war.

Tilda widersprach nicht. Sie sah Ella nicht einmal an – was Antwort genug war. Ella hatte voll ins Schwarze getroffen.

So gut kennst du sie also, Tilda, dachte Mats unwillkürlich beeindruckt. *Du weißt besser als jeder andere Mensch, wie man sie vor sich selbst schützt. Ich sollte besser noch viel von dir lernen, wenn ich an Ellas Seite bleiben will.*

In diesem Moment beugte Tilda sich vor und rupfte Ella ungeduldig die Zeitschrift aus den Händen. »Jetzt gib das endlich her und hör auf mit dem Unsinn. Was soll denn das? Da sitzt ein Typ neben dir, der dich ganz eindeutig vergöttert, und du hast nichts Besseres zu tun, als dich von einem Horoskop einschüchtern zu lassen, das irgendein Praktikant vor der Mittagspause schnell zusammengebastelt hat? Sag mal, geht's noch?«

Ella starrte verblüfft auf ihre nun leeren Hände. Sekundenlang sagte sie nichts. Dann schlug sie die Hände vors Gesicht und lachte. Oder weinte. Oder beides. Mats war sich da nicht so sicher. Er sah nur, wie Ellas Schultern zuckten, und hörte sie stoßweise glucksen, bis sie irgendwann die Hände wieder heruntemahm. Ihre Augen waren tatsächlich tränennass. Aber sie strahlten, auch wenn es zugleich irgendwie traurig, wenn nicht gar verzweifelt aussah.

»Ich liebe dich, Tilly, weißt du das eigentlich? Ich liebe dich.«

Tilda starrte sie eine ganze Weile an. Dann lächelte sie, es sah fast wehmütig aus. »Ja«, sagte sie. »Ich weiß. Ich dich auch.«

Den Rest des Abends sprachen sie kein einziges Wort mehr über Horoskope.

***

Als Tilda kurz vor Mitternacht die Wendeltreppe hinauf ins Schlafzimmer kletterte, war sie, genau wie am Vorabend, allein. Ella war bei Mats geblieben. Sie wollten sich ein gemeinsames Bett auf dem ausziehbaren Schlafsofa im Wohnzimmer einrichten. Sie selbst war wieder einmal fortgeschickt worden. Aber diesmal berührte es Tilda viel weniger als zuvor. Oder vielmehr: auf andere Weise.

Tilda war sich selbst nicht ganz sicher, was sie eigentlich fühlte. Seit sie mit dem Stapel blöder Magazine im Gepäck aus dem Dorf zurückgekehrt war, war sie nervös gewesen. Würde Ella die Zeitschriften überhaupt nach den Horoskopen durchsuchen? Oder war die neue, die verliebte Ella, sich ihres *Schicksals* so sicher, dass sie das nicht mehr nötig hatte? Stundenlang war Tilda hin- und hergerissen gewesen. Ein Teil von ihr hatte sich schon im Vorfeld schuldig gefühlt und gehofft, ihr blödsinniger, gemeiner Trick würde einfach nicht funktionieren. Ein anderer, ziemlich starker Teil aber wollte zumindest sehen, was dann passieren würde. Ob es irgendetwas *bewirkte*. Irgendwann, als das Gewitter längst weitergezogen war, war sie von der inneren Streiterei schließlich dermaßen abgestumpft, dass es ihr eigentlich schon ganz egal war, was passierte, so lange nur Ella und Mats endlich zurückkamen. Sie hatte die Nase gestrichen voll davon, allein die Zeit totzuschlagen.

Doch nun war es irgendwie noch ganz anders gelaufen, als sie sich ausgemalt hatte, und am allermeisten hatte Tilda ihre eigene Reaktion überrascht.

Ella erst mit voller Absicht aus dem Gleichgewicht zu bringen und sie dann zu retten, sie wieder in die Spur zu bringen, ehe sie stürzte – das löste ein geradezu unheimlich warmes, zufriedenes Gefühl in ihr aus.

Tilda ließ sich, angezogen wie sie war, im dunklen Zimmer aufs Bett fallen, schloss die Augen und spürte dem Gefühl nach.

Das war nicht gut.

Sie würde damit volles Rohr auf die Nase fliegen, wenn sie nicht aufpasste, das wusste sie genau. Sie sollte gar nicht erst darüber *nachdenken,* wie sie diesen Effekt wiederholen konnte. Aber es war wie beim Skaten. Stand sie erst mal auf dem Board und rollte auf den Abhang zu, war es unendlich schwer, dem Rausch zu widerstehen.

Nein.

Sie würde vorher abspringen. Ganz bestimmt.

Kapitel 18
Unter uns gesagt

Als Tilda am nächsten Morgen aufstand, fand sie Ella allein auf der Veranda.

Das Sofa war noch ausgeklappt und mit zerwühlten Decken überhäuft und die Schiebetür aus Glas weit geöffnet. Doch Mats war nirgends zu sehen. Nur Ella saß dort an dem runden Tisch in ihrem Liegestuhl, die Beine eng an den Körper gezogen, und blätterte wie geistesabwesend in den Zeitschriften, die Tilda am Abend zuvor dort hatte liegen lassen.

Tilda wusste sofort, was sie da tat: Sie las die übrigen Horoskope, um zu sehen, ob die genauso pessimistisch waren wie das in dem Landhausmagazin. Ein weiteres Zeichen dafür, dass Mats sich nicht in der Nähe aufhalten konnte, dachte Tilda. Denn der hätte sicher nicht zugelassen, dass sie sich selbst so quälte.

Aber Mats war offenbar nicht da, und so ging Tilda

eben selbst hin und nahm Ella ein weiteres Mal die Zeitschriften weg.

Ella zuckte zusammen, als hätte sie sie überhaupt nicht kommen gehört. »Tilly!« Ihre Wangen und Ohren wurden so krebsrot, als hätte Tilda sie bei etwas Verbotenem ertappt. »Schleich dich doch nicht so an!«

Tilda grinste schief und legte kommentarlos die Zeitschriften beiseite. »Dann weißt du ja jetzt endlich, wie das ist.«

Ella murmelte etwas, das Tilda nicht verstand. Aber das musste sie auch nicht. Ella schimpfte besonders wüst, wenn sie leise war.

Tilda hockte sich in den Stuhl neben sie und ließ den Blick über den morgendlich glitzernden Spreefließ schweifen. Auch jetzt noch war die Aussicht einfach atemberaubend schön. »Wo ist denn Mats?«

Beim Klang des Namens stahl sich sofort wieder ein Lächeln auf Ellas Gesicht. »Er ist ins Dorf gegangen«, sagte sie. »Er wollte einen kleinen Spaziergang machen.«

Tilda runzelte verblüfft die Stirn. »Und du bist nicht mitgegangen?«

Ella schüttelte den Kopf. Ihre Wangen waren ein bisschen rot geworden. »Nein, ich ... na ja. Ich wollte auf dich warten. Wir haben so wenig gesprochen in den letzten Tagen. Nur wir beide, meine ich.«

Damit hatte Tilda nicht gerechnet. Im ersten Moment wusste sie gar nicht, was sie sagen sollte außer: »Oh.«

Die Röte kroch von Ellas Wangen bis in ihre Ohren. »Ich wollte mich doch noch bedanken«, murmelte sie. Ihr Blick huschte zu den Zeitschriften, die Tilda neben sich auf den Boden gelegt hatte. »Für gestern. Und heute. Und überhaupt. Ich mache es dir nicht leicht, oder? Ich meine, du hast ja gesagt, es ist okay, aber unser Urlaub ...« Sie seufzte. »So hast du es dir nicht vorgestellt, oder?«

Tilda schwieg und sah mit leerem Blich auf die Zeitschriften, ohne sie wirklich zu sehen. Was sollte sie sagen? In ihrem Bauch stritten die widersprüchlichsten Gefühle. Schließlich schüttelte sie langsam den Kopf und blieb bei einer schlichten Wahrheit: »Nein. Ehrlich gesagt nicht.«

Ella lächelte betreten. »Und trotzdem passt du noch auf mich auf. Ich weiß gar nicht ... wie ich dafür überhaupt Danke sagen soll, ohne dass es blöd klingt.«

Tilda zuckte die Schultern. Aus dem Gefühlswirrwarr in ihrem Magen löste sich allmählich deutlich das Schuldgefühl. Das mit den Horoskopen war ja noch mal gut gegangen. Aber was hatte sie da gestern bloß beinahe angerichtet? »Dann sag nichts«, sagte sie und meinte es ernst. »Ich weiß es auch so. Außerdem hab ich mich selber oft genug ganz schön bescheuert benommen.«

Ella nickte erleichtert. »Danke«, sagte sie trotzdem.

Tilda grinste schief. »Gern geschehen.« Auch sie zog jetzt die nackten Füße auf den Stuhl und schlang die Arme um die Knie. Wie schön es war, mit Ella allein zu sein, dachte sie. Erst jetzt spürte sie wirklich, wie sehr ihr das gefehlt hatte. Und da machte es irgendwie auch gar nichts, dass Mats irgendwann zurückkommen würde. Diese Zeit, hier und jetzt, die gehörte ihnen. Da konnten sie endlich über alles reden, worüber beste Freundinnen so redeten. Das war auch dringend notwendig, nachdem sie ja in den letzten Nächten nicht einmal vor dem Einschlafen miteinander getuschelt hatten.

»So, und jetzt erzähl mal«, sagte Tilda deshalb. »Wie war das gestern? Ich will die ganze Geschichte hören, jedes schmutzige Detail!«

Auf Ellas Wangen und Hals blühten prompt mohnrote Blumenflecken auf. »Ähm«, machte sie und räusperte sich. »Wie kommst du darauf, dass es schmutzige Details zu erzählen gibt?«

Tilda lachte. »Na, hör mal! Ihr wart stundenlang allein in dieser Hütte, die Chance, dass da jemand bei dem Wetter reinplatzt, war gleich null, und ihr musstet euch ja wohl irgendwie die Zeit vertreiben. Und Mats ist ein Kerl. Du kannst mir nicht erzählen, dass er auf so was nicht gekommen wäre.«

Dort, wo Ellas Haut nicht gerötet war, wurde sie

jetzt kreideweiß. »Nein!«, wehrte sie energisch ab und schüttelte den Kopf, dass ihr Pferdeschwanz flog. »Es war … überhaupt nicht so …« Ihre Stimme versagte.

Tilda runzelte verwirrt die Stirn. Das klang nicht gerade nach einem besonders gelungenen Ausflug. Aber den Gedanken behielt sie lieber für sich. Er passte ja auch gar nicht zu dem Verhalten der beiden gestern Abend. Da waren sie doch ein Herz und eine Seele gewesen.

»Hey«, sagte sie dennoch vorsichtig. »Das war doch nur ein Witz. Denkst du, ich weiß nicht, dass du nicht so drauf bist? Ich kenn dich doch, Ella. Hast du das vergessen?«

Ella seufzte, tief und erleichtert. »Nein. Entschuldige.«

Tilda knuffte sie gegen den Oberarm. »Na also. Aber die Geschichte will ich trotzdem hören. So, wie sie wirklich war.«

Ella nickte. Dann griff sie in ihren Ausschnitt und zog an einem abgewetzten Lederband etwas unter ihrem Shirt hervor. »Eigentlich ging es vor allem um das hier.«

Tilda klappte der Mund auf. Ein Sonnenstrahl fing sich in einem wasserblauen, aus einem einzigen Edelstein geschliffenen Ring, der zwischen Ellas Fingern baumelte. Ein Ring?

»Wow. Ich meine, was …« Sie rang nach den richtigen Worten. »Das ist aber nicht, was ich denke, dass es ist, oder?«

Jetzt war es an Ella, zu lachen. Die roten Flecken auf ihrem Hals leuchteten immer noch, aber nicht mehr ganz so sehr, und ihre Augen funkelten nun wieder verschmitzt. »Nicht dein Ernst. Du traust mir kein heißes Gefummel in einer einsamen Hütte zu, aber einen Verlobungsring nach drei Tagen? Ach, Tilly …«

Tilda schnaufte. »Ist es nun einer oder nicht?«, murmelte sie und fühlte sich ein bisschen blöd, weil sie voll danebengelangt hatte. Aber nur ein bisschen.

Ellas Lachen verklang zu einem Lächeln. »Nein.« Sie legte den Ring auf ihre Handfläche und strich behutsam, fast andächtig, mit dem Daumen darüber. »Er erzählt eine Geschichte. Von einem Paar, das vom Schicksal aneinander gebunden ist, aber es trotzdem nicht schafft, einander glücklich zu machen. Der Ring ist ein Versprechen. Mats will es besser machen. Mit mir.«

Tilda fehlten die Worte. Ella sah so selig aus, als sie das sagte, so ruhig und sicher, wie Tilda sie noch nie erlebt hatte. Sie strahlte einen dermaßen tiefen Glauben aus, dass Tilda selbst für einen Moment versucht war, sich überzeugen zu lassen. Von all diesem Gerede über Schicksal, über Vorherbestimmung … nur dass es sie nicht beruhigte. Im Gegenteil. Es lag schwer auf ihrer Brust und drückte ihr die Luft aus der Lunge.

»Ach so«, brachte sie lahm hervor. »Ich verstehe. Aber habt ihr denn wenigstens ein bisschen geknutscht?«

Ella sah sie ein wenig schräg von der Seite an. Sie wirkte verblüfft, als sei sie gerade unvermittelt aus einem Traum zurück in die Realität geworfen worden. »Doch«, sagte sie und lächelte verhalten. »Auch.«

Tilda atmete tief durch. Das wurde ihr gerade wirklich alles ein bisschen zu viel. Aber sie versuchte, es mit Fassung zu tragen. Interesse zu zeigen. Immerhin hatte Ella allein auf sie gewartet, um ihr davon zu erzählen. »Krasse Geschichte, ehrlich … Darf ich mal sehen?«

Eigentlich interessierte der Ring sie gar nicht. Aber sie war immer noch Ellas beste Freundin.

Ella zögerte kurz. Dann aber streifte sie die Kette über den Kopf und ließ den Ring vorsichtig in Ellas Hand gleiten.

Tilda besah ihn sich eine Weile. Bloß ein Ring aus Halbedelstein in Silberfassung, wie aus einem dieser kitschigen Modeschmuckläden, an einem schlichten Lederband, das zu einer Kette verknotet war. Es war wohl wirklich die Geschichte, die ihn besonders machte. »Schön«, sagte Tilda trotzdem und reichte Ella den Ring zurück. Ella lächelte schief, als hätte sie Tildas Gedanken gehört, und ließ den Ring zurück unter ihr Shirt gleiten.

Minutenlang schwiegen sie beide. Aber Tilda sah es hinter Ellas Stirn arbeiten. Eine kleine Wolke, die den klaren Himmel trübte, den sie eben noch in Ellas Augen gesehen hatte. Irgendetwas lag ihr noch auf der Zunge.

Es dauerte allerdings eine ganze Weile, bis Ella tatsächlich aussprach, was ihr durch den Kopf ging – ganz als hätte sie lange nach den passenden Worten suchen müssen und sie dann doch nicht gefunden, um am Ende einfach zu sagen, was ihr als Erstes durch den Kopf ging.

»Weißt du, Tilly, ich wollte dich noch um was bitten. Das klingt jetzt bestimmt irgendwie blöd, und du darfst mir deswegen nicht böse sein, aber … Also …« Sie biss sich nervös auf die Unterlippe, und für einen Moment schien es, als wolle sie gar nicht weitersprechen. Aber dann gab sie sich einen Ruck. »Also, ich fänd es besser, wenn du dich nicht so im Bikini auf der Terrasse rekeln würdest, wenn Mats dabei ist. Ich meine«, jetzt sprach sie vor Aufregung ein bisschen zu schnell und verhaspelte sich beinahe, »er gibt das zwar nicht zu, aber du weißt ja eh, dass du toll aussiehst, und er ist halt ein Kerl, wie du ja selber gesagt hast …«

Mit einem Blick in Tildas Gesicht verstummte sie.

Tilda starrte ihre Freundin fassungslos an. Sie konnte einfach nicht glauben, was sie da gerade gehört hatte. Sie wollte es auch nicht glauben. Lieber glaubte sie, dass sie inzwischen völlig plemplem wurde und halluzinierte.

Hatte Ella ihr gerade wirklich verboten, ihren Bikini anzuziehen?

»Ella«, sagte sie leise. »Spinnst du jetzt?«

Die Wut musste deutlich an ihrer Miene abzulesen sein, denn Ella ruderte sofort zurück. »Tut mir leid! Ich wusste, es war blöd! Ich hätte einfach nichts sagen sollen … es ist mein Problem, nicht deins. Du kannst nichts dafür, dass du sportlich bist und fröhlich und superhübsch und selbstbewusst, und ich weiß auch, dass es gemein ist, Mats solche Gedanken zu unterstellen, aber ich kann nicht anders, ich … ich habe solche Angst! Ich will … ich kann ihn nicht verlieren! Nach gestern schon mal gar nicht …«

»Ella«, wiederholte Tilda, diesmal deutlicher, und sehr, sehr viel wütender. »Spinnst du jetzt?« Sie ballte die Fäuste. »Weißt du, ich habe mich wirklich gefreut, als ich dich heute morgen hier gesehen habe, ohne ihn. Ich dachte, du wolltest Zeit mit mir verbringen, weil wir Zeit *für uns* haben sollten. Weißt du, wie froh mich das gemacht hat nach den letzten Tagen, die ich auf dem Abstellgleis verbracht habe? Aber es ging dir gar nicht um mich. Du bist eigentlich nur hiergeblieben, um … mir *das* zu sagen. Weil du Angst hast, ich könnte ihn dir ausspannen, deinen ach so tollen Mats.

So viel hältst du also von unserer Freundschaft, na vielen Dank auch!«

»Nein!« Ella schüttelte heftig den Kopf. Die Verzweiflung stand ihr ins Gesicht geschrieben. »So ist es nicht! Tilly, wirklich! Ich will doch Zeit mit dir verbringen! Du bist meine beste Freundin und wirst es immer sein! Du weißt ganz genau, wie ich mich auf unseren Urlaub gefreut habe! Und da wusste ich von Mats doch noch gar nichts!«

»Nein. Aber du hast ihn dir hergewünscht. Gleich am ersten Tag.« Tilda war sich bewusst, wie bitter ihre Worte klangen. Sie versuchte nicht mal mehr, es zu verbergen.

Da brach Ella in Tränen aus. Sie weinte heftig, stoßweise Schluchzer quollen mit einem Meer von Tränen aus ihr hervor. »Ich weiß …«, schluchzte sie. »Ich weiß, es tut mir leid! Es tut mir so leid, Tilly, aber … aber er macht mich nun mal so glücklich. Wolltest du nicht immer, dass ich jemanden finde? Ich brauche ihn doch …«

Tilda seufzte einen langen, tiefen Seufzer. Sie konnte nicht wütend bleiben. Nicht, wenn Ella weinte. Sie brachte es einfach nicht fertig. Also stand sie auf, setzte sich zu ihr auf die Stuhllehne und nahm sie in den Arm. Sie sagte nichts – sie wusste nichts, was für Ella tröstlich und zugleich keine Lüge gewesen wäre –, aber sie legte ihre Wange auf Ellas Haar und wiegte sie leicht vor und zurück, bis sie sich beruhigt hatte.

Ella klammerte sich mit beiden Händen an Tildas Arm fest. Nach und nach verebbten die Schluchzer.

»Ich bin echt so dämlich«, flüsterte sie. »Ich lerne das wohl nie. Warum kann ich denn nicht einfach normal sein, Tilly?«

Noch einmal seufzte Tilda. »Normale Menschen haben auch Probleme, Ella. Normal zu sein, ändert gar nichts. Es wäre besser, sich zu wünschen, kein Arschloch zu sein. Daran kann man nämlich ganz gut arbeiten, weißt du?«

Ella schwieg eine Weile, und Tilda wusste, sie hatte sie mit ihren Worten getroffen. Schmerzhaft getroffen. Aber ihr war gerade nicht danach, sie zurückzunehmen.

Irgendwann ließ sie Ella los. Sie brauchten beide etwas Raum, um sich zu sortieren, ehe Mats zurückkam. Immerhin, es waren ein paar Dinge ausgesprochen worden, die ihnen beiden auf der Seele gelegen hatten. Tilda glaubte, dass das gut war. Ganz sicher war sie sich allerdings nicht.

»Wollen wir den Tisch decken?«, fragte sie. »Der Brötchenjunge steht sicher bald vor der Tür.«

Ella wischte sich mit dem Handrücken über die Augen und nickte. »Gute Idee.« Ihre Stimme klang noch immer belegt, aber fest. »Und ich leg mir noch schnell ein paar Gurken auf die Augen. Sonst erkennt er mich gleich nicht wieder.«

Darüber musste Tilda lachen. Es stimmte, Ella sah wirklich schlimm aus, so vom Weinen aufgequollen und mit geröteten Augen. Aber es war gut, dass sie wieder blöde Witze machte. Dann konnte die Lage nicht so verzweifelt sein, wie sie sich eben noch angefühlt hatte.

»Einverstanden.« Sie streckte Ella die Hand hin. Zur Versöhnung. »Du schneidest die Gurken und ich kümmere mich um den Rest.«

***

Mats' Schritte auf dem Weg nach Lehde waren beschwingt. Er hüpfte beinahe und konnte das Lachen nicht von seinem Gesicht vertreiben – wollte es auch gar nicht. Die Sonne flimmerte durch das Laub in den Baumkronen und rieselte auf ihn herab, wärmte ihn durch und durch und füllte ihn mit Licht.

Er war an diesem Morgen neben Ella aufgewacht, aus einem tiefen, ruhigen Schlaf auf einer weichen Matratze und mit einem unglaublich entspannten Gefühl der Zuversicht. Sosehr der Vorabend noch hatte aus dem Ruder zu laufen drohen mit Ellas Tränen, dem dummen Horoskop und seinem eigenen Ärger, geboren aus der Unfähigkeit, ihr Verhalten zu verstehen – so wunderbar war er zu Ende gegangen. Bis tief in die Nacht hatten sie gelacht, geplaudert, geblödelt. Ella war bei ihm geblieben, ganz ohne weitere Worte hatten sie sich da verstanden. Hatten geflüstert, geküsst, sich zärtlich berührt, bis sie in seinen Armen sanft eingeschlafen war. Allein der Gedanke daran durchflutete Mats mit einer Kraft, dass er Bäume hätte ausreißen können.

Fast ebenso sehr wie über die Nähe zu Ella freute Mats sich aber darüber, dass Ella und Tilda sich ebenfalls wieder einander annäherten. Die Verbindung zwischen ihnen, die für einen Moment so schwach geworden schien, war wieder da, und damit auch die Strahlkraft, die Mats von Anfang an zu den beiden Mädchen hingezogen hatte.

Es war perfekt. So perfekt, dass er die ganze Welt umarmen wollte.

Er hatte keine Zweifel mehr.

Kapitel 19
Verlust

In den folgenden Tagen schien es tatsächlich, als sei endlich Ruhe ins Zauberhäuschen eingekehrt. Das Wetter hielt seine gute Laune und schenkte ihnen traumhaft schöne Sommerstunden auf der Veranda, im Wald, beim Schwimmen und auf ihren Radtouren über den Gurkenradweg.

Wie selbstverständlich hatte sich Mats in stillem Einvernehmen für ein paar weitere Tage als die besprochenen zwei oder drei bei ihnen einquartiert – und da Tilda sich nicht länger darüber beschwerte, hoffte Ella im Stillen, er würde vielleicht den ganzen Rest der zwei Wochen bei ihnen bleiben. Was danach werden sollte, wenn sie und Tilda nach Bochum zurückkehrten und er nach Berlin … darüber wollte sie noch nicht nachdenken. Es blieb ihnen schließlich noch mehr als eine ganze Woche! Ihnen würde schon etwas einfallen. Und bis dahin wollte sie sich Zeit nehmen. Zeit, das Glück ganz intensiv zu spüren. Zeit, die Leichtigkeit der Tage zu genießen, und die intensive, unglaublich nahe Vertrautheit der Nächte. Nur selten setzten sie und Mats sich auch tagsüber für einen Spaziergang zu zweit ab, oder in die winzige Badebucht, die sie ein Stück flussabwärts entdeckt hatten – ein kleiner Kiesstrand, vor fremden Blicken geschützt und mit deutlich weniger Strömung. Aber diese Zweisamkeit wurde dadurch nur umso kostbarer – ebenso wie die Freundinnengespräche mit Tilda, wenn Mats sich für eine oder zwei Stunden aus dem Staub machte, um ihnen auch dafür Raum zu geben. Noch nie hatte Ella sich so zugehörig, so wenig einsam gefühlt, wie in diesen Tagen, wo sie Tildas Fröhlichkeit und Mats' beständige Gegenwart gleichzeitig um sich hatte. Zumal, und bei dem Gedanken schämte sie sich nur ein ganz klein wenig, Tilda sich ihren Hinweis offenbar durchaus zu Herzen nahm und sich außerhalb des Wassers nur selten ohne ein T-Shirt über dem Bikini sehen ließ. Nach und nach begann Ella zu vergessen, dass sie sich jemals Sorgen gemacht hatte oder gar über irgendetwas unglücklich gewesen war.

Es war das Paradies. Das reine Paradies.

Bis es, wie Paradiese das so oft tun, fiel.

Der Tag, an dem es geschah, begann klar und unschuldig wie die vorhergegangenen. Der Himmel strahlte, das satte Grün der Baumkronen leuchtete, und das Wasser im Fließ fing glitzernd die Sonne und sang murmelnd sein inzwischen so vertrautes Lied.

Mats hatte sich, wie er es von Zeit zu Zeit tat, verabschiedet, um durch den Wald zu streifen und Motive für seine Bilder einzufangen. Ella und Tilda waren beim Haus zurückgeblieben. Die Luft war jetzt, am frühen Nachmittag, so sehr aufgeheizt, dass es schier undenkbar schien, sich mehr als ein paar Schritte weit vom Fleck zu rühren oder auch nur mehr als drei oder vier Sätze am Stück miteinander zu sprechen.

Tilda lag neben Ella in ihrem Liegestuhl, die Augen hinter ihrer Sonnenbrille verborgen, und döste. Ella hatte versucht, ein Buch zu lesen. Aber selbst das war ihrem Kopf schon bald zu anstrengend, und so starrte sie seit einer ganzen Weile auf das lockend plätschernde Wasser am Steg, ohne es wirklich zu sehen.

»Wollen wir schwimmen?«, riss Tildas Stimme sie plötzlich aus ihrer Versunkenheit.

Ella fuhr zusammen und schnappte nach Luft. »Huch! Ich dachte, du schläfst!«

Tilda grinste und schob die Sonnenbrille nach oben. »Hab ich auch fast. Aber ich glaube, das wäre keine gute Idee. Wahrscheinlich wache ich dann als Schnitzel wieder auf. Also?«

Ella warf einen zweifelnden Blick zum Steg. Mitten am Tag im Kanal direkt vor dem Haus zu baden, so viel hatten sie inzwischen festgestellt, war nicht ganz ungefährlich. Es waren ja doch einige Menschen mit ihren Booten unterwegs und die Strömungen konnten tückisch sein. Sie verlegten ihre Schwimmrunden daher meist auf den frühen Morgen oder den späten Nachmittag oder sie nutzten die kleine Bucht flussabwärts. Aber bis dahin zu laufen? Das war ihr jetzt doch zu weit, wenn sie ehrlich war. Streckenweise gab es auf dem Weg nicht mal Schatten. Und den Kahn hin- und zurückzumanövrieren, mochte sie sich in der Hitze auch nicht vorstellen …

»Ich springe da jetzt jedenfalls rein. Wenigstens kurz«, erklärte Tilda entschlossen. »Ist ja gerade niemand hier. Wenn ich es nicht tue, ist nachher von mir nur noch eine Pfütze übrig.«

Das war ein gutes Argument, das musste Ella zugeben. Und als Tilda im nächsten Moment entschlossen aufsprang, sich einmal kurz reckte und dann, ohne sich auch nur ihr T-Shirt oder ihre Shorts auszuziehen, hinunter zum Steg rannte und ohne das kleinste Zögern spritzend ins Wasser sprang, da hielt auch Ella nichts mehr auf ihrem Stuhl. »Hey! Tilly, warte!«

Wenn man rannte, war der Weg zum Fließ doch gar nicht so weit. Ellas nackte Füße gruben sich ins weiche

Gras der Böschung, polterten über das warme Holz der Stegplanken, und dann flog sie auch schon. Eine endlose Sekunde lang spürte sie die Schwerelosigkeit der Sommerluft. Dann schlugen die kühlen Wellen klatschend über ihr zusammen.

Das schnell fließende Wasser des Kanals war viel kälter, als sie erwartet hatte. So kalt, dass es ihr die Luft aus dem Brustkorb drückte. Prustend und keuchend kam Ella an die Oberfläche, strampelte kräftig, um sich über Wasser zu halten, und schüttelte sich nasse Strähnen aus dem Gesicht. Die Strömung riss an ihrem Kleid, dessen in Sekundenschnelle völlig durchweichter Stoff sie unerwartet schwer nach unten zog. Ella trat noch heftiger Wasser und paddelte eilig zurück zum Steg, um sich festzuklammern – da tauchte Tildas lachendes Gesicht neben ihr auf.

»He, alles gut?«

Das Wasser, das sich auch in ihr Shirt und ihre Shorts gesaugt haben und sie nach unten ziehen musste, schien ihr gar nichts auszumachen.

»Alles gut!«, japste Ella und spuckte Wasser. »Nur mein Kleid ist so schwer …«

»Oh«, machte Tilda. »Soll ich dir helfen, es auszuziehen? Oder willst du wieder an Land?«

Ella schüttelte schnell den Kopf. »Nein, nicht raus. Das Wasser ist so herrlich …«

Und das stimmte. Jetzt, wo ihr Körper über den ersten Kälteschock hinweg war, hätte sie noch stundenlang schwimmen können, so wunderbar kühl und erfrischend war es. Wenn nur das blöde Kleid nicht gewesen wäre …

Ein wenig umständlich fummelte sie an ihrem Rückenverschluss – erfolglos, wie sie sich schon nach wenigen Sekunden eingestehen musste – und musste über sich selbst kichern. »Hilfst du mir? Ich glaub, ich zieh das wirklich besser aus, sonst kannst du mich nachher als Anker für den Kahn benutzen.«

Tilda grinste breit. »Ich seh schon. Du gluckerst ab wie eine Bleiente.«

Sie hangelte sich am Steg entlang um Ella herum und begann, an dem Knoten zu nesteln, der die Träger in Ellas Nacken zusammenhielt.

»Mist«, murmelte sie kurz darauf. »Gar nicht so leicht, wenn die Schnüre nass sind. Warum ziehst du denn bloß so komplizierte Kleider an?«

Ella rollte die Augen und lachte. »Warum überredest du mich, in Klamotten ins Wasser zu springen, wenn ich so ein kompliziertes Kleid anhabe?«

Tilda schnalzte ungeduldig mit der Zunge und fummelte weiter.

»Ha!«, rief sie schließlich triumphierend und zog die Träger auseinander. »Wer sagt's denn?«

Erleichtert streifte Ella sich den nassen Stoff herunter und war nun doch froh, dass sie sich am Morgen dazu entschieden hatte, den Blumenbikini unter das Kleid zu ziehen, obwohl sie darin bis eben noch ziemlich geschwitzt hatte.

Sie ging, das musste sie selbst zugeben, ein wenig umständlich dabei vor, das Kleid loszuwerden, und ging mehrmals beinahe unter, was Tilda zu prustendem Lachen reizte.

»Na warte, du fiese Nuss!«, protestierte Ella und warf, kaum dass sie sich endlich von dem nassen Lappen befreit hatte, das Kleid über Tildas Kopf, sodass die vor Überraschung erst einmal selbst untertauchte. In Sekundenschnelle waren sie in einer Wasserschlacht verstrickt, in deren Verlauf das Kleid irgendwann klatschend im Kahn landete, der sanft in ihrer Nähe schaukelte, und Ella und Tilda nur noch versuchten, sich gegenseitig unter Wasser zu drücken oder zu ziehen. Der sichere Steg war schnell vergessen. Wild kichernd ließen sie sich immer weiter vom Haus forttreiben, bis die Strömung sie schließlich in ihrer Badebucht fließabwärts wieder an Land spülte. Dort lagen sie, immer noch kichernd, zwischen Ufergras, bunten Kieseln und feuchter Erde nebeneinander und versuchten, wieder zu Atem zu kommen, während die unverändert kraftvollen Sonnenstrahlen ihnen die Wassertropfen von der Haut trockneten.

Nach und nach verebbte das Lachen und ließ eine angenehm schwere Erschöpfung zurück. Und so blieben sie einfach liegen, die Füße noch im flachen Wasser, das sanft ihre Knöchel und Zehen umspülte, und beobachteten die Kondensstreifen der Flugzeuge, die weiße Pfade in das blanke Blau des Himmels zeichneten.

Ella spürte, wie Tilda nach ihrer Hand tastete, und erwiderte den Druck ihrer Finger. Sie mussten nichts sagen, um zu wissen, was die andere dachte. Es war perfekt. Genau so hatten sie es sich gewünscht, daheim in Bochum, als sie Wochen vor Beginn der Sommerferien im stickigen Klassenzimmer schwitzten und sich unter dem Tisch Briefchen hin- und herreichten, um die Zeit zu vertreiben.

Perfekt, dachte Ella mit einem Lächeln, *und sogar noch so viel besser.*

Doch als sie in diesem Augenblick nach dem Ring fühlen wollte, der an seinem Lederband um ihren Hals längst ein Teil von ihr geworden war – da erkannte sie, dass sie ihn verloren hatte.

Im ersten Moment glaubte Ella noch, dass er nur verrutscht sein musste, als sie ihn nicht wie gewohnt an eines ihrer Schlüsselbeine geschmiegt vorfand. Doch als sie weiter tastete, ihren Hals hinab und zwischen den wirren nassen Haaren unter ihren Schultern, da wurde ihr mit entsetzlicher Gewissheit klar, dass nicht nur der Ring fehlte, sondern auch das Lederband, an dem er gehangen hatte.

Ihr Ring.

Das einzige, das wichtigste Geschenk, das Mats ihr gemacht hatte, ihr Versprechen, dass sie zusammengehörten, jetzt und für immer.

Fort.

Verschwunden.

Erst wurde Ella heiß. Dann eiskalt. Mit einem Ruck fuhr sie in die Höhe.

»Nein!«, entfuhr es ihr, so laut und heftig, das sogar Tilda zusammenzuckte.

»Was ist los?« Auch Tilda richtete sich jetzt auf. Sie klang alarmiert.

»Er ist weg.« Ellas Stimme, eben noch so wild und kräftig, schien sich mit diesem einen Wort völlig verbraucht zu haben, um nur ein tonloses Krächzen übrig zu lassen. Wie von Sinnen sprang Ella auf und suchte fieberhaft das Ufer ab, die Böschung, wo sie gelegen hatten, und den Wassersaum. Nichts.

»Tilly, ich habe Mats' Ring verloren!«

Jedes einzelne ihrer Worte zitterte in entsetzlichem Begreifen. Sie hatte ihn verloren. Einfach so.

»Ella. Hey …« Tilda stand auf, blieb aber stehen, als würde Ellas heftige Reaktion sie zurückstoßen. Es war nicht der Moment, um sie in den Arm zu nehmen, das spürten sie beide deutlich.

»Warte, ich helfe dir suchen«, sagte Tilda stattdessen. Sie wusste sofort, worauf es ankam. Auch wenn es wenig Hoffnung gab. Keine von ihnen musste es aussprechen, um es zu wissen.

»Bist du denn sicher, dass du ihn überhaupt umgelegt hattest?«, fragte Tilda. »Vielleicht hast du ihn schon heute morgen in der Dusche liegen lassen?«

Ella schüttelte stumm den Kopf. Nein. Sie war sich sicher. Vorhin, als sie am Steg ihr Kleid vom Körper geschält hatte, war er ganz sicher noch da gewesen. Hatte ihr einen liebevollen Gruß zugeglitzert wie einen zarten Kuss auf die Wange.

Dann hatte sie sich mit Tilda gebalgt und nicht mehr auf ihn achtgegeben.

Und jetzt war er weg.

Tränen stiegen Ella in die Augen. Sie zitterte wie Espenlaub. Das konnte nicht sein. Das konnte einfach nicht sein!

Aber es war wahr. Und sie wusste, sie konnte noch so sehr suchen. Sie hatte ihn im Wasser verloren. Der Ring war längst auf den Grund gesunken. Weggetrieben. Unmöglich, ihn jemals wiederzufinden.

»Ella …« Tilda klang hilflos. Niedergeschlagen, als sei es ihr Fehler, dass Ella gerade den größten Liebesbeweis ihres Lebens im wahrsten Sinn des Wortes den Bach hatte hinuntergehen lassen.

»Ella, wein doch nicht. Bitte.« Vorsichtig berührte Tilda sie an der Schulter. »Komm, wir gehen zurück zum Steg. Vielleicht hängt er noch in deinem Kleid fest, kann doch sein! Warte … ich halte dich.«

Im Kleid? Ella wagte kaum, der wild pochenden Hoffnung in ihrem Herzen Raum zu geben. Das war möglich, das stimmte … Aber im Grunde wusste sie es längst, schon während sie sich von Tilda zurück zum Haus führen ließ und noch ehe sie es mit eigenen Augen sah und mit ihren Händen fühlte, die mit fliegenden Fingern den dünnen Stoff abtasteten, ihn ausschüttelten und von einer Seite zur anderen wendeten: Die Hoffnung war vergebens. Der Ring war nicht im Kleid und die niederschmetternde Wahrheit blieb dieselbe.

Sie hatte ihn verloren.

Kapitel 20
Das Paradies fällt

Als Mats auf die Veranda am Zauberhaus zurückkehrte, bemerkte er sofort, dass etwas nicht stimmte. Ella und Tilda hatten ihn schon von Weitem kommen sehen, kaum dass er die Deckung des Waldrandes verließ. Das war nicht weiter ungewöhnlich, weil die Lichtung, auf der das Haus stand, von der Veranda aus fast vollständig einsehbar war. Was Mats aber umso mehr verdutzte, war der Blick, den die Mädchen bei seinem Auftauchen wechselten – ein langer, vielsagender und entsetzlich ernster Blick –, und die Geschwindigkeit, mit der Tilda daraufhin aufstand, sich einen Rucksack über die Schulter warf, Ella noch einmal fest drückte und ihm dann beinahe entgegenrannte.

»Hey, Mats«, warf sie ihm im Vorbeilaufen zu. »Ich geh runter zur Badebucht. Vielleicht sehen wir uns ja gleich da.«

Und noch bevor Mats auch nur verdutzt gucken, etwas sagen, fragen oder gar auf irgendeine andere Art und Weise reagieren konnte, war sie auch schon zwischen den Bäumen verschwunden.

Mats war stehen geblieben und sah ihr ebenso verblüfft wie misstrauisch hinterher. Was war das denn für ein komischer Abgang?

Er warf einen Blick hinauf zur Veranda, wo Ella noch immer in ihrem Liegestuhl saß. Schon von Weitem sah sie aus wie ein Häuflein Elend, die Knie fest an die Brust gezogen und die Arme darum geschlungen, als könne sie sich nur auf diese Weise selbst zusammenhalten.

Auch um Mats' Brust schien sich bei dem Anblick ein strammes Eisenband immer weiter festzuziehen. Das war nicht gut. Was immer auch geschehen war, es war nicht gut. Sein erster Impuls war, sofort zu ihr zu rennen. Doch stattdessen geriet jede seiner Bewegung schwer und träge, als müsse er sich statt durch heiße Sommerluft durch zähflüssigen Sirup kämpfen. Der Weg, bis er endlich vor Ella stand, kam ihm unendlich lang vor. Trotzdem rührte sie sich nicht, nicht einen Millimeter. Nicht einmal dann, als er direkt bei ihrem Stuhl stehen blieb und auf sie herabsah. Und spätestens jetzt war klar, dass wirklich etwas ganz und gar nicht in Ordnung war.

Ellas Augen waren voller Tränen. Das hatte er seit

Tagen nicht an ihr gesehen. Und eigentlich hatte er gehofft, dass er das auch so bald nicht wieder sehen müsste.

»Hey«, sagte er vorsichtig und so sanft er konnte. »Was ist denn hier los?«

Ellas Atem zitterte. Ihre Hand verkrampfte sich um die Armlehne des Stuhls, aber sie antwortete nicht. Noch mehr Tränen sammelten sich an ihrem Wimpernkranz. Als sie blinzelte, kullerten zwei davon über ihre Wangen bis zum Kinn.

»Mensch, Ella«, wiederholte Mats bestürzt. »Was ist denn bloß passiert? Sag's mir doch ...«

Er setzte sich neben ihre Füße auf die Stuhlkante und legte hilflos eine Hand auf ihr Knie, in der Erwartung, dass sie jeden Moment nach seiner Berührung schlagen würde wie nach einer Stechmücke.

Sie tat es nicht. Sie presste nur die Lippen zusammen, als wolle sie mit aller Gewalt weitere Tränen zurückdrängen – ohne dass es ihr gelang.

»Sprich doch mit mir, bitte ...«, murmelte Mats und streichelte mit dem Daumen ihr Knie. »Habt ihr euch wieder gestritten? Wegen mir?«

Das war endgültig zu viel für Ella. Ein heftiger Schluchzer, der entfernt an ein verzweifeltes »Nein!« erinnerte, brach aus ihr hervor. Das Weinen schüttelte ihren ganzen Körper so heftig, dass Mats' Hand von ihrem Bein rutschte. Verstört starrte er Ella an. Er hatte sie nun schon öfter weinen sehen. Aber etwas wie das hier … nein. Das war schlimmer. Viel, viel schlimmer. Es ging nicht um Tilda, begriff er. Diesmal nicht.

Doch bevor er noch einmal fragen konnte, erzählte Ella es ihm endlich selbst.

»Er ist weg.« Ihre Stimme schwankte vor mühsam unterdrücktem Zittern. »Ich hab ihn verloren, ich hab nicht aufgepasst, es … es tut mir leid! Es tut mir so unendlich … *schrecklich* leid!« Sie klammerte sich fest an ihre Beine und presste das Gesicht zwischen ihre Knie, als könne sie so die Tränen stoppen.

Es dauerte eine kleine Weile, bis ihre Worte Mats' Bewusstsein erreichten.

Aber dann verstand er. Verstand, warum ihre Augen so voller Selbstverachtung waren. Warum sie ihn kaum ansehen konnte und warum Tilda sie beide dieses Gespräch unter sich führen ließ. Er musste nicht einmal nachfragen, was sie meinte. Wen oder was sie verloren hatte. Es gab nur eine logische Antwort darauf und Mats wollte sie nicht hören. Und noch viel weniger wollte er sie glauben.

»Weg.« Seine Stimme war tonlos. »Einfach – weg?« Wut überschwemmte ihn. Ohnmächtige Wut und grenzenlose Enttäuschung. »Aber wie? Wie, verdammt noch mal, Ella? Du hast versprochen, auf ihn aufzupassen! Du *wusstest*, wie wichtig mir dieser Ring ist!

Du wusstest, was er bedeutet! Wie kannst du ihn verlieren, Herrgott noch mal?«

Jetzt schrie er. Schrie sie an, schrie seinen Zorn und seinen Frust heraus, schrie, wie er nie hatte schreien wollen, wie sein Vater immer seine Mutter anschrie, wie er es aus tiefstem Herzen verabscheute, und konnte es doch nicht eine Sekunde länger in sich behalten.

Ella antwortete nicht. Widersprach seiner Anklage nicht.

Und Mats versuchte nicht, seine Hand wieder auf ihr Knie zu legen. In diesem Moment wollte er es nicht einmal. Und das war vielleicht sogar das Allerschlimmste an der ganzen Situation.

Endlose Sekunden später erst hob Ella den Kopf und sah ihn durch einen Vorhang aus wirren, aufgelösten Haarsträhnen an. Abgrundtiefe Verzweiflung lag in ihrem Blick, vermischt mit der wilden Hoffnung, er könne ihr irgendwie glaubhaft versichern, dass trotzdem alles gut sei.

Fast hätte Mats gelacht. Nichts war gut.

Aber die Wut, die er aus sich herausgeschrien hatte, hatte hässliche graue Leere in seiner Brust zurückgelassen, und er fand kein Lachen darin. Nicht einmal ein bitteres.

»Wie ist das passiert?«, wiederholte er, ruhiger diesmal, mit einer Stimme, die so hohl klang, wie er sich fühlte. Dabei interessierte ihn das »Wie?« eigentlich gar nicht. Es war überhaupt nicht wichtig, wie es geschehen war – nur *dass* es geschehen war, zählte. Trotzdem fragte er, damit sich zu der Leere nicht auch noch Stille gesellte.

»Wir waren schwimmen«, antwortete Ella, die Stimme nur ein kleines Wispern. »Wir haben rumgealbert, und dann ...« Sie stockte, als könne sie die bleischweren Worte nicht noch ein weiteres Mal über die Lippen bringen. »Wir haben überall gesucht! Am Ufer, am Steg, zwischen unseren Kleidern, überall, aber ...« Jetzt verstummte sie endgültig. Ihre Schultern bebten noch, aber es fielen keine Tränen mehr auf ihre nackten Knie, auf denen die Sonne schon eine salzig weiße Kruste getrocknet hatte. Als wäre sie jetzt leer geweint.

Mats schwieg. Was sollte er auch sagen? Er war so enttäuscht. So unendlich enttäuscht. Er hatte all seine Angst und all seine Hoffnung in der Liebe in ihre Hände gelegt, und nun ...

Aber als er noch einmal in Ellas Augen sah, die so rot waren und so geschwollen und so schrecklich verzweifelt – da wurde ihm plötzlich klar, dass er es sich bei allem Zorn nicht leisten konnte, sie jetzt alleinzulassen, wenn er sie nicht verlieren wollte.

Und das wollte er nicht.

In diesem Moment der Enttäuschung, der Leere und der Wut erkannte Mats, dass sich an seinem Entschluss nichts geändert hatte. Er wollte bei ihr bleiben, was auch geschah. Verdammt, und dafür brauchte er diesen Ring nicht!

Ella allerdings würde das anders sehen, so viel war sicher, dafür brauchte es nur einen einzigen Blick in ihr vor Verzweiflung graues Gesicht. Und Mats kannte sie inzwischen gut genug, um ihre Gedanken zu erraten. Für ein Mädchen, das schon beim Lesen eines schlechten Horoskopes an ihrem Glück zu zweifeln begann, war dieses Ereignis ein Schlag mit dem Hammer auf den Kopf. Wenn er sie jetzt nicht hielt, war alles vorbei.

Und darum atmete Mats ein letztes Mal tief durch … und entschied sich für sie. Gegen das Schicksal.

Langsam, ganz langsam legte er seine Hand noch einmal auf ihr Knie.

»Ella«, sagte er behutsam. »Hör doch mal. Es ist okay. Ich …« Noch einmal atmete er tief durch. »Es tut mir leid. Ich hätte nicht so schreien dürfen. Ich bin dir nicht böse.«

Das war eine Lüge. Mats hasste Lügen. Aber hier, davon war er fest überzeugt, war sie zwingend notwendig.

Ella sah auf und starrte ihn ungläubig an. »Du … nein, bist du nicht?«, brachte sie heraus. »Aber …« Sie schüttelte den Kopf. »Der Ring … du hast gesagt, er ist … ein Zeichen.« Ihre Stimme starb bei den letzten

Worten. »Vielleicht haben wir uns geirrt«, flüsterte sie tonlos. »Vielleicht haben wir uns doch die ganze Zeit was vorgemacht.«

Ein Funke glühte in Mats' Brust auf, wurde größer, als hätte sie darauf gepustet, um ihn anzufachen, und sprühte Glutfunken überallhin. Angst, erkannte er. Das war Angst. Die Angst, dass es vielleicht längst zu spät war. »Jetzt rede doch nicht so einen Quatsch.« Sein Tonfall geriet harscher als beabsichtigt. »Glaubst du das wirklich?«

Ella zog den Kopf zischen die Schultern, als wolle sie in sich selbst verschwinden. *Siehst du? Du bist mir doch böse,* sagte ihr Blick.

»Aber du hast gesagt, der Ring ist ein Zeichen«, wiederholte sie erstickt. »Ein Zeichen, dass wir es besser machen können. Besser machen *müssen*. Wir beide, zusammen. Aber vielleicht wusste der Ring mehr als wir. Vielleicht hat er es anders gesehen ...«

Diesmal musste Mats zweimal durchatmen, ehe er antworten konnte. Es fiel ihm unendlich schwer, die Ruhe zu bewahren. Wusste sie eigentlich, was sie da sagte? Wie sehr sie ihn verletzte? Er hatte alles, *alles* getan, um ihr zu beweisen, dass sie zusammengehörten. Dass er es ernst meinte mit ihr, wirklich ernst, und dass er dafür sogar seine Angst überwinden wollte, zu enden wie seine Eltern. Der Ring war ein Symbol für diese Entschlossenheit gewesen, und natürlich war es enttäuschend, dass sie ihn so kurz darauf einfach verloren hatte. Aber was in diesem Moment erneut hilflose Wut in ihm aufsteigen ließ, war ihre Bereitschaft, mitsamt dem Ring auch gleich alles andere fortzuwerfen, was sie aneinander gefunden hatten. Der Zorn darüber staute sich in Mats, bis er am liebsten von Neuem losgebrüllt hätte.

Aber er tat es nicht. Diesmal nicht. Stattdessen nahm er Ella in den Arm.

»Es ist nur ein Ring, Ella«, sagte er so überzeugend wie möglich. »Er bestimmt nicht über uns und schon gar nicht über das, was wir füreinander fühlen.«

Aber Ella versteifte sich in seinen Armen, noch lange nicht bereit, einzulenken. »Er hat etwas *bedeutet*«, beharrte sie. »Du selbst hast das gesagt. Das können wir nicht so einfach wegreden. Und wenn er nicht bei mir bleiben wollte, dann …« Sie stockte, aber diesmal verstummte sie nicht. Und Mats spürte, dass es die innerste Überzeugung war, die die Worte aus ihr heraustrieb. »… dann war es vielleicht von Anfang an falsch, dass du ihn mir gegeben hast.«

Mats wusste einfach nicht mehr, was er dazu sagen sollte. Wie konnte das sein? Wie konnte ein so lieber, fröhlicher Mensch wie Ella zugleich so zerfressen sein von Unsicherheit und Zweifeln, dass sie damit nicht nur sich selbst, sondern auch andere zerstörte? Zum ersten Mal sah Mats in ihrer Zerbrechlichkeit nicht nur das Kostbare, Schöne, Schützenswerte. Sondern auch die Gefahr, sich an den Scherben blutig zu schneiden.

»Hör auf.« Er drückte ihre Schultern ein wenig zu fest, als er sie an sich zog. »Das ist Unsinn, und das weißt du auch.«

Aber Ella ließ sich nicht beirren. »Vielleicht bist du gar nicht meinetwegen hergekommen«, fuhr sie fort, die Stimme nun geradezu stoisch, als hätte sie die grausame Wahrheit längst akzeptiert. »Vielleicht solltest du dich eigentlich nicht für mich entscheiden, vielleicht habe ich dich bloß verwirrt, weil ich selbst verwirrt war und weil ich dich so unbedingt für mich haben wollte.«

Hör auf!, dachte Mats. Der Schrei steckte noch immer wie ein scharfkantiger Klumpen in seinem Hals fest. *Hör auf, hör auf, hör auf, ich will nicht hören, was du da gerade behaupten willst!*

Aber er brachte die Worte nicht heraus und Ella hörte nicht auf.

»Vielleicht«, sagte sie, und es klang wie eine hohle, verzweifelte Gewissheit und gar nicht nach einem Vielleicht, »bist du ja in Wahrheit für Tilda bestimmt.«

»HÖR AUF!!!«

Jetzt endlich brach der Schrei aus Mats heraus, mit einer Wucht, die ihn auf die Füße trieb, fort von Ella, fort von ihrer Stimme, die mit gnadenloser Präzision alles zerschlug, was ihn in den letzten Tagen glücklicher gemacht hatte, als er im Leben je gewesen war.

»Spinnst du jetzt total?«, brüllte er. »Wie kannst du so was überhaupt nur denken?«

Ella war bei seinem erneuten Ausbruch heftig zusammengezuckt. Sie kauerte sich noch weiter zusammen, wenn das überhaupt möglich war. Aber in ihren Augen war kein Zweifel mehr und keine Hoffnung.

»Du denkst immerzu an sie.« Das war keine Anklage, sondern eine Feststellung, und zwar eine unumstößliche, was auf seine Weise noch viel schlimmer war als jeder wütende Vorwurf. Ella hatte ihre Schlüsse gezogen, und sie hatte – eine Erkenntnis, die Mats in diesem Moment besonders zusetzte, und zwar so sehr, dass es auch ihm Tränen in die Augen trieb – nicht erst heute damit angefangen. Er war sich nicht einmal sicher, ob es überhaupt etwas gab, das er hätte sagen können, um sie zu überzeugen, dass sie falschlag. So furchtbar, gefährlich falsch.

»Jedes Mal, wenn wir zusammen sind, machst du dir Sorgen, ob es sie auch nicht verletzt«, fuhr Ella gnadenlos fort. »Wenn du mit ihr sprichst und mit ihr lachst, blühst du auf, bist ein ganz anderer Mensch. Mit ihr Zeit zu verbringen, lässt dich die Welt heller sehen. Ich weiß das, Mats, und ehrlich, ich verstehe es, weil es mir genauso geht. Weißt du, ich denke jetzt seit Stunden darüber nach, und ich will aufhören, egoistisch zu sein. Ich habe euch beide so lieb, so unendlich lieb. Und ich möchte, dass ihr glücklich miteinander sein könnt, ohne dass ich mich noch länger dazwischendränge. Ihr habt einander verdient. Bitte.« Jetzt klang sie beinahe flehend, als suche sie in seiner Reaktion nach einer Art Erlösung. »Wenn du mir nicht glaubst, schau in eure Horoskope. Egal welche. Ihr gehört zusammen. Das ist sicher.«

Hätte sie die Horoskope nicht erwähnt, vielleicht wäre Mats nicht endgültig ausgerastet. Vielleicht hätte er nicht den wilden Drang verspürt, sie zu schlagen für das, was sie ihm gerade antat, so sehr, dass er ein Glas vom Verandatisch nahm und es auf den Steinfliesen zerschmetterte. Winzige Splitter spritzten in alle Richtungen. Er fühlte den Zorn und den Schmerz durch seine Adern rauschen, bis sie seine Sicht und seine Gedanken völlig vernebelten.

Sie wollte ihn nicht. Nach allem, was er für sie getan und gewagt hatte, stieß sie ihn einfach fort.

Vielleicht, so sollte er später denken, hätte er um sie kämpfen sollen. Sie immer und immer weiter zu überzeugen versuchen, dass sie falschlag, bis sie ihm glauben *musste*. Aber in diesem Moment wusste Mats nur noch eins: Er musste fort von ihr, von diesem grausamen, entschlossenen Blick. So weit wie möglich.

Kapitel 21
Abschied

Es war Tilda natürlich von Anfang an klar gewesen, dass ihr zweiter Besuch in der Badebucht an diesem Tag kein entspanntes Chill-out werden würde. Aber dass sie so unruhig auf ein Zeichen von Ella und Mats warten würde, das hätte sie nun auch wieder nicht gedacht.

Rastlos tigerte sie am Ufersaum auf und ab und lauschte mit spitzen Ohren, ob sich aus Richtung des Hauses etwas regte. Wie war das Gespräch wohl ausgegangen? Wenn Tilda ganz ehrlich zu sich selbst war, wusste sie nicht, worauf sie eigentlich hoffte. Sie wusste nur, dass sie sich wünschte, es möge bald überstanden sein.

Aber die beiden ließen auf sich warten. Eine Ewigkeit, zumindest kam es Tilda so vor. Mehrmals versuchte sie, sich hinzusetzen und die Sonne und den Ausblick aufs Wasser zu genießen, oder das Gefühl, mit dem die kleinen, kühlen Wellen ihre Füße umspülten.

Zwecklos. Es erinnerte sie bloß daran, wie sie vor nicht einmal anderthalb Stunden noch mit Ella hier gelegen hatte, zufrieden und entspannt. Bevor sie entdeckt hatten, dass der Ring nicht mehr da war.

Tilda ertappte sich selbst mehrfach dabei, wie sie das Ufer und vor allem die Stelle, an der sie und Ella sich hatten anspülen lassen, mit den Augen absuchte. Wieder und wieder, als könnte sie die Kette allein durch ihre Willenskraft wieder auftauchen lassen. Selten hatte Tilda sich so machtlos gefühlt. Sie war sich ja nicht mal sicher, ob sie den beiden helfen wollte, aber zu wissen, dass sie es nicht konnte, selbst wenn sie sich dafür entschied, war einfach nur grässlich.

Vielleicht war es ja auch gar nicht so schlimm. Der Ring war für die beiden irgendwie wichtig gewesen, klar. Aber Tilda konnte sich auch nur schlecht vorstellen, dass Mats wirklich so ein Drama darum machen würde, wie Ella befürchtete …

Sie hatte den Gedanken gerade zu Ende gedacht, als sie plötzlich das Knistern und Rascheln von Schritten hörte, die sich eilig näherten. Tilda horchte auf. Das war nicht Ella. Die Schritte waren zu groß, zu energisch. Sie brannten geradezu.

Ein wenig unschlüssig, was sie jetzt tun sollte, stand sie von dem Steinbrocken auf, auf dem sie sich für ein paar Minuten zu sitzen gezwungen hatte, und wandte sich zum Waldrand um – da tauchte auch schon Mats zwischen den Zweigen der Büsche auf, die über den Pfad wucherten, der vom Haus hierherführte.

Mit nur einem Blick in sein Gesicht wusste Tilda: es war alles noch schlimmer, als sie sich jemals hätte ausmalen können. Nein, mehr noch. Katastrophal schlimmer. Was war zwischen den beiden passiert? Und noch viel wichtiger: Wo war Ella?

»Hey …«, begann sie. Doch weiter kam sie nicht. Denn Mats, so viel war in Sekundenschnelle klar, war nicht zum Sprechen hergekommen.

Mit ein paar großen Schritten überbrückte er die restliche Entfernung zwischen ihnen. Und noch ehe Tilda wusste, wie ihr geschah, riss er sie grob an sich und presste seine Lippen auf ihre. Er küsste sie, leidenschaftlich und verzweifelt, und umklammerte Tilda dabei so heftig, als wolle er ihr jede einzelne ihrer Rippen brechen.

Perplex wie sie war, ließ Tilda es im ersten Moment einfach geschehen. Im zweiten wurde ihr bewusst, dass sie sich in seinen Armen nicht einen Fingerbreit rühren konnte. Und im dritten erst begriff sie, was er da eigentlich gerade tat.

Sie schnappte entsetzt nach Luft und wollte sich wehren, sich gegen ihn stemmen und ihn anbrüllen – doch da ließ Mats sie auch schon wieder los, ebenso plötzlich, wie er sie an sich gerissen hatte. Schwer atmend starrte er sie an, die Wangen gerötet und die Augen voll entsetzlicher Traurigkeit, die Tilda fast die Sprache verschlug.

Aber nur fast. Um ihn anzubrüllen, reichte es gerade noch.

»Sag mal, hast du sie noch alle?« Ihre Stimme überschlug sich und sie musste selbst nach Atem ringen. Die Berührung seiner Lippen schien immer noch auf ihren zu brennen, als hätte er ihr ein magisches Siegel aufgedrückt. Einen Bann, der ihr jetzt, trotz allen Entsetzens, das Adrenalin durch den ganzen Körper rauschen und ihr Herz jagen ließ und der sie wie mit unsichtbaren Händen auf ihn zuschob, bis sie fast dem Impuls nachgegeben hätte, sich aus freien Stücken noch einmal an ihn zu drängen. Ihn zu küssen und zu schmecken, was sie eben, in diesen verzweifelten Sekunden, nur hatte erahnen können.

Doch sie widerstand. Stattdessen machte sie zwei Schritte rückwärts.

Und nur ein einziger Blick in Mats' verbissenes Gesicht, als er langsam den Kopf schüttelte, sagte ihr, dass das eine kluge Entscheidung gewesen war.

Endlose Sekunden lang standen sie voreinander und starrten sich wortlos an.

»Geh«, sagte Mats schließlich tonlos. »Du musst sie trösten.«

Und Tilda drängte sich an ihm vorbei und rannte fort. Fort aus der Bucht, zurück zu Ella und fort von Mats. Ohne sich noch ein einziges Mal nach ihm umzusehen.

Auf der Veranda fand sie eine völlig aufgelöste Ella inmitten von glitzernden Glasscherben vor.

Auf Zehenspitzen balancierte Tilda zwischen den Splittern hindurch, bis sie bei Ellas Stuhl angekommen war und ihre Freundin fest in den Arm nehmen konnte.

Erst dann hob Ella den Kopf, als hätte sie Tilda bisher gar nicht bemerkt. Sie schien verblüfft über Tildas Anblick zu sein, wenn nicht sogar ungläubig, als würde sie ihren eigenen Augen nicht ganz trauen.

»Was machst du denn hier?«, flüsterte sie rau.

Tilda schnaufte und drückte sie fest an sich. »Na, was wohl. Ich rette dich. Wie immer.«

Darüber musste Ella sogar ein wenig lachen. Doch es versiegte sofort. »Wo ist …?«

Sie sprach seinen Namen nicht aus. Aber das war Tilda auch lieber so. Es war, als würde allein der Gedanke an seinen Namen eine Erinnerung an den unerwarteten Kuss zurückbringen und ihr heiße Schauer durch den ganzen Körper jagen.

Wut, vor allem. Was bildete sich dieser Fatzke eigentlich ein? Was zur Hölle sollte denn das?

Eigentlich wollte sie überhaupt nicht an ihn denken. Sie musste sich jetzt um Ella kümmern und sonst gar nichts.

»Weg, hoffe ich«, sagte sie deshalb und drückte Ella noch fester. »So ein mieses Arschloch.«

Das brachte Ella schon wieder zum Weinen, dabei schien es doch kaum möglich, dass in ihr überhaupt noch Tränen übrig sein sollten.

»Was hat er denn gesagt?«, fragte Ella, als sie sich ein bisschen beruhigt hatte. »Ich dachte, du ... ihr ... Wolltet ihr beide nicht ...?«

Tilda starrte sie perplex an. »Wovon um alles in der Welt redest du?«

Aber Ella schüttelte nur den Kopf. »Schon gut«, flüsterte sie und umarmte Tilda nun ihrerseits so fest wie nur selten zuvor in all den Jahren. »Ich bin nur froh ... ach Tilly, ich bin so froh, dass du bei mir bist!«

Tilda antwortete nicht. Sie wollte nicht, dass Ella sah, wie ihre Worte nun auch ihr Tränen in die Augen trieben. Ein wenig unbeholfen streichelte sie Ellas Rücken. Hatte sie das verdient? Hatte sie so viel Vertrauen wirklich noch verdient?

Vermutlich nicht.

Aber das konnte sie Ella niemals sagen.

Schließlich gab sie sich einen Ruck. »Komm«, sagte sie. »Wir gehen in die Küche und essen das Eisfach leer. Das hilft bestimmt.«

Ella lachte traurig und wischte sich mit dem Handrücken die letzten Tränen aus dem Gesicht. »Klar. Wie in jeder guten Daily Soap.«

Aber Tilda hörte an ihrer Stimme, dass sie die Idee tatsächlich gut fand – und sie selbst, nun ja. Sie hatte eine Abkühlung *und* einen Zuckerschock gerade gleichermaßen nötig.

Sie saßen lange in der Küche. Sehr lange.

Und als sie mit dem beginnenden Sonnenuntergang wieder auf die Veranda hinaustraten, waren Mats' Sachen verschwunden.

Kapitel 22
Lügen haben kurze Beine

Nachdem Mats fort war, versuchten Ella und Tilda gleichermaßen, mit ihrem Urlaub an der Stelle weiterzumachen, wo sie so kurz nach Beginn vom Weg abgekommen waren. Natürlich war das eigentlich unmöglich. An jenem Tag waren sie ja noch ganz andere Menschen gewesen. Die Tilda und die Ella, die jetzt durch die Räume des Zauberhäuschens wanderten, waren stiller als die, die voll überschäumender Begeisterung ihr kleines Reich erkundet hatten. Nachdenklicher. Vorsichtiger. Aber sie versuchten es trotzdem.

Als alles Eis aus dem Gefrierschrank restlos aufgegessen und die meisten Tränen getrocknet waren, kamen immerhin ganz allmählich die ersten zaghaften Witze und ab und an ein zögerndes Lachen zurück, wie ein kleines Zeichen, dass sie auf dem richtigen

Weg waren. Doch noch immer gab es zu vieles, was unausgesprochen in der Leere hing, die Mats hinterlassen hatte.

Was Ella zu ihm gesagt hatte.

Was zwischen ihm und Tilda geschehen war, unten in der Badebucht.

Und die ständige Frage, ob es wohl besser war, die Traurigkeit zuzulassen und darauf zu hoffen, dass sie irgendwann völlig aus ihr herausgeschwemmt war – oder am besten gar nicht mehr über die verlorene Woche, wie Ella sie insgeheim nannte, zu sprechen, bis sie sie irgendwann – hoffentlich – vergessen haben würde.

Am dritten Tag nach Mats' wortlosem Abschied hockte Ella allein auf dem Steg, ließ die Füße ins Wasser baumeln und grübelte, wie so oft, über genau diese Frage nach. Sie hielt beide Varianten für wenig realistisch, darum fiel es ihr wohl auch so schwer, sich für eine zu entscheiden. Natürlich spürte sie, wie sehr sie Tilda mit ihrem wankelmütigen Verhalten verunsicherte. Das war einer der Gründe, warum sie sich immer wieder für eine Weile zurückzog. Es nervte sie ja selbst, dass ihre Stimmung innerhalb von Sekunden von übertrieben optimistisch zu am Boden zerstört wechseln konnte. Wenn sie selbst es schon kaum noch mit sich aushielt, wie sollte es dann Tilda können? Darum bemühte sich Ella, die allerschlimmsten Schwankungen von ihrer Freundin fernzuhalten. Manchmal war ja auch ein ›Fast normal‹ dabei. Das waren die Momente, in denen Ella zumindest ahnte, dass sie es vielleicht doch schaffen konnte, eines Tages gelassen mit der Erinnerung an die magische Woche mit Mats umzugehen. Aber diese Momente waren selten, ernüchternd selten sogar, und Ella vermutete, dass sie bis dahin noch einen langen Weg vor sich hatte.

Vielleicht sogar einen unmöglichen Weg, wenn sie es nicht endlich schaffte, Tilda zu fragen, was am Fluss geschehen war, nachdem sie Mats zu ihr geschickt – nein, getrieben hatte. Aber sie brachte es einfach nicht fertig. Auch nach drei Tagen nicht.

Aber vielleicht, dachte sie und spürte quälende Leere in sich aufsteigen, musste sie es am Ende ja auch gar nicht. Ein Teil von Ella war sich ja sowieso sicher, es längst zu wissen. Vielleicht war es besser, es nie in Worte gefasst zu hören.

Sie hatten sich geküsst. Ganz bestimmt hatten sie das sogar.

Ella hatte Mats' Gesicht gesehen, bevor er sich umdrehte und davonstürmte. In seinen Augen hatte sie erkannt, dass er – sosehr ihn der Gedanke auch entsetzte – nicht anders konnte, als zumindest widerwillig in sich hineinzuhorchen, ob sie nicht doch recht hatte. Dass er und Tilda zusammengehörten. Er hatte es auch gespürt.

Und Tilda ... Ella kannte sie noch so viel besser, als sie Mats kannte, und die Zeichen waren leicht zu lesen. Tilda konnte Ellas Blick nicht standhalten, wann immer das Gespräch auch nur in die Nähe dieses Moments kam. *Arschloch* hatte sie Mats genannt, und das verriet eigentlich schon alles, was Ella wissen musste: Auch Tilda hatte die Verbindung zwischen sich und Mats bemerkt. Und sich dann ganz bewusst gegen ihn und für Ella entschieden. Weil diese gute, treue Seele ihre beste Freundin niemals für einen Jungen im Stich lassen würde.

Ganz anders als Ella selbst.

Ella zog die Füße aus dem Kanal und kauerte sich eng zusammen. Ihr war danach, sich einfach ins Wasser fallen und bis auf den Grund sinken zu lassen. Tilda war so viel besser als sie! Und wenn eine von ihnen für Mats bestimmt gewesen war, dann Tilda. Das erschien Ella von Tag zu Tag offensichtlicher, auch wenn die beiden das scheinbar nicht wahrhaben wollten.

Aber warum ... ja, warum liebte sie ihn dann immer noch so sehr?

Schritte auf dem Steg ließen sie herumfahren. Doch als sie erkannte, wer sich da näherte, sank ihr Herz, dass ihr Sekunden zuvor noch fast aus der Brust gesprungen wäre vor plötzlicher Hoffnung.

Es war Tilda. Natürlich war es Tilda.

Fast hätte Ella über sich selbst gelacht. Erwartete sie wirklich immer noch, er könnte plötzlich wieder hinter ihr stehen? Zu ihr zurückkehren? Ihr irgendwie beweisen, dass sie sich eben doch getäuscht hatte?

Tilda lächelte vorsichtig, als wüsste sie genau, was hinter Ellas Stirn und Brustbein vor sich ging. Sie ging so viel behutsamer mit ihr um als früher. Ella war sich noch nicht sicher, ob sie das mochte. Diese forsche, oft schon fast rücksichtslose Art, mit der Tilda sie sonst behandelt hatte, das war genau der Wesenszug, an dem Ella sich stets festgehalten hatte, wenn sie selbst wieder einmal unterzugehen drohte. Weil es in Tildas Welt einfach keine Unsicherheiten gab.

»Hey«, sagte Tilda und kam noch ein bisschen näher. »Ich setz mich mal dazu. Okay?«

Ella nickte und wünschte sich, Tilda hätte es, wie sonst, einfach getan, anstatt sie um Erlaubnis zu fragen.

Mit einem kleinen Seufzer ließ Tilda sich neben sie fallen und plantschte leicht mit den Füßen im Wasser.

»Weißt du«, sagte sie nach einer Weile, in der sie stumm nebeneinandergesessen hatten, »ich hab mir was überlegt. Ich finde, wir sollten aufhören, hier rumzuhängen und Löcher in die Luft zu starren.« Sie presste kurz die Lippen zusammen, als zögere sie noch, weiterzusprechen, könne die Worte am Ende aber sowieso nicht aufhalten. »Damit bohren wir uns nämlich auch keinen Zeittunnel in die Vergangenheit, das ist dir doch klar, oder?«

Ella schwieg. Natürlich hatte Tilda recht, aber das rührte sie nicht besonders. Einen Tunnel in die Vergangenheit … wieso sollte sie den denn auch wollen? Ella konnte sich nicht vorstellen, was sie hätte anders machen können, damit die ganze Geschichte weniger schmerzhaft für sie ausgegangen wäre. Das war ja das Schlimme daran.

Tilda seufzte erneut, als hätte sie zwar auf eine Antwort gehofft, aber eigentlich nicht mit einer gerechnet.

»Na, jedenfalls«, fuhr sie fort, »finde ich, wir sollten dringend mal wieder raus hier. So richtig raus, nicht nur mal kurz bis Lehde. Einen Tagesausflug oder so. Guck mal, hier.« Sie hielt Ella einen Flyer entgegen. Ella musterte ihn erstaunt. Doch dann fiel ihr ein, ihn zwischen anderen Werbeblättchen auf dem Couchtisch im Wohnzimmer gesehen zu haben. Richtig. Denen hatten sie bisher noch gar keinen weiteren Blick geschenkt.

»Kahnfarten«, erklärte Tilda. »Da gibt's die tollsten Sachen: Märchenfahrt, Marmeladenfahrt, historische Fahrt, Glühwürmchenfahrt …« Sie verstummte, als sie sah, wie sich Ellas Gesicht beim Wort Glühwürmchen unwillkürlich schmerzhaft verzog.

»Entschuldige«, murmelte sie. Dann aber schüttelte

sie energisch den Kopf. »Wie auch immer. Ich glaube, so eine Märchen- und Mythenfahrt ist bestimmt ganz toll! Oder eine Marmeladenfahrt, lass uns eine Marmeladenfahrt machen. Die haben Erdbeer-Schoko-Marmelade, steht hier ... klingt das nicht super? Besser jedenfalls, als hier aufeinanderzuhocken und uns in Gram einzubuddeln. Und da du die Fahrräder ja nicht mal mehr angucken willst ...«

Erneut unterbrach Tilda sich selbst, als ihr offensichtlich klar wurde, dass sie gerade von einem Fettnäpfchen ins nächste sprang. Aber diese Unverblümtheit zusammen mit der übersprudelnden Begeisterung für ihren Plan klang endlich wieder so sehr nach der alten Tilda, dass es Ella diesmal überhaupt nicht störte. Sie musste sogar ein wenig darüber lachen.

»Ja«, sagte sie nur und lächelte, auch wenn es ein wenig schief geriet. »Warum nicht? Das klingt nach einer schönen Idee.«

Das Strahlen, das bei ihren Worten in Tildas Augen trat, war ihr Lohn genug.

Tatsächlich fühlte sich Ella gleich ein bisschen freier, als sie in ihren kleinen Hauskahn kletterten und Tilda sie vom Steg abstieß.

Es war nicht so, dass sie in den letzten drei Tagen nie das Haus verlassen hätten. Tatsächlich waren sie jeden Morgen ins Dorf gefahren, um Brötchen fürs

Frühstück zu holen. Aber die Aussicht darauf, einen ganzen Tag fern von dem Haus am Spreefließ mit all den darin hängenden Erinnerungen zu verbringen, ließ Ellas Herz ein wenig leichter schlagen.

In Lehde angekommen vertäute Tilda den Kahn am Anleger – inzwischen war sie darin so geübt, dass es aussah, als hätte sie in ihrem Leben noch nie etwas anderes getan – und half Ella an Land. Dann reckte und streckte sie sich und zog den Flyer aus ihrer Hosentasche.

»Also«, las sie laut vor. »Hier steht: Spreewälder Marmeladenmanufaktur und Kahnfahrten. An der Lischka 3. Dann müssen wir jetzt nur noch herausfinden, wo das ist …« Sie ließ ihren Blick über den Platz schweifen und nickte schließlich entschlossen. »Weißt du was, ich gehe einfach da drüben in der Touristeninformation fragen. Passt du so lange auf unsere Taschen auf? Das dauert bestimmt nicht lange. Du kannst ja inzwischen mal im Internet gucken, ob das Wetter den ganzen Tag so schön bleiben soll.«

Damit lud sie ihren Rucksack zu Ellas Füßen ab und war auch schon auf dem Weg über den Platz. Der Anblick, wie sie sich mit gewohnt energiegeladenen, fast hüpfenden Schritten entfernte, trieb unwillkürlich ein Lächeln auf Ellas Gesicht und wärmte sie von innen beinahe ebenso sehr wie der Sonnenschein auf ihrem Gesicht.

Sie schloss die Augen und wandte sich direkt zur Sonne. So sanft und warm … und die Luft war so klar an diesem Morgen. Konnte es wirklich sein, dass das Wetter heute noch umschlug?

Nun ja. Sich die Vorhersage mal anzusehen, konnte zumindest nicht schaden.

Ella wühlte in ihrer Umhängetasche nach ihrem Handy, nur um sich kurz darauf eingestehen zu müssen, dass sie es offenbar im Zwergenhaus hatte liegen lassen. Eigentlich kein Wunder, dachte sie. Sie hatte sich das Internet schon so sehr abgewöhnt in den letzten Tagen, dass es ihr geradezu selbstverständlich schien, dass sie es vergessen hatte. In der Märchenwelt dort draußen hatte so etwas einfach keinen Platz.

Nicht, dass das weiter schlimm gewesen wäre. Sie konnte sich schließlich immer noch Tildas Handy ausborgen, wenn die den Wetterbericht so unbedingt wissen wollte. Ella fischte das Telefon ihrer Freundin aus dem Rucksack und startete den Browser, öffnete die Suchmaschine … und stockte.

Was war das?

Zuletzt gesucht:, stand ganz oben in der Zeile.

Und direkt darunter: *Lederband Knoten öffnen Tricks.*

Ella starrte auf das Display. Sie starrte und starrte, las die Worte wieder und wieder, aber ihr Kopf weigerte sich, das, was ihr Unterbewusstsein längst begriffen hatte, bis in ihren Verstand vordringen zu lassen.

Lederband Knoten öffnen Tricks.

Das konnte einfach nicht sein. Es war ganz sicher ein Missverständnis. Tilda war eine gute, die *beste* Freundin, die man sich wünschen konnte, sie würde so etwas nie tun, niemals!

Doch im Grunde ihres Herzens wusste Ella, auch Tilda war am Ende nur ein Mensch. Ein Mensch, der sich neben einem frisch verliebten Pärchen sehr allein gefühlt hatte und deshalb sehr wohl so etwas tun konnte. Nein – getan *hatte*. Ella spürte sogar noch ihre Finger, dort am Steg im Wasser, die viel länger als nötig an der Rückenschnürung herumnestelten.

So stand Ella dort am Ufer des Spreefließes, mitten in der Sommersonne, und gefror. Gefror von innen heraus, vom Herzen bis in die Fingerspitzen, die nicht einmal mehr das verfluchte Handy fortwerfen konnten. Und so stand sie dort noch immer, als Tilda aus der Touristeninformation zurückkehrte und schon von Weitem triumphierend mit einem Zettel wedelte.

»Ich hab's!«, rief sie und rannte quer über den Platz zu Ella hinüber. »War gar kein Problem. Das ist gar nicht weit von …«

Sie stockte mitten in der Bewegung. »Oh nein. Was ist passiert?« Ihr Blick flog zu dem Handy. »Hast du … hat er …?«

Sie verstummte. Vielleicht, weil sie erkannt hatte, dass Ella nicht auf ihr eigenes Handy starrte. Sondern auf Tildas. Und weil sie, natürlich, sofort wusste, was das bedeutete.

Es kostete Ella unendliche Mühe, den Blick zu heben. Als es ihr endlich gelang, sah sie direkt in Tildas Gesicht, das verzerrt war vor Schuld und Scham, vor Entsetzen darüber, dass sie aufgeflogen war, und durchzogen von deutlichen Spuren von Wut und Schmerz.

Ein fremdes Gesicht. Diese Tilda kannte Ella nicht. Und sie wollte sie auch niemals wieder sehen.

»Ich hasse dich.« Das war alles, was sie sagen, fühlen und denken konnte. »Ich hasse dich.« Und dann noch einmal, ein gellender Schrei, schrill vor Schmerz, als sie endgültig begriff, was sie und Mats auseinandergetrieben und ihr größtes Glück zerbrochen hatte.

»ICH HASSE DICH!!!«

Zum ersten Mal in ihrem Leben war es Ella völlig egal, wer sie hörte. Wer sie schräg ansah. Oder wer sie eigenartig fand. Sie stand einfach da und schrie, als ob es kein Morgen gäbe.

Und das gab es ja vielleicht auch nicht.

Tilda stand da wie versteinert. Sie rührte sich nicht und gab auch keinen Laut von sich, unendliche Sekunden lang. Es war, als hätte Ellas Schrei sie von Kopf bis Fuß gelähmt.

Irgendwann, nach einer halben Ewigkeit, öffnete sie schließlich den Mund, als wollte sie etwas sagen. Doch sie schloss ihn unverrichteter Dinge. Tränen stiegen ihr in die Augen.

Dann drehte sie sich um und rannte einfach davon.

Kapitel 23
Schuld und Sühne

Es wurde bereits dunkel, als Tilda ins Zwergenhaus an der Flussbiegung zurückkehrte. Sie war lange gerannt. Weiter, als sie je zuvor gerannt war, ohne Ziel, einfach durch die Straßen, hinaus aus dem Dorf und die belebten Wege entlang, blind für die Menschen links und rechts, blind für alles um sie herum. Sie rannte und rannte, auf schmaleren Pfaden tiefer in den Wald hinein, bis sie ganz allein war mit den Bäumen, dem Wasser, der Sonne, den Vögeln – und sich selbst. Aber vor sich selbst konnte sie nicht davonlaufen. Und auch nicht vor dem furchtbaren Gefühl, nicht nur Schuld zu empfinden, wenn sie an Ellas entsetztes Gesicht dachte. Sondern auch ein hässliches *Geschieht dir recht!*, das sie viel zu lange in sich verschlossen hatte.

Tilda wollte so nicht fühlen.

Sie wollte so nicht *sein*.

Aber das Gefühl verschwand deshalb noch lange nicht. Und als ihr schließlich klar wurde, dass eine Flucht sie nirgends hinführen würde außer zur totalen Erschöpfung irgendwo im Nirgendwo, ließ sie sich aus dem vollen Lauf einfach fallen. Sie schlitterte auf den Ellbogen durchs glitschige Gras der Uferböschung, kullerte den Hang hinunter aufs Wasser zu und wurde schließlich von einem Büschel Gestrüpp aufgehalten, das ihr Arme, Beine und das Gesicht zerkratzte.

Geschieht mir recht. Ja, mir *geschieht es recht. Mir, mir mir! Nicht Ella, verdammt noch mal, nicht Ella! Ich habe ihr so wehgetan …*

So lag sie da und spürte, wie der Schweiß in den Kratzern und Schürfwunden brannte, und musste ein wenig hysterisch über sich selbst lachen, weil sie so blöd war, so unsagbar blöd. Weglaufen brachte gar nichts.

Sie hätte nicht den Kopf verlieren dürfen. Sie hätte zumindest versuchen müssen, Ella zu erklären, wie es wirklich gewesen war. Stattdessen hatte sie mit ihrer Flucht das wohl deutlichste Schuldeingeständnis gemacht, das es gab. Nicht völlig unangebracht, das stimmte. Trotzdem. So ganz wie Ella vermutlich dachte, war es eben auch nicht gewesen. Vielleicht hätte Ella es sogar verstanden, wenn Tilda nur versucht hätte, es zu erklären. Aber diese Chance hatte sie verstreichen lassen, weil sie dumm war. Und wenn sie auch nur ein bisschen auf sich hielt, dann rückte sie zumindest das noch wieder gerade.

Da sie das nun immerhin begriffen hatte, schien es Tilda auch ziemlich blöd, hier weiter untätig herumzuliegen. Sie rappelte sich auf und sah sich um. Wo war sie denn? Ringsherum gab es nichts, was einen Hinweis darauf gegeben hätte.

Tilda fluchte leise. Noch so eine Dummheit von ihr. Aber der Weg würde sie hoffentlich bald zurück in belebteres Gebiet führen, wo es auch Schilder gab.

Trotzdem dauerte es unglaublich lange, bis sie auch nur zurück nach Lehde fand. Kraft, um den Kahn zurück zum Haus zu fahren, hatte sie kaum noch. Und so stand sie nun erst bei Einbruch der Dunkelheit wieder auf dem Steg und sah hinauf zu den dunklen Fenstern.

Hinter keinem brannte Licht. Auch die Veranda war verlassen.

Tildas Herz sank.

War Ella etwa gar nicht hierher zurückgekehrt?

Ihr wurde klar, dass sie diese Möglichkeit bisher nicht in Betracht gezogen hatte. Bei dem Gedanken wurde ihr ein wenig übel und seltsam leer in der Brust. Das Bild von Ella, wie sie vor ihr stand und sie anschrie, tauchte erneut vor ihrem inneren Auge auf.

Hasste Ella sie nun so sehr, dass sie sie nie wiedersehen wollte? War sie deshalb wie Tilda geflohen – nur in die entgegengesetzte Richtung?

Wenn ja, wo konnte sie sein? Sie hatte doch nicht …

Der Gedanke war so entsetzlich, dass Tilda ihn nicht zu Ende denken konnte. Gepackt von plötzlichem, grauenhaften Entsetzen jagte sie hinauf zum Haus und riss die Tür auf. Sie war unverschlossen.

»Ella?!«

Ihre Stimme war in der Stille viel zu laut. Schrill geradezu. Sie musste in jeden Winkel, jede schattige Ritze gedrungen sein. Fahrig hieb Tilda auf den Lichtschalter und gelbes Licht flutete den Eingangsbereich.

»Ella!«

Keine Antwort.

Aber unter der Garderobe standen die Sandalen, die sie an diesem Vormittag getragen hatte, als sie ins Dorf aufbrachen.

»Ella!«

Tilda rannte durch den Flur ins Wohnzimmer und polterte die Wendeltreppe hinauf, ohne das Licht anzuschalten. Es war so dunkel. So still! Ihr Herz raste wie verrückt vor Angst.

Erst die Tür zum Schlafzimmer hielt sie auf. Abgeschlossen. Dann war Ella da drin!

»Ella!« Sie hämmerte und rüttelte an der Tür. »Ella, mach die Tür auf!«

Ein Flüstern antwortete ihr.

Keuchend hielt Tilda inne. »Ella …?«

Nichts. Hatte sie sich getäuscht? War das der Wind gewesen?

Tilda legte das Ohr an das Holz der Tür und lauschte. Es war still wie zuvor. Aber irgendetwas gab ihr das überwältigend intensive Gefühl, dass Ella auf der anderen Seite war. Ganz nah. Ganz wie sie.

»Ella?«, versuchte sie es noch einmal. Diesmal ganz leise.

Und dann hörte sie es. Das Wispern von der anderen Seite.

»Geh weg«, flüsterte Ella. »Ich will dich nicht sehen.«

Absurderweise fühlte Tilda im ersten Moment nichts als Erleichterung. Ella war noch da. Sie war hier, in ihrem Ferienhaus, nur eine dünne Holzwand von ihr entfernt. Gleichzeitig waren sie sich vermutlich noch nie so fern gewesen, das wusste Tilda natürlich. Aber es fiel in dieser Sekunde nicht halb so sehr ins Gewicht wie die Gewissheit, dass Ella in ihrem Schlafzimmer in Sicherheit war und nicht verzweifelt in der rasch hereinbrechenden Nacht durch Wald und Moor irrte.

Tilda sagte jetzt nichts mehr. Sie blieb nur stehen, noch immer an die Tür gelehnt und ihr Ohr an das Holz gepresst, weil sie fürchtete, ihre Beine würden sie sonst nicht tragen. Sie hatte sich heute schon zu viel abverlangt. In jederlei Hinsicht. So viel, dass sie es sogar für möglich hielt, einfach einschlafen zu können, sobald sie sich hinlegte.

»Geh endlich«, flüsterte Ella. Auch sie stand oder saß noch immer direkt hinter der Tür, vielleicht genauso entkräftet wie Tilda selbst. Und auch ohne ein weiteres Wort verstand Tilda, heute würden sie nicht mehr miteinander reden, gute Vorsätze hin oder her.

Vielleicht war das auch besser so. Manche Gespräche führten sich besser bei Nacht, andere bei Sonnenschein. Das, was ihnen bevorstand, gehörte vermutlich zu den letzteren.

Und so nahm Tilda alle Kraft zusammen, die ihr geblieben war, und richtete sich auf. »Na gut«, murmelte sie. Aber sie brauchte eine ganze Weile, bis sie endlich auch die Hände vom Holz der Tür nehmen konnte.

»Bis morgen, Ella. Schlaf gut.«

Das klang absurd, fast zynisch. Und natürlich bekam sie keine Antwort.

Erschöpft schleppte sie sich die Wendeltreppe wieder hinunter. Und erst jetzt bemerkte sie, dass am Fuß der Treppe ein wild durcheinandergewürfelter Haufen Zeug lag. Ihre Sachen.

Tilda war sogar zu müde, um wirklich etwas bei der Erkenntnis zu fühlen, dass Ella es mit ihrem Rauswurf offenbar ernst meinte.

Sie schaffte es nicht mal mehr, das Klappsofa auszuziehen. Sie fiel einfach um, wie sie war, rollte sich zwischen den dicken Kissen ein und war nur Sekunden später tief und fest eingeschlafen.

Am nächsten Morgen tat ihr jeder einzelne Knochen weh. Ihr ganzer Körper war ein einziger Schmerz, aber Tilda war sich nicht sicher, ob es die Nacht auf dem viel zu schmalen Sofa war, die körperliche Überanstrengung ihrer Flucht oder einfach der Schmerz, der von innen kam.

Immerhin fühlte sie sich im Kopf schon bedeutend klarer als am Tag zuvor. Heute, nahm sie sich vor, würde sie noch mal mit Ella reden, ganz egal wie schwer diese Aufgabe war. Sie würde ihr erklären, wie alles gekommen war. Und wenn Ella wirklich die Freundin war, für die Tilda sie immer gehalten hatte – wenn ihre gemeinsame Zeit irgendetwas wert war –, dann würde sie ihr vielleicht doch noch eine Chance geben, alles wiedergutzumachen.

Mit dieser Entschlossenheit im Bauch, die sich fast schon nach Zuversicht anfühlte, stand Tilda auf und lief hinunter zur Badebucht, um eine Runde zu schwimmen. Dann zog sie sich frische Klamotten an und machte Frühstück – aufgebackene Croissants, Eier, Marmelade, Kakao und Orangensaft. Sie stellte alles auf ein Tablett und balancierte es die Treppe hinauf bis zur Schlafzimmertür. Dort probierte sie vorsichtig mit dem Ellbogen die Klinke herunterzudrücken.

Abgeschlossen. Immer noch.

Dabei hatte sie eine kleine Weile zuvor bereits die Dusche und die Klospülung rauschen hören. Ella war also schon wach. Aber offensichtlich war sie immer noch nicht bereit, Tilda anzuhören oder auch nur anzusehen.

Tilda sank der Mut.

Vorsichtig stellte sie das Tablett auf den Boden und klopfte leise.

»Ella?«

Sie hatte das Gefühl, ihre Freundin in den letzten vierundzwanzig Stunden öfter beim Namen gerufen zu haben als im ganzen letzten halben Jahr zusammen. Und trotzdem hatte sie noch nie so wenig Antwort von ihr erhalten.

Auch jetzt blieb es im Schlafzimmer still, obwohl Tilda fast glaubte, ihren Atem zu hören: tief und angespannt, als hielte sie auch heute nur mit Mühe einen Schrei zurück.

»Ich hab uns Frühstück gemacht«, sagte Tilda trotzdem. So schnell würde sie nicht aufgeben. »Bitte mach auf.« Und dann, als sich noch immer nichts rührte: »Ich möchte es dir doch erklären, Ella!«

Jetzt endlich raschelte drüben die Bettdecke und Tildas Herz machte einen Satz. Doch Ellas Antwort, als sie schließlich kam, bestand nicht etwa darin, die Tür zu öffnen. Nein, ihre Stimme klang nur umso gedämpfter, und Tilda begriff: Sie hatte sich zusätzlich die Decke über den Kopf gezogen. Trotz der Hitze. Weil sie so viel Abstand und Barriere wie möglich zwischen sie bringen wollte.

»Ich möchte aber keine Erklärung hören!« Die Worte zitterten vor Wut. Aber anders als am Tag zuvor hörte Tilda nun auch eine furchtbare, bodenlose Traurigkeit darin. »Lass mich einfach in Ruhe. Wir haben uns nichts mehr zu sagen.«

Die Endgültigkeit in ihrer Stimme nahm Tilda auch den letzten Wind aus den Segeln und schnürte ihre Kehle zu.

Sie hatten sich also nichts mehr zu sagen? Gar nichts?

Wenn Ella das wirklich so sah … hatte es dann überhaupt noch Sinn, es zu versuchen? Sie spürte, wie ihre Schultern herabsanken. Nein, beantwortete sie sich ihre Frage selbst. Hatte es nicht. Jedenfalls nicht jetzt.

»Ich lasse dir das Frühstück hier stehen«, sagte sie mutlos. »Direkt neben der Tür. Falls du irgendwann Hunger bekommst, musst du dann nicht runterkommen.«

Ihr selbst war der Appetit völlig vergangen, obwohl sie seit fast vierundzwanzig Stunden nichts gegessen hatte und ihr Magen ein einziges Loch war. Sie würde nichts herunterbekommen, das wusste sie.

Also stieg sie einfach die Treppe wieder nach unten ins Wohnzimmer, setzte sich auf die Veranda und starrte mit leerem Blick aufs Wasser hinaus.

Sie war gescheitert. Alle Zuversicht, die sie am Morgen noch empfunden hatte, war mit einem einzigen Satz von Ella verpufft.

Aber Tilda war nicht bereit, so schnell aufzugeben. Sie musste sie doch wenigstens anhören! Denn was ihr sogar noch mehr zu schaffen machte als Ellas Zurückweisung, war, dass sie begriff, wie schlecht es Ella ihretwegen ging. Das hatte sie nie gewollt, nie! Sie hatte doch immer nur gewollt, dass Ella glücklich war. Sie hatte ihr versprochen zu beweisen, dass das Leben nicht grau und die Menschen nicht grausam waren! Und nun war ausgerechnet sie diejenige gewesen, die Ella die bisher größte Grausamkeit ihres Lebens zugefügt hatte. Und nicht nur das: Sie hatte sie auch in dem Glauben gelassen, dass Mats, der sie wirklich liebte, ein mieses Arschloch war.

Sie musste das geradebiegen, dachte Tilda verbissen. Irgendwie musste sie das alles wieder in Ordnung bringen. Und wenn sie es allein nicht schaffte, dann musste sie sich eben Hilfe holen.

Entschlossen griff sie nach ihrem Handy.

Kein Netz. Natürlich nicht. Zum ersten Mal machte diese Tatsache Tilda fast rasend.

Sie warf einen raschen Blick zurück zum Haus. Sie

machte sich eigentlich keine großen Sorgen mehr, dass Ella noch fortlaufen würde. Viel wahrscheinlicher war es, dass Ella den Raum heute nur noch im Notfall verlassen würde. Vermutlich würde sie nicht einmal etwas essen, wenn Tilda ihr nicht ab und zu etwas vor die Tür stellte.

Trotzdem schrieb sie ihr einen Zettel:

Bin im Dorf. Komme bald zurück. Tilda

Dann lief sie hinunter zum Steg und sprang in den Kahn, um nach Lehde zu fahren. Dorthin, wo ihr Handy endlich wieder Empfang haben würde – und sie eine Nachricht an Mats schreiben konnte.

Kapitel 24
Im Nirgendwo

Mats saß auf seinem Schlafsack am Strand des Helenesees und sah hinaus auf das Wasser, in dem sich die Abenddämmerung spiegelte. In der Ferne, auf der anderen Seite des Sees, leuchteten die Lichter von Frankfurt an der Oder.

Neben Mats im Sand lag sein Fahrrad. Achtzig Kilometer war er in den letzten Tagen geradelt. Achtzig Kilometer hatte er zwischen sich und das Zauberhaus im Spreewald gebracht. Achtzig Kilometer zwischen sich und Ella. Achtzig Kilometer zwischen sich und Tilda. Achtzig Kilometer zwischen sich und die unerträglichen Fragen, die er sich nicht beantworten konnte.

In seinem Schoß lag das Skizzenbuch. Der abgegriffene Einband schmiegte sich vertraut an seine Finger, die wieder und wieder die Seiten durchblätterten. Sie fanden die Porträts von Ella blind. Egal welche Seite er aufschlug, er sah sie. Als gäbe es in dem ganzen Buch keine anderen Bilder mehr.

Mats' Handy vibrierte in seiner Hosentasche und unterbrach für einen Moment die ruhelose Tätigkeit seiner Hände. Er zog es heraus und warf einen schnellen Blick auf das Display.

Tilda.

Schon wieder.

Seit Tagen versuchte sie, ihn zu erreichen. Er antwortete niemals. Er las ihre Nachrichten nicht einmal.

Mats seufzte und schob das Handy zurück in die Tasche. Dann nahm er noch einmal das Skizzenbuch zur Hand. Diesmal blätterte er bewusst bis zu der Stelle, an der er zum ersten Mal versucht hatte, die Mädchen zu zeichnen.

Mats betrachtete die Zeichnungen, eine nach der anderen. Dann schloss er die Augen und seufzte noch einmal.

Was blieb ihm denn noch für eine Wahl?

Mit einem letzten tiefen Atemzug packte er die Seiten fest zwischen Daumen und Zeigefinger und riss sie aus dem Buch heraus.

Kapitel 25
Gib mir deine Hand

Nach drei Tagen, in denen sie täglich mehrmals nach Lehde gefahren war und Mats' Nummer gewählt hatte, bis ihr die Finger bluteten, musste Tilda schließlich einsehen, dass er ihr nicht antworten – und noch weniger zu ihnen zurückkehren würde. Inzwischen schrieb sie ihre Nachrichten fast schon mechanisch. Morgens, mittags, abends, immer nachdem sie Ella ein Tablett mit Essen vor die immer noch verschlossene Tür gestellt hatte, stieg sie in den Kahn oder aufs Fahrrad und machte sich auf den Weg ins Dorf, klingelte ihn an, schrieb ihm dann eine Nachricht und fuhr wieder zurück.

Auch Ella hatte sie seit jenem Vorfall in Lehde nicht mehr gesehen und auch kaum gehört. Es reichte gerade, um zu wissen, dass sie noch lebte. Manchmal sang sie hinter der verschlossenen Tür vor sich hin, leise und traurig. Aber wann immer Tilda versuchte, mit ihr zu sprechen, blieb Ella ebenso stumm wie Mats. Sie schickte sie nicht einmal mehr weg. Sie ignorierte sie einfach.

Irgendwann war Tilda deshalb dazu übergegangen, ihr einfach so alles zu erzählen, ob sie nun eine Antwort bekam oder nicht. Sie wollte es endlich aussprechen, sie wollte, dass Ella wusste, was in ihr vorging, und eine stumme Zuhörerin war immerhin besser als gar keine. Stundenlang saß sie vor der Schlafzimmertür, den Rücken an das warme Holz gelehnt, und ließ die Worte einfach aus sich herauspurzeln. Sie erzählte von ihrer Eifersucht und wie sie versucht hatte, sie zu unterdrücken, weil sie Ella so gern glücklich sah. Von dem Gespräch mit Mats in der Küche und wie er über das Schicksal geflucht und sie so schrecklich falsch verstanden hatte. Von ihrer eigenen Wechselhaftigkeit und von ihrer Verzweiflung, als Ella und Mats sie einen ganzen Tag hatten allein lassen wollen. Und schließlich erzählte sie vom blauen Flusskiesel, vom gefälschten Orakel, von ihrer Idee und den Horoskopen in den Zeitschriften – und sogar davon, wie sie versucht hatte, eine Möglichkeit zu finden, um die Kette mit dem Ring verschwinden zu lassen. Sie hatte solche Schuldgefühle gehabt, allein dieser Gedanken wegen! Und dann, wie ein glücklicher – oder doch eher unglücklicher? – Zufall, hatte sich plötzlich die perfekte Gelegenheit ergeben. Sie war nicht dagegen angekommen. Sie hatte nicht nachgedacht. Und noch ehe sie den Knoten ganz gelöst hatte, hatte sie einen Rückzieher gemacht. Dass die Kette doch noch aufgegangen war … das hatte sie da schon längst nicht mehr gewollt.

»Es war nicht geplant!«, beteuerte sie immer wieder. »Ich wollte das nicht, Ella, das musst du mir glauben! Ich wünschte … ich wünschte, ich könnte es ungeschehen machen, verstehst du das? Ich wünschte, er würde zurückkommen. Zu dir, meine ich.«

Aber Ella antwortete noch immer nicht.

Und weil sie die Stille nicht ertrug, erzählte Tilda einfach alles noch einmal von vorn. Und noch einmal. Tag um Tag, fast eine ganze Woche lang. Das Verrückte daran war, je öfter sie das tat, ohne dass sie irgendeine Reaktion damit erzielte, desto leichter fiel es ihr, frei aus dem Herzen heraus zu sprechen und immer mehr Einzelheiten preiszugeben. Irgendwann fühlte es sich fast so an, als ob sie es sich selbst erzählte und überhaupt niemand zuhörte, schon gar nicht Ella. Und auch diese Überlegung teilte Tilda schließlich mit ihr.

»Ob es sich so anfühlt, wenn man verrückt wird?«, fragte sie die Tür und musste bei dem Gedanken lachen. »Wenn man immerzu mit Menschen spricht, die einem mal sehr wichtig waren und die dann einfach nicht mehr da sind?«

Sie lachte noch einmal, bis sie merkte, wie traurig dieser Gedanke in Wahrheit war, und überraschte sich selbst damit, dass ihr plötzlich Tränen in die Augen stiegen. Sie schniefte, wischte sich mit dem Handrücken übers Gesicht und stand auf.

»Na, egal«, sagte sie. »Ist schon spät. Ich mache uns mal Abendessen. Du kannst ja gleich runterkommen, wenn du willst.«

Das sagte sie immer. Jeden Tag. Obwohl sie in Wahrheit nicht mehr im Geringsten daran glaubte, dass Ella dieses Zimmer noch einmal verlassen würde, ehe ihr Urlaub vorüber war.

Auf dem Weg nach unten stiegen ihr die Tränen immer wieder aufs Neue in die Augen und immer wieder wischte Tilda sie ärgerlich weg.

Das war doch albern.

Sie hatte vor Tagen mit dem Weinen aufgehört, da musste sie über so einen Blödsinn jetzt nicht wieder damit anfangen. Morgen war dieser verfluchte Urlaub sowieso endlich vorbei. Wie es dann weitergehen würde, wusste sie nicht. Aber sie hatte alles gesagt, was sie sagen konnte, um es wiedergutzumachen, und wenn Ella ihr dann in Zukunft trotzdem aus dem Weg gehen wollte … dann war das eben so. Sie konnte es nicht mehr ändern. Sie hatte es sich selbst versaut.

In der Küche schnippelte sie Obst für einen Obstsalat und machte eine Riesenschweinerei, als sie die Kerne aus dem Granatapfel löffelte.

Egal. Alles egal.

Doch gerade als sie die Vanillesoße anrührte und ihr dabei in all ihrer Fahrigkeit der Messbecher von der Arbeitsplatte rutschte, sodass Milch, Sahne und halb aufgelöstes Soßenpulver den kompletten Küchenfußboden überschwemmten, tauchte eine schmale Gestalt im Türrahmen auf.

Tilda blieb inmitten der Soßenpfütze stehen, Mund und Augen weit offen, als hätte sie einen Geist gesehen.

»Ich glaube, ich würde gern mit dir essen«, sagte Ella leise.

* * *

Der Gang die Treppe hinunter war Ella nicht leichtgefallen. Je näher sie der Küche – und damit auch Tilda – kam, desto langsamer wurden ihre Schritte.

Aber noch viel schwerer war es ihr gefallen, nach Tildas letzten Worten den Hass auf sie aufrechtzuerhalten, an den sie sich die letzten Tage geklammert hatte. Sie hatte Tilda hassen wollen, weil es das Einzige war, was sich in all der Leere in ihrem Brustkorb noch irgendwie lebendig angefühlt hatte. Inzwischen war es ja gar nicht mehr so sehr der Verlust von Mats.

Es war das Gefühl, von Tilda und ihm betrogen worden zu sein, wo sie ihnen doch vertraut hatte.

Zuerst hatte Tildas hartnäckige Gegenwart vor allem dazu beigetragen, das Hassflämmchen in Ellas Brust zu füttern und heller flackern zu lassen.

Aber dann begann Tilda zu reden. Sie redete und redete, und je länger sie redete, desto mehr spürte Ella, dass ihre Worte irgendwo ganz tief in ihrem Inneren etwas bewegten. Es anrührten und in Schwingung versetzten wie die Saite eines Cellos, die ihren warmen und doch immer irgendwie traurigen Klang in Wellen durch ihren Körper schickte. Es hatte eine ganze Weile gedauert, bis sie dieses Gefühl hatte zulassen können. Aber es hatte sie zum Nachdenken gebracht.

Und als Tilda anfing zu weinen, um sie zu trauern, als hätte sie endlich begriffen, dass Ella für sie gestorben war – da hatte sie es nicht mehr länger ausgehalten.

Nun saßen sie auf der Veranda, zwischen sich die Schüssel mit dem Obstsalat, und löffelten. Schweigend, als hätten sie verlernt, miteinander zu reden. Und irgendwie hatten sie das ja auch.

Oder vielmehr wusste Ella, dass es nun an ihr war, zu sprechen. Dass Tilda alles gesagt hatte und nun nur noch auf ihre Antwort wartete. Hoffte. Oder sie vielleicht sogar fürchtete?

Ella schob die letzten Granatapfelkerne in ihrer

Schale hin und her. Es war so schwer. Sie wusste genau, was sie sagen wollte, aber nicht, welche Worte es dafür brauchte.

Schließlich begann sie mit einem langen, leisen Seufzer.

»Ich verstehe es«, sagte sie dann und wusste, dass das nicht reichte. Aber vielleicht war es ein Anfang. Vielleicht konnte Tilda ihr von hier aus weiterhelfen.

Tilda hatte bei ihren Worten ruckartig den Kopf gehoben. »Was?«

Na gut, dachte Ella und musste sich beinahe ein Lächeln verkneifen. *Das war doch nicht so besonders hilfreich.*

»Ich habe nachgedacht«, versuchte sie es deshalb noch einmal von vorn. »Über alles. Was passiert ist. Und über das, was du gesagt hast. Nicht nur jetzt, auch vorher. Vor allem, dass du gesagt hast, es sei am wichtigsten, kein Arschloch zu sein. Du warst eins, Tilly … aber ich auch. Und Mats erst recht.«

Als sie seinen Namen aussprach, musste sie tief durchatmen, weil es ihre Stimme ins Wanken brachte.

»Ich wollte dir so gern die ganze Schuld geben, weißt du. Das wäre einfach gewesen. Aber je länger ich darüber nachgedacht habe, desto weniger kann ich das. Du … du hast uns nicht kaputtgemacht, Tilly. Mats und mich, meine ich. Das war ich selbst.« Noch einmal musste sie tief einatmen, und dann gleich noch einmal, weil einfach nicht genug Luft in ihren Lungen ankommen wollte. »Er wollte bei mir bleiben, Tilly! Das war ihm wichtiger als dieser blöde Ring! Er wollte trotzdem daran glauben, dass wir zusammengehören, und ich … ich hab ihn weggeschickt. Zu dir …«

Diesmal war es an Tilda, Ella schweigend und ungläubig anzusehen. Ella konnte förmlich beobachten, wie sie hinter ihrer Stirn die Puzzleteile zusammensetzte, bis sie begriff – aber nicht verstand.

Endlich schüttelte sie den Kopf. »Warum hast du das gemacht?«

Ella presste die Lippen zusammen und zuckte die Schultern. »Weil … ach, Tilly, weil du einfach so wunderbar bist! Du bist hübsch, du bist fröhlich, du bist clever und witzig! Ich konnte mir einfach nicht vorstellen, dass er sich wirklich für mich entscheiden könnte, wenn du direkt neben mir stehst. Deshalb … hab ich dir auch nicht erzählt, dass ich das Skizzenbuch gefunden hatte, hier im Schlafzimmer, gleich nachdem wir angekommen sind. Oder dass ich die Tür für ihn offen gelassen habe. Und als wir das Glühwürmchen gefangen haben, weißt du noch? Da hab ich an ihn gedacht. Oder an seine Bilder, denn ihn selbst kannte ich da ja noch nicht …« Verzweifelt schüttelte sie den Kopf, als sie sah, wie Tildas Gesichtszüge bei ihren Erzählungen immer mehr entgleisten. »Siehst du, deswegen wollte ich doch auch nicht, dass du hier im Bikini rumläufst! Die ganze Zeit … die ganze Zeit war ich nur mit der Angst beschäftigt, er könnte im Grunde lieber dich wollen als mich und dass er nur des Schicksals wegen bei mir bleibt. Wie sehr ihn das verletzt haben muss! Und am Ende … hab ich ihn vertrieben …« Sie stockte, weil ihr jetzt, wo sie es aussprach, die ganze Schwere dieser Erkenntnis erst wirklich bewusst wurde. Ella ballte die Fäuste, bis sie schmerzten. »Es ist meine Schuld«, flüsterte sie. »Meine eigene Schuld.«

Es dauerte eine Weile, bis Tilda antwortete. Sie saß nur da und sah Ella an, während das, was sie gerade gehört und erfahren hatte, noch immer sichtbar in ihr nachwirkte.

»Tja, ich schätze«, murmelte sie irgendwann nachdenklich, »zu einer glücklichen Beziehung gehört wohl etwas mehr als nur Schicksal, hm?«

Ella presste die Lippen zusammen und nickte. »Ja«, sagte sie leise. »Wenn ich eins jetzt verstanden habe, dann das.« Sie schloss die Augen. Sie brannten, aber es kamen keine Tränen. Nicht heute.

»Bitte, Tilly … ich kann dich nicht auch noch verlieren. Wollen wir nicht …« Sie verstummte, weil ihr die richtigen Worte fehlten.

Tilda schluckte sichtbar, und sie biss sich auf die Unterlippe, als müsse sie sie davon abhalten, zu zittern. Schließlich aber schüttelte sie heftig den Kopf.

»Mensch, Ella. Jetzt tu doch nicht so, als ob ich es wäre, die *dir* verzeihen muss!«

»Aber das musst du!« Die Worte fuhren so heftig aus Ella heraus, dass sie dabei auf die Füße sprang. Schwer atmend blieb sie stehen, die Hände noch immer zu Fäusten geballt. »Das musst du, weil … weil ich dir doch schon verziehen habe. Verstehst du? Wenn du mir verzeihst, dann … wird vielleicht alles wieder gut?«

Tilda antwortete nicht. Sie stand nur auf, machte einen Schritt auf Ella zu und riss sie förmlich in ihre Arme. Sie drückte sie so fest, dass Ella keuchte.

»Du dumme Nuss!«, flüsterte Tilda atemlos, und Ella fühlte eine heiße Träne aus Tildas Augen auf ihre nackte Schulter tropfen. »Natürlich! Natürlich verzeihe ich dir!«

Und das war für Ella mehr als genug Antwort.

Kapitel 26
Heimkehr

Sie verbrachten die Stunden, die ihnen noch bis zur Abreise blieben, ungefähr so, wie sie ihren Urlaub auch begonnen hatten: Sie saßen auf der Veranda und genossen das Glück, gemeinsam an diesem wunderschönen Fleckchen Erde zu sein. Es war ein traurigeres Glück als vor zwei Wochen, aber auch ein reicheres. Eines, das sie nach all den Ereignissen umso mehr zu schätzen gelernt hatten.

Sie sprachen nicht mehr viel. Es war alles gesagt über die Tage, die hinter ihnen lagen, und über die, die vor ihnen lagen, wollten sie sich jetzt noch keine Gedanken machen. Sie schienen noch zu weit entfernt, wie eine andere Welt, die ihnen fremd geworden war. Und erst als sie gegen Mittag des nächsten Tages die Tür des Zwergenhäuschens zum letzten Mal abschloss, ehe sie zu Ella und ihren Koffern an den Steg hinunterging, um mit dem Kahn zu Tante Geli zu fahren – erst da begriff Tilda wirklich, dass ihr Urlaub, so magisch und schicksalhaft und unbegreiflich er auch gewesen war, jetzt wirklich und wahrhaftig endete.

Ihr Vater wartete bereits auf Tante Gelis Hof mit dem Auto auf sie. Und als Tilda ihm zur Begrüßung etwas stürmischer als nötig um den Hals fiel, sich von Tante Geli verabschiedete und schließlich auf den Beifahrersitz kletterte, da war ihr, als würde ihre Geschichte noch einmal rückwärts erzählt werden.

Der Abschied vor Ellas Haustür fiel still, aber innig aus. Tildas Vater war mit dem Gepäck schon vorausgefahren, als Tilda ihn darum gebeten hatte, und hatte ihr nur ihr Board dagelassen, um das letzte Stück Wegs damit zurückzulegen. Endlich wieder skaten. Heimkommen in ihre Welt. Das brauchte sie jetzt wirklich dringend.

Zuerst aber nahm sie Ella noch einmal in den Arm. Sie war dabei immer noch vorsichtiger als früher. Aber das würde sich hoffentlich bald wieder geben.

»Ich ruf dich morgen an«, versprach Tilda, und Ella lächelte.

»Ja, bitte. Ich freu mich.«

Tilda sah ihr nach, bis sie im Haus verschwunden war. Ellas Lächeln aber nahm sie mit.

Sie ließ das Skateboard mit vertrautem Klappern auf den Gehweg fallen, sprang auf und stieß sich ab.

Zu Hause, dachte sie und schloss für einen Moment die Augen, um den Fahrtwind auf den geschlossenen Lidern zu spüren. *Endlich zu Hause.*

Epilog

Das Erste, was Tilda sah, als sie die Haustür aufschloss, war der Brief. Er lag auf der Kommode bei der Haustür neben der Schlüsselschale und dem Telefon. Die Handschrift, in der er an sie adressiert war, kam ihr vage bekannt vor, aber sie konnte sie nicht einordnen.

Tilda stellte ihr Board neben das Schuhregal und nahm den Brief neugierig in die Hand, um ihn von allen Seiten zu betrachten. Als sie den Absender las, erstarrte sie.

Mats Hillmer.

Ein Brief von Mats? An sie?

Mit unwillkürlich klopfendem Herzen riss sie den Umschlag auf. Es waren mehrere Bögen Papier darin, kleines Format, wie aus einem Skizzenbuch ausgerissen …

Als Tilda sie herauszog und auseinanderfaltete, war sie im ersten Moment überwältigt.

Das waren Zeichnungen von Ella! Immer wieder … nur von Ella.

Tilda blätterte die Bögen durch, es waren vier oder fünf. Was hatte das zu bedeuten? Was wollte Mats ihr damit sagen?

Den Brief, der auf der Rückseite der Blätter in dünnen Bleistiftstrichen geschrieben stand, entdeckte sie erst eine gefühlte Ewigkeit später.

Liebe Tilda,

ich schicke diesen Brief an Dich, weil Deine Adresse die einzige ist, die ich im Telefonbuch finden konnte. Ich hoffe, dass es die richtige ist. Wenn Du mit diesem Brief etwas anfangen kannst und ich kein völlig Fremder für Dich bin, bitte leite diesen Brief an Ella weiter. Ich weiß, es ist viel verlangt, Dich darum zu bitten. Aber ich komme sonst einfach nicht zur Ruhe.

Besten Dank und die herzlichsten Grüße
Mats

PS: Ich hoffe, Ihr habt Euch versöhnt! Ich würde mir nie verzeihen, wenn es anders wäre.

Darunter hatte Mats eine erstaunlich präzise, gerade

Linie gezogen, ehe er seinen Brief an Ella daruntergeschrieben hatte. Tilda zögerte für einen Moment. Durfte sie das lesen? War das nicht schon wieder ein Vertrauensbruch in der gerade erst gekitteten Freundschaft?

Sie konnte nicht anders. Ihre Augen nahmen ihr die Entscheidung wie von selbst ab.

Liebste Ella,

es fällt mir schwer, die richtigen Worte für das zu finden, was ich Dir sagen möchte. Es klingt alles so kitschig und hohl, dass ich fürchte, Du wirst den Brief nach zwei Sätzen wegwerfen. Trotzdem muss ich es Dir sagen, denn länger mit mir herumtragen kann ich es nicht: Ich vermisse Dich. Nein, mehr noch. Ich liebe Dich. Ich kann Dich nicht vergessen. Siehst Du, da steht es. Es bleibt kitschig, aber es ist die Wahrheit. Und Du kannst sagen, was Du willst, Du wirst es nicht ändern. So viel habe ich inzwischen begriffen. Und auch, dass ich mir mit meiner Angst, wie meine Eltern zu enden, nur selbst schade. Oder vielmehr nicht nur mir, sondern vor allem uns. Das klingt ein wenig wirr, aber ich hoffe, Du kannst es verstehen. Wenn es irgendjemand versteht, dann Du.

Es ging immer um Dich. Nicht um Tilda, nicht um

sonst wen. Immer nur um Dich. Ich habe versucht, es anders zu sehen. Es geht nicht. Am Ende bist es immer Du.
Und gerade weil ich mir da inzwischen so sicher bin, Ella, weiß ich auch, dass ich es von Dir hören muss, wenn ich es glauben soll: Willst Du wirklich nichts mehr mit mir zu tun haben? Wenn Du wirklich so denkst, dann ignoriere diesen Brief einfach. Ich werde Dir nicht mehr schreiben. Aber wenn Du bloß immer noch Angst hast, ich könnte Dich nicht wirklich wollen – dann lass mich dir das Gegenteil beweisen.
Bitte. Der Ring ist mir egal, Ella. Das verfluchte Schicksal ist mir egal.
Sag nur ein Wort und ich bin bei Dir. Tilda hat meine Nummer.

Von Herzen
Mats

Tilda stand eine ganze Weile im Flur und starrte auf den Brief in ihrer Hand.

Mats.

Er wollte zurückkommen. Er wollte kommen und alles noch einmal von vorn beginnen. Aber das konnte sie doch nicht! Sie hatte ihre Ella doch gerade erst zurück! Tilda ballte die Fäuste, dass das Papier unter ihren Fingern zerknitterte. Ihr erster Impuls war, den Brief in winzig kleine Stücke zu zerreißen und auf Nimmerwiedersehen die Toilette hinunterzuspülen.

Warum? Warum musste ausgerechnet sie jetzt diese Entscheidung treffen?

Tilda schloss die Augen und kämpfte die Angst nieder, die in ihr aufsteigen wollte. Nein. Das war falsch. Es war keine Entscheidung für oder gegen Mats und es würde nicht von vorn beginnen. Sie hatten dazugelernt. Sie alle.

Menschen konnten auf unterschiedliche Arten lieben. Einen neuen Menschen auf seine Art zu lieben, bedeutete nicht, dass man dafür einen anderen aufgeben musste. Hatte sie das nicht gerade erst erkannt?

Ella hatte ihre Freundschaft nie aufgeben wollen, auch das wusste Tilda jetzt. Und sie würde das weiterhin nicht wollen, ob Mats nun zurückkam oder nicht.

Nein, die einzige Entscheidung, die Tilda treffen musste, war die, ob sie Ella glücklich sehen wollte oder nicht.

Und das war leicht.

Mit einem tiefen Atemzug legte Tilda den Brief auf die Kommode und strich ihn sorgfältig glatt.

Dann griff sie nach dem Telefon und wählte Ellas Nummer.

Danksagung

Für mich als Autorin ist jeder neue Roman eine ganz besondere Reise. Doch den Schritt in eine etwas andere Richtung zu wagen als bisher und eine Geschichte zu erzählen, die sich keiner fantastischen Elemente bedient, sondern ihre Magie allein aus dem Zusammenspiel der Hauptfiguren zieht – das war noch einmal ein ganz besonderes Wagnis. Daher möchte ich an dieser Stelle meinem Verlag danken, der mich dazu ermutigt hat, und vor allem meiner Lektorin Katrin Künzel, die mir geholfen hat, den Zauber einzufangen und den Weg mit sicherem Schritt zu gehen.

Ich danke meiner Familie, meinen Lieblingsmenschen und Freunden – Raiko, Erik, Sophie, Joh, Christa und Thomas, Fred, Inge und Heinz, Conny, Nadine, Ronja, Nina, Steffi, Ingo … Jeder von euch trägt seinen ganz eigenen Teil dazu bei, dass ich nie den Mut verliere und mich in meiner kleinen Schreibkammer nicht allein fühlen muss.

Conny im Besonderen danke ich dafür, dass sie mich daran erinnert hat, wie mächtig die Magie des Schicksals sein kann.

Meiner Agentin und Freundin Tanja Heitmann danke ich, weil sie mir die Sicherheit gibt, in Sturm und Sonne niemals ohne Kompass zu sein.

Und zu guter Letzt geht mein Dank an Maja Ilisch, den Tintenzirkel und das ganze übrige wunderbar verrückte Autorenvolk da draußen. Ohne euch wär das alles nur halb so schön!

Huntley Fitzpatrick

Mein Sommer nebenan

512 Seiten, ISBN 978-3-570-40263-4

Samantha Reed liebt die Garretts heiß und innig – doch nur aus der Ferne. Die 10-köpfige Nachbarsfamilie ist tabu, denn die Garretts sind alles, was Samanthas Mutter ablehnt: chaotisch, bunt und lebensfroh. Aber eines schönen Sommerabends erklimmt der 17-jährige Jase Garrett Samanthas Dachvorsprung und stellt ihr Leben auf den Kopf. Sie verliebt sich mit Haut und Haaren und wird von den Garretts mit offenen Armen aufgenommen. Eine Zeit lang gelingt es Samantha, ihr neues Leben vor der Mutter geheim zu halten. Doch als ein Autounfall die Garretts aus der Bahn wirft, muss Samantha eine schwere Entscheidung treffen …

40236

cbj

www.cbj-verlag.de